그럼에도
파드되

그럼에도 파드되

초판 1쇄 펴냄 2023년 2월 10일
    3쇄 펴냄 2024년 9월 23일

지은이 나윤아

펴낸이 고영은 박미숙
펴낸곳 뜨인돌출판(주) | 출판등록 1994.10.11.(제406-251002011000185호)
주소 10881 경기도 파주시 회동길 337-9
홈페이지 www.ddstone.com | 블로그 blog.naver.com/ddstone1994
페이스북 www.facebook.com/ddstone1994 | 인스타그램 @ddstone_books
대표전화 02-337-5252 | 팩스 031-947-5868

ⓒ 2023 나윤아
ISBN 978-89-5807-947-7 03810

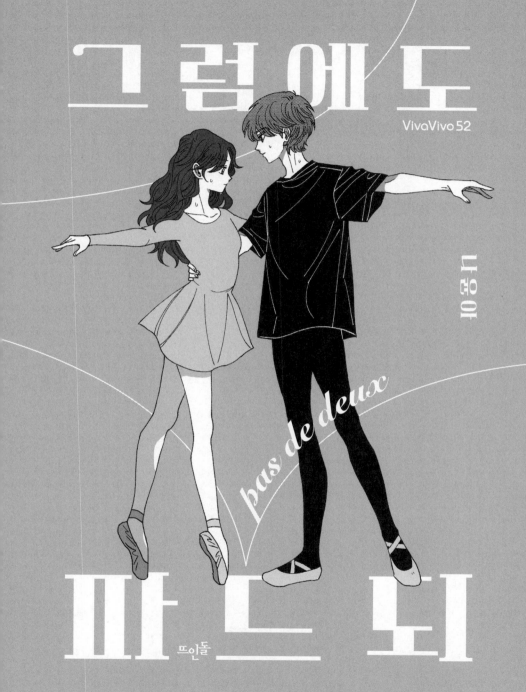

그 럼 에 도

VivaVivo 52

나은이

pas de deux

파 드 되

뜨인돌

#1

 - 인생 첫 기억? 흠, 6살 때 생일 파티일걸? 생일 케이크가 엄청 화려했
는데 가운데 유니콘 모양 설탕과자가 있었어. 하얀 뿔, 보라색 눈, 무지갯
빛 갈기의 유니콘은 예쁘기도 하고 맛있어 보이기도 했지. 유니콘이 너
무 예뻐서 먹을까 말까 고민을 엄청 했던 기억이 나. 나중에는 화가 나더
라. 결정하기가 너무 어려워서. 며칠을 냉장고에 두고 망설이다가 결국에
는 먹었어.

얼마 전에 오슬비와 '인생 첫 기억'에 대한 이야기를 했다. 동갑내기 사
촌인 오슬비는 인생 첫 기억으로 '유니콘 설탕과자' 이야기를 꺼냈다. 그
것도 매우 천진한 얼굴로. 나의 첫 기억도 설탕과자처럼 귀여우면 좋을
텐데, 애석하게도 나의 기억은 우울하기 짝이 없다.
아마도 5, 6살 즈음이었을 것이다. 나는 지저분한 노란색 티셔츠를 입
고 방 안을 돌아다녔다. 낮잠을 자다 깨서 엄마를 찾고 있었던 것 같다.
엄마 방에서 여기저기 기웃거리다가 지쳐서 침대 밑에 풀썩 드러누웠다.
괜히 데굴데굴 구르다가 침대 밑에서 상자를 하나 발견했다. 검은색 투

박한 상자에는 먼지가 내려앉아 있었고, 한쪽 면은 겉면이 북 찢겨서 볼품없는 갈색 속살이 드러나 있었다. 버릴 물건을 담아 두고서 존재를 까맣게 잊어버린 듯한 모양새였다. 어린아이의 관심을 끌 만한 물건이 아니었는데도 나는 이상한 호기심이 생겨 침대 밑으로 몸을 들이밀었다. 상자를 열어 보니 한 번도 본 적 없는 물건이 들어 있었다. 양말 같기도 했고, 실내화 같기도 했는데 뭉툭한 끝부분은 아주 딱딱했다. 내 마음을 사로잡은 것은 그 딱딱한 끝부분과 길게 늘어진 리본이었다. 그 물건의 정체는 훨씬 나중에 알게 되었다. 그건 낡은 토슈즈였다. 발레리나가 신는 토슈즈 말이다. 보드라운 리본을 매만지고 있는데 발목에서 강한 압력이 느껴졌다. 엄마가 인정사정없이 나를 끌어냈다. 그러더니 토슈즈를 들어 바닥으로 내동댕이쳤다. 그다음에는 벽으로, 탁자로, 거울로. 거울이 와장창 깨지고 나서야 엄마는 토슈즈를 쓰레기통에 처박았다. 그다음은 내 차례였다. 나는 두 번째 토슈즈라도 되는 것처럼 멱살이 잡힌 채로 끌려 다녔다. 벽에 부딪혔다가 화장대로 밀쳐져서 넘어졌다. 그래도 다행히 내 마지막은 쓰레기통이 아니라 엄마의 품이었다. 두들겨 맞은 것은 나인데 엄마가 맞은 사람처럼 흐느꼈다.

'유니콘 모양의 설탕과자' 이야기를 꺼낸 해맑은 애한테 이런 이야기를 인생의 첫 기억이랍시고 얘기할 수는 없었다. 나는 그냥 엄마 침대 밑에서 토슈즈를 찾아낸 이야기만 했다.

내가 기억하는 엄마는 발레같이 아름다운 것이 연상되는 사람은 아니었다. 대개 침울한 표정을 짓고 있었고, 폭력적이거나 무심했다. 그럼에도 엄마가 젊은 시절에 발레를 한 건 사실이었다. 다만 그 사실은 우리 가족에게 금기와도 같은 비밀이었다. 누구도 엄마 앞에서 발레를 연상할 수 있는 이야기를 꺼내서는 안 되었다. 그것은 엄마가 잃어버린 것 중 가장 가치 있는 것이었으니까. 요약하면, 엄마는 나를 임신한 대가로 발레를 잃었는데 사실 그건 나 따위와 바꿀 수 있는 게 아니었다.

'그럼 그냥 나 같은 건 없애버리지.'

이미 숱하게 해 왔던 생각이 다시 떠올랐다. 속이 울렁거렸다. 생각을 억지로 지워 내자 이번엔 눈앞의 현실이 선명하게 드러나기 시작했다.

무대 아래 관중의 얼굴이 수많은 흐릿한 점에서 다시 사람의 얼굴로 또렷하게 드러나고 있었다. 황급히 시선을 내려 발끝을 보았다. '인생 첫 기억'이나 떠올릴 때가 아니었다. 엄마에 대한 기억으로 우울해할 때도 아니었다. 나는 지금 콩쿠르 무대 위에 있다.

내 안무는 4번 포지션에서 시작된다. 음악이 들려오기 시작했다. 3번 포지션으로 발을 끌어와야 할 박자에서 나는 그대로 서 있었다. 그리고 무대에 물이 차서 가슴까지 다 잠긴 것처럼 숨이 차기 시작했다. 곧 기절할 것이다. 아찔함 끝에 몸이 훅 기울었다. 쿵, 소리와 함께 어깨와 옆구리에 통증이 몰려 왔다. 쓰러지기 직전, 내가 본 것은 나를 8년간 가르친 발레 스승의 백짓장 같은 얼굴이었다. 그 위로 어둠이 쏟아졌다.

*

차 사고라고 했다. 엄마가 죽은 이유. 우울증에 시달리며 종종 자신의 아이를 학대하던 여자가 비 내리는 날 새벽 1시에 맨발로 트럭에 뛰어든 사건을 사람들은 '사고'라고 했다.

엄마가 죽은 것은 내가 8살 때다. 엄마는 주로 날 미워했고 가끔 사랑했다. 안아 주고 이야기도 들려주고 노래도 불러 주었지만 많은 순간에 날 밀치고, 때리고, 노려보았다. 나는 언제 엄마가 날 사랑하고, 언제 증오하는지 몰랐다. 혼란의 연속이었다. 그래서 엄마가 죽었을 때는 혼란이 너무 거대해져서 터져 버릴 것만 같았다. 심지어 나는 슬픈지, 괜찮은지조차 알 수 없었다. 8살이 감당하기엔 너무나 버거운 감정이었다. 엄마의 죽음 앞에서 나는 텅 비어 버렸다. 그 뒤로 2년 동안 말을 잃었다. 실어증이었다. 말은 형체가 되기 전에 가슴에서 흩어졌다. 나는 그렇게 나사 하나가 빠진 아이처럼 겨우겨우 학교를 다녔다.

초등학교 3학년이 될 때까지 3명의 담임 선생님과 학교 상담 선생님, 놀이치료 선생님까지 내 입을 열려고 무던히 노력했지만 나는 간단한 욕구 표현조차 할 수 없는 아이였다. 나의 새로운 보호자가 된 이모와 이모부조차 포기할 즈음 제인 원장 선생님을 만났다. 초등학교 3학년. 10살의 여름 무렵이었다.

그즈음 나는 학교에서 두 가지 이유로 유명세를 누리고 있었는데 하나는 말을 하지 못한다는 것, 다른 하나는 음악적 재능이었다. 리코더, 피아노, 우쿨렐레… 난 학교에서 배우는 모든 악기를 잘 다뤘다. 딱히 흥미가 있는 것도 아니었는데 잘했다. 한 번 들은 음악은 통째로 선율과 박자를 외울 수 있었고, 얼추 따라서 연주를 할 수 있었다. 내가 조금만 의지가 있었다면 이모와 이모부는 나를 음악학원에 묶어 두었을 것이다. 실제로 이모는 그런 시도를 하기도 했다. 유명한 음악학원에 나를 여러 번 데려갔던 것이다. 그러나 나는 매번 고장 난 로봇처럼 멍하니 악기를 쳐다보다가 아무것도 하지 않고 돌아왔다. 그 탓에 음악학원 등록은 번번이 무산되었다. 단, 학교 동아리 활동은 안 할 수 없어서, 바이올린 동아리에 들어갔다.

제인 원장 선생님을 처음 만났던 그날은 동아리 활동이 있는 금요일이었다. 뺨에 닿는 바이올린의 촉감이 싫었던 기억이 난다. 나는 쉬는 시간에 교실을 나와서 학교를 배회했다. 수업 종이 친 후의 조용한 복도가 좋았다. 차갑고 서늘한 온도와 분위기는 마음을 편하게 해 주었다. 어쩌다 보니 서관 건물의 1층까지 내려오게 되었는데 강당에서 음악 소리가 들렸다. 문을 열었는데, 엄마가 있었다.

'어, 엄마?!!'

너무 놀라서 심장이 쿵쾅댔다. 그러나 어린 머리로도 그럴 리 없다는 걸 곧 깨달았고, 난 다시 강당 무대를 보았다. 몸에 딱 달라붙는 검은 옷을 입은 여자가 다리를 머리꼭지 너머까지 들었다가 다시 가볍게 바닥을 치고 날아올랐다. 움직임이 너무 가벼워서 사람 같지 않았다. 그리고 그건 엄마의 춤이었다. 악몽을 꾸거나, 발이 시리거나, 화장실에 가고 싶어서 잠에서 깨는 날 밤에는 거실에서 조용히 이런 춤을 추는 엄마를 볼 수 있었다. 어두운 거실에는 주황색 스탠드 불빛과 음악이 있었고, 엄마는 아주 부드럽게 몸을 움직였다. 조명에 슬쩍 비치는 엄마의 얼굴은 슬프디 슬픈 꿈을 꾸는 사람 같았다. 하지만 몸짓만큼은 환상의 나라의 공주님 같았다. 나는 엄마를 훔쳐볼 때마다 오줌이 마렵든지 아니면 머리가 멍해졌다. (그건 아마도 낯선 엄마에 대한 두려움과 설렘 때문이었던 것 같다.) 그런 와중에도 엄마를 방해하면 크게 혼날 것 같아 늘 조용히 숨을 죽이고 엄마의 춤을 지켜보다가 잠이 들었다. 다음 날이 되면 어젯밤의 광경이 사실은 꿈이 아니었을까 되짚어 보곤 했다. 강당 무대 위에서 여자가 추고 있는 춤은 바로 그런 춤이었던 것이다. 엄마가 유령으로 돌아온 건 아닐까 하는 착각이 들 정도로.

"자, 이렇게 자연스럽게 동작이 이어져야 돼. 알겠니?"

여자의 목소리가 엄마와 너무 달라서 그제야 정신이 들었다. 무대 끝에 쭉 서 있던 5, 6학년 언니들이 너무 어렵다며 투덜거렸다.

"어렵다고 우는 소리만 하고 있으면 아무것도 못 해. 너희는 어릴 때부터 무용을 했던 애들이잖아. 심화 동아리가 괜히 '심화' 동아리겠니. 이 정도 가지고 우는 소리 하면 아무것도 못 한다. 자, 다시 봐."

여자는 음악을 틀었다. 짧은 시간 동안 여자는 꼭 요정이나 바람이 된 것 같았다. 슬슬 교실로 돌아가야 했지만 여자의 춤에서 눈을 뗄 수 없었다. 어쩌면 아무도 내가 없어진 걸 모를지도 모른다. 나는 항상 구석에 앉아서 아무 말도 하지 않고, 특별히 튀는 행동도 하지 않고 수업이 끝나면 제일 먼저 사라지는 학생이니까.

나는 결국 6교시가 끝날 때까지 강당 제일 뒷줄에 숨어서 수업을 훔쳐봤다. 여자와 학생들이 불을 끄고 강당을 나갈 때까지 의자 사이에 숨어 있다가 슬그머니 몸을 일으켰다.

'뭐지?'

저게 뭐였을까. 저 춤은 뭐였을까. 가끔 엄마가 노트북을 켜 놓고 멍하니 쳐다보던 그 영상의 춤. 가끔 엄마가 커다란 거실에서 혼자 추던 춤. 가슴이 울렁거렸다. 나는 천천히 무대 위로 올라갔다. 아까 여자가 추던 춤을 추지 않고는 견딜 수 없었다. 잠시 눈을 감고, 노래와 여자의 동작을 곱씹었다. 소리와 동작을 기억하는 것 정도는 숨 쉬는 것처럼 쉬웠다. 나는 음악뿐 아니라 몸짓도 한 번 보면 그대로 기억했다.

나뭇잎처럼 흔들리던 여자의 손과 꽃의 줄기처럼 휘어지던 여자의 다리를 떠올렸다. 하지만 문제는 동작을 그대로 따라 하는 건 차원이 다른 일이라는 거였다. 나는 춤이라고 부를 수 없는 뭔가를 하고 있었다. 허우적거리는 꼴이었을 것이다. 처음으로 내 몸이 낯설었다. 나는 말만 못하는 게 아니라 사실은 몸 어딘가도 망가져 있는 게 아닐까. 그렇지 않고서야 이렇게 삐걱거릴 수 없다. 기억한 대로 움직여지지 않자 성질이 났다.

넘어지고, 비틀거리고, 허우적거리다 보니 어느새 땀이 주르륵 흘렀다.

'뭐야, 이게!!'

속으로 버럭 소리를 질렀을 때였다. 강당 문이 열렸다.

"선생님 여기 있어요!"

오슬비의 목소리다. 힐끔 문 쪽을 바라보니 오슬비와 담임 선생님이 보였다. 담임 선생님은 화가 잔뜩 난 얼굴이었다.

"온두리!!! 너 동아리 선생님한테 말도 안 하고 어딜 갔던 거야!!!"

'죄송해요.'

순간 말을 할 수 있을 것 같은 기분이 들었다. 그러나 현실은 그저 눈을 감고 헉헉 숨만 뱉어 낼 뿐이었다.

그 뒤로, 나는 여자의 몸짓을 잊을 수 없었다. 방에 혼자 있을 때면 여자의 모습을 기억 속에서 끄집어내 그 기억에 나의 몸을 틀어 맞추곤 했다. 찢어지지 않는 다리를 억지로 올려 보고, 빙글빙글 몸을 돌려 보기도 했다. 머릿속에 떠오르는 영상대로 움직여지지 않는 몸을 답답해하면서 다음번에도 강당에 숨어들고 말리라 결심했다.

다음 동아리 수업 날, 슬그머니 교실을 빠져나가려고 했다. 문제는 선생님이 두 번 당할 만큼 호락호락하지 않았다는 것이다. 어쩔 수 없이 영악하게 굴 수밖에 없었다. 나는 죽은 엄마를 이용했다. 눈물을 글썽거리면서, 음악을 들으면 죽은 엄마가 생각난다는 발칙한 핑계를 대고 (종이에 대충 휘갈겨서 보여 주었다.) 보건실에 있어도 좋다는 허락을 받아냈다. 나는 그 길로 강당으로 갔다.

두 번째로 훔쳐본 수업에서도 여자는 엄마가 떠오르는 몸짓을 했다. 마침내 수업이 끝나고 강당이 비었을 때, 망설임 없이 무대 위로 기어올랐다. 그동안 집에서 엉성하게라도 연습을 해 온 덕에, 처음보다는 나은 듯했다. 물론, 조금 더 나을 뿐이지 원하는 대로 몸이 움직여지는 것은 아니었다. 다리가 말도 못 하게 무거웠다. 억지로 발끝을 훅 당겨 오는 순간, 누군가가 소리를 질렀다.

"그만!!!"

머릿속에 흐르던 음악의 실선이 뚝 끊겼다. 감았던 눈을 뜨면서 나는 쿵 쓰러졌다. 다리가 욱신욱신 저렸다. 언제부터 있었던 것인지 '그 여자'가 무대 앞에서 날 보고 있었다.

"그렇게 추다가는 다쳐."

나는 누운 채로 눈만 깜빡였다.

"혹시 내 춤을 따라 춘 거니?"

고개를 끄덕이자 여자는 난감한 듯 하하 웃었다.

"내가 춘 건 공기 요정 〈라 실피드〉야. 네가 춘 건… 음… 날개 다친 까마귀고."

설마 그렇게까지 엉망이었을까. 그래도 조금은 기억대로 움직인 것 같았는데. 여자는 난감한 표정을 거두지 않고 날 지나쳤다. 무대 끝에서 여자는 핸드폰을 집어 들었다. 아마 그걸 찾으러 들른 모양이었다.

"아직 어린데 기특하네. 혹시 〈라 실피드〉 아니?"

라 실피드. 처음 들어 보는 단어였다. 대답도 하지 않고, 그저 멍하니 올려다보기만 하자, 여자는 혼자서 중얼거렸다.

"어느 한 마을에 결혼을 앞둔 젊은 남자가 있었어. 그 남자는 결혼식 전날, 아름다운 요정 '실프'가 나오는 꿈을 꾸다가 잠에서 깼지. 그런데 그 요정 실프가 눈앞에서 날아다니고 있지 뭐니."

여자는 그렇게 말하면서 천천히 몸을 움직였다. 방금까지 바닥에 붙어 있던 여자의 발끝이 뾰족하게 섰다.

"요정을 잡으려고 손을 뻗은 순간 실프는 사라져 버려. 남자는 혼란스러웠어. 내가 환상을 본 건가? 실프는 사라졌지만 남자는 계속 요정을 생각한단다. 요정은 그런 남자 앞에 다시 한번 나타나서는 '자기가 사랑하는 누군가가 자기를 사랑하지 않는다'고 슬퍼하다가 사라지지."

나는 여자의 춤을 눈으로 쫓았다. 동화 같은 이야기도 흥미로웠지만, 여자의 움직임이 더 마음을 사로잡았다.

"다음 날, 결혼식은 예정대로 진행됐고 남자는 신부의 손에 반지를 끼워 주려고 한단다. 바로 그 순간에 공기 요정 실프가 다시 나타나서 반지를 가져가 버리지. 요정은 남자에게 '당신이 다른 이와 결혼하면, 나는 죽는다'고 말하고, 남자는 요정이 걱정되어서 그 요정을 따라 마법의 숲까지 들어가게 돼. 하지만 요정 실프를 잡으려고 할 때마다 요정은 사라지고 말아. 이 사실을 알고 있던 마을의 늙은 마녀가 남자에게 마법의 스카프를 주면서 도와주겠다고 하지. 이 스카프를 요정에게 두르면, 요정의 날개가 떨어져서 다시는 날 수 없다고 하면서. 남자는 실프가 나타났을 때 그 스카프를 잽싸게 둘렀어. 하지만 날개가 떨어지자 요정 실프는 땅에 떨어져 죽고 말지. 늙은 마녀가 남자를 속인 거야. 남자는 슬퍼하고,

다른 요정들이 나타나서 죽은 실프를 데리고 천국으로 가 버려."

여자는 정말 하늘로 날아갈 듯이 팔을 뻗으며 다리를 모았다. 나는 틀림없이 바보 같은 얼굴로 여자를 보고 있었을 것이다. 나와 눈이 마주친 여자가 크게 웃음을 터뜨렸으니 말이다.

"춤에 반한 얼굴이네."

나도 모르게 얼굴을 더듬더듬 매만졌다. 여자는 다가와서 내 머리를 쓰다듬었다. 다른 사람이 만지는 것에 익숙하지 않아, 몸을 움찔하는데도 여자는 아랑곳하지 않았다.

"아직 어리니까 가능성은 충분해. 다만, 연습을 아주 많이 해야 할 것 같구나. 학원은 어디 다니니?"

내가 다니는 데라고는 일주일에 한 번 가는 놀이치료실뿐이었다. 여자를 빤히 쳐다보자 여자는 웃으면서 다시 물었다.

"발레학원, 어디 다니느냐고."

"이게 발레예요?"

말을 하고 나서 몇 초 뒤에야 내가 2년 만에 말을 했다는 걸 알았다. 어떤 전조증상도 없이 그냥 툭, 말이 나왔다. 너무 오랜만에 듣는 내 목소리가 낯설었다. 녹음한 목소리를 재생한 것처럼 들렸다. 여자는 2년 만에 말을 해서 놀란 나보다 더 당황스러운 얼굴을 했다.

"그럼 이게 발레가 아니고 뭐니?"

그러더니 이렇게 물었다.

"너 발레 배운 적 없어?"

내가 고개를 끄덕이자, 재차 "춤 배운 적 없어?" 하고 물었다. 나는 다시 고개를 끄덕였다.

"그럼 그 춤을 어떻게 췄니?"

"좀 전에 봤으니까요."

2년 만에 내뱉은 두 번째 말이었다. 나도 모르게 내 목과 입을 매만졌다. 여자는 큰 눈의 눈꺼풀을 깜빡거리더니 곧 과하게 친절한 미소를 지었다.

"반갑다. 이름이 뭐니? 난 제인 선생님이야."

나는 그렇게 제인 원장 선생님을 만났다. 8년 전의 일이었다.

#2

눈을 뜨자 똥 씹은 표정을 하고 있는 제인 원장 선생님이 보였다.

"병원이에요?"

원장 선생님은 쯧, 혀를 찼다.

"그래. 너는 기절을 한 거냐, 푹 잔 거냐? 잠꼬대도 하더만."

빈정거리는 말투로 보아, 내가 또 무대 위에서 기절한 게 퍽 마음이 상한 모양이다. 무대 위에서 손끝 하나 제대로 움직여 보지 못하고 기절한 게 벌써 15번째다. 이제는 인정해야만 했다. 나는 무대에 오를 수 없다. 호기롭게 발레에 뛰어든 것치고는 과정이 영 볼품없었다. 나는 무대 위에서는 춤출 수 없는 저주에 걸린 불쌍한 무용수였던 것이다. 너무 허탈해서 헛웃음이 터져 나왔다.

"웃음이 나와?"

"원장 선생님과 처음 만났던 날의 꿈을 꾼 것 같은데, 기절해 놓고 꿈을 꾼다는 게 웃기잖아요."

"솔직히 말해 봐. 꾀병이지? 너 내가 그동안 혹독하게 가르쳤다고 나 골탕 먹이려는 거지? 그렇지 않고서야 매번 무대 위에서 기절하고, 눈뜨자

마자 멀쩡한 게 말이 되냐? 온갖 검사를 다 해 봐도 아무 문제 없는 것도 그렇고."

"어쩌겠어요. 마음의 문제라잖아요. 그리고 돈 아깝게 링거는 왜 맞히셨어요."

원장 선생님한테 발레를 배운 시간이 8년이었고 나는 미래가 불투명한 18살이 되었다. 이런 말쯤은 이제 우리에게 아무렇지 않은 농담이었다.

"그러게 말이다. 지금 넌 링거가 아니라 최면 치료를 받아야 할 것 같은데 말이지."

"저 어릴 때 심리 치료 3년 다녔어요."

간혹 악몽을 꾼다거나, 어린 날의 경험이 지금의 내게 영향을 주고 있구나 느끼는 때가 있기는 하지만 이만큼 무난하고 무던하게 지내고 있는 건 어릴 때 이모가 부지런히 심리 치료를 받게 한 덕이었다. 나는 늘 이만하기를 다행이라고 생각하려고 노력했다.

간호사에게 링거를 빼 달라고 했다. 영양제가 아니라 고칼로리 식사를 하고 싶었다.

"오슬비는요? 무대 잘했죠?"

오슬비 이야기를 묻자 원장 선생님은 무감한 얼굴로 고개를 끄덕였다. 처음에 오슬비는 내가 하는 것은 자기도 해야 한다는 고집과 자존심으로 발레를 시작했다. 그런데 발레를 하다 보니 오슬비도 재능이 보였다. 더구나 지고는 못 사는 그 애의 성격은 치열한 예체능의 세계에 필요한 바탕이었다. 8년. 함께 발레를 하는 동안 오슬비는 서초에서 제일 큰 우리 원장 선생님의 학원에서 유망주가 되었고, 예술 중학교를 거쳐 예술 고등학교에 수석으로 입학했다. (나는 일반계 고등학교로 진학했다. 예고 실기고사 무대에서 기절을 한 탓이었다. 예중 실기고사는 단체로 하는 센터 연습으로 진행되었던 덕에 기절하지 않고 무사히 입학을 했는데 - 그때는 심지어 내가 수석이었다 - 그런 행운은 다시 오지 않았다.) 그런 오슬비이기에 국내 콩쿠르에서 늘 우수한 성적을 냈다.

원장 선생님은 나를 초밥집으로 데려갔다. 그즈음 오슬비에게서 몸은 괜찮은지 묻는 카톡이 왔다. 난 에피타이저로 나온 게살죽을 우물우물 씹으며 답장했다.

- 웅, 넌 잘했어?
- 당연하지. 나 오슬비야. 국내 콩쿠르에서 내가 그랑프리 아니면 이상하지.

오슬비다웠다. 오슬비의 카톡 내용을 원장 선생님께 옮기자, 원장 선생님은 연어초밥을 입안으로 밀어 넣으며 불만스러운 투로 말했다.

"온두리. 오슬비는 오슬비고, 너는 너야. 제발 너부터 좀 생각해. 세상에 무용수가 무대 위에서 기절한다는 게 말이 되니. 볼쇼이, 마린스키 무대도 아니고."

나는 묵묵히 원장 선생님의 불평을 들었다. 원장 선생님은 새우초밥을 먹으면서 또 분통을 터트렸다.

"날개 다친 까마귀마냥 퍼득거리던 너를 처음 발견했을 때, 나는 드디어 내 인생이 피는구나 생각했다. 골반 뼈가 부서져서 현역 무용수를 그만둔 뒤로 처음 느껴 보는 희열이었다고. 춤을 배워 본 적도 없는 애가 고작 한 번 본 것만으로 그만큼 따라 한다고? 완전 할렐루야였지. 근데 그러면 뭐 하니. 무대에 못 서는걸. 내가 이런 반푼이한테 8년을 공들였다는 게 믿기질 않는다."

나는 아무 말 없이 빈 종지 그릇에 염교를 채워 넣었다.

"내가 더 열 받는 게 뭔지 아니?"

원장 선생님은 염교를 하나 집어 먹고 젓가락을 탁 내려놓았다.

"네가 하나도 열 받아 하지 않는다는 거."

나는 가만히 식탁을 바라보았다. 그런 말들에 상처를 받지는 않았다. 무대에 서지 못한다는 사실은 내겐 난감함, 그 이상도 이하도 아니었으니까. 그러니까 원장 선생님이 정확한 부분을 찌른 것이다.

"너 무용수가 무대 위에 서지 못한다는 게 무슨 의미인지 알긴 아는 거야?"

잠깐 숨이 막혔다. 실어증에 걸렸던 때처럼 문장이 만들어지지도, 입이 벌어지지도 않았다.

"온두리. 너 왜 발레를 시작했니?"

그러게. 나는 왜 발레를 했을까? 별 이유는 없었다. 발레를 제대로 마주한 순간, 가슴이 타들어가는 것 같았다. 엄마가 췄던 춤. 엄마가 사랑하고 증오했던 춤. 엄마가 그리워했던 것. 어쩌면 오래된 연적을 만난 느낌이었을지도 모르겠다. 그래서 이걸 추지 않고는 견딜 수 없었던 것뿐이다. 운명이거나 악연이거나 저주 같은 게 아닐까. 이것을 달리 뭐라고 설명할 수 있을까. 원장 선생님은 정적을 봐줄 생각이 없어 보였다. 끝까지 답을 듣고 말겠다는 고집스러운 시선이 내게서 떠나질 않았다. 괜히 물을 홀짝이다가 간신히 할 말을 찾았다.

"원장 선생님… 저는 그냥 춰요. 그냥."

그러자 선생님은 허, 하고 이상한 한숨을 쉬었다. '그냥'이라는 말은 틀림없이 이상하게 들렸을 것이다. 원장 선생님은 말없이 물을 들이켜고는 어깨를 으쓱했다.

"넌 어릴 때도 무슨 애가 수묵담채화마냥 덤덤한 게 애같지 않더니 나이를 먹으니까 목석이다, 목석."

그러고는 초밥 두어 개를 연달아 집어 먹는데, 꼭 답답함을 초밥으로 밀어내려는 무언의 제스처 같았다.

"이 애물단지를 어쩌면 좋으니. 버리자니 아깝고, 거두자니 막막하고."

원장 선생님의 혼잣말에 나는 머쓱하게 웃을 수밖에 없었다.

#3

집에 도착하자 제 방에서 나를 부르는 오슬비의 목소리가 들렸다. 지가 좀 나올 것이지, 라고 생각하면서 방으로 들어가자 케이크와 착즙음료가 불쑥 들이밀어졌다.

"벌써 몇 번째 기절이니? 15번째 맞나? 기념 좀 하자."

오슬비 스타일의 위로였다. 나도 이렇게 아무렇지 않게 놀리듯이 이야기해 주는 편이 마음이 편했다. 상대가 나보다 더 나를 안쓰러워할 때는 오히려 반응하기가 난감했다.

"그렇게 됐어."

"축하한다. 이제 우리나라에서 무용 좀 한다 하는 애들 중에 너 모르는 애들 없을걸? 걔들이 너를 뭐라고 부르는지 알아?"

나는 관계의 폭이 넓지 않은 전형적인 예였다. 오슬비는 내가 워낙 무디고 덤덤하게 구는 탓이라고 했다. 말수도 별로 없고, 살갑게 굴지도 않고, 발레나 클래식 음악을 듣는 것 말고는 특별히 취미랄 것도 없고…. 대인관계에 불리한 요건은 다 갖추고 있다고 했다. 내가 학원 아이들과도 잘 어울리지를 못하니까 한번은 원장 선생님이 진지하게 "온두리, 너는 친구가 싫으냐?"라고 물은 적도 있었다. 친구를 갖고 싶지 않은 건 아니었다. 다른 사람들에겐 쉬운 게 나한테는 조금 어려웠다. 누군가와 마음을 나눈다는 것이 자연스럽게 되지가 않았다. 이모와 오슬비는 그걸 아주 답답하게 여겼지만, 난 그게 왜 답답한 일인지도 알 수가 없었다.

"너 보고 쿠크다스래. 왜 그 잘 부서지는 과자 있잖아. 네가 무대에 설 때마다 픽픽 쓰러지니까 네 멘탈이 그렇게 약하다는 거지."

그런 별명이 붙어도 어쩔 수 없었다. 오슬비는 갑자기 인상을 우그러뜨렸다. 예쁘고 단아한 이마가 보기 싫게 주름졌다.

"넌 화도 안 나냐?"

"왜?"

"답답아, 사정도 잘 모르는 애들이 널 그런 식으로 깎아내리는데 그렇게밖에 반응을 못 해?"

상처도 관계가 있고, 애정이 있어야 받는 거였다. 더구나 그간 무대에서 요란하게 기절한 게 여러 번인지라 다들 그렇게 수군거릴 만도 했다. 그러나 이렇게 얘기했다가는 오슬비가 더 화를 낼 게 뻔했다.

"그냥 콩쿠르 할 때 무대 뒤에서 몇 번 마주친 애들일 뿐인데 뭐. 내 앞에서 그런 적도 없고. 그랬으면 네가 가만히 있지 않았겠지."

"당연하지. 감히 내 앞에서 온두리를 까? 내 동생을?"

고작해야 나보다 3개월 생일이 빠를 뿐인데도 오슬비는 늘 내 언니인 체를 했다. 어릴 때부터 그랬다. 나는 불쌍한 과거가 있는, 어딘지 멍하고 정신머리가 없는 애였고 오슬비는 똑 부러지고 당돌했다. 그 애는 나를 자기 고양이처럼 대하곤 했다.

"거기다 너보다 실력도 없는 애들이잖아. 진짜 웃겨. 남 깎아내릴 시간에 자기들 실력이나 키울 것이지."

나는 그냥 웃었다. 실력이 아무리 좋아도 관중 앞에서, 무대 위에서 꺼낼 수 없다면 그게 무슨 소용일까. 오슬비는 꼭 내 생각을 읽기라도 한 양, 한숨을 쉬었다.

"걱정 마. 넌 천재잖아. 그 이상한 증상만 극복하면, 대단한 발레리나가 될 거야."

오슬비의 눈동자에 동정이 스치는 게 보였다. '나는 발레리나가 되고 싶은 건지 잘 모르겠어'라는 말이 목구멍까지 올라왔지만 그냥 말하지 않았다. 그 애는 곧 산뜻한 말투로 화제를 바꿨다.

"참, 줄 거 있어."

책장 한구석을 뒤적여 꺼낸 것은 푸른색 티켓이었다.

"뭐야?"

"15번째 실패 기념 선물."

티켓을 살펴보니 금박으로 글이 새겨져 있었다.

SWAN LAKE : 백조의 호수 - 국립발레단

"이번 주 토요일 10시 공연이야. VIP석으로 끊었어. 오데트-오델을 맡은 프리마 발레리나가 네가 좋아하는 솔리스트야."

〈백조의 호수〉는 차이코프스키의 발레곡 중에서 가장 유명한 작품이다. 뜻밖의 선물을 조심스럽게 받아 들자 오슬비는 득의양양하게 웃었다.

"이만하면 15번째 실패 선물로 괜찮지?"

"이 귀한 표를 어떻게 구했어?"

"티케팅 오픈했을 때 보니까 네 생일이 근처길래 예매 시도했더니 덜컥 됐어."

헤아려 보니 다음 주 수요일이 내 생일이기는 했다. 어릴 적, 엄마가 내 생일을 온전히 기뻐한 기억이 없어서 나도 내 생일을 굳이 챙기지 않았다. 나한테는 그게 더 익숙하고 편했다.

"넌 같이 안 가?"

"나는 다음 주에 재호랑 가기로."

오슬비는 우리 발레학원 동기이자 같은 학교를 다니는 최재호와 2년째 연애 중이었다. 그 애는 어딘지 좀 시건방지고 틱틱거릴 때가 있어서 난 썩 마음에 들지 않았지만(최재호도 나를 별로 좋아하지 않았다.) 둘은 잘 맞는 모양이었다. 오슬비는 최재호의 실력을 마음에 들어 했는데, 그것만큼은 나도 딴지를 걸 수 없었다.

"그래, 그럼 나 먼저 보고 올게. 고마워."

〈백조의 호수〉의 오데트와 오딜. 그리고 지그프리트 왕자와 아름다운 군무. 그 모든 것을 생각하자 가슴이 뛰었다. 문득 '너는 왜 발레를 하는 거니?' 하고 묻던 제인 원장 선생님의 질문이 떠올랐다. 나의 대답은 '그냥'이었다. 책상 위에 티켓을 올려 두면서 괜히 손으로 티켓 표면을 쓱- 쓸어 보았다. 매끄러운 감촉이 지나가는 순간이 퍽 설렜다.

'그냥'으로도 가슴이 두근거릴 수 있는 건가? 그냥이라니. 정말 이걸로 괜찮나?'

원장 선생님의 질문은 쓸데없는 상념을 불러일으켰다. 발레를 왜 시작했냐니. 그런 건 생각해 본 적이 없다. 몰아치듯 다가와서 쫓기듯이 시작한 것뿐이었다.

'역시 '그냥' 말고는 답이 없잖아. 엄마 영향이 있는 건 뭐 당연한 거고…'

쓸데없는 생각은 대부분 엄마에 대한 기억으로 이어지는 경향이 있었다. 이번에도 엄마에 대한 뭔가가 떠오를 것 같아서 괜히 머리통을 한 대 세게 때렸다. 얼얼한 통증과 함께 생각이 흩어졌다.

'괜찮지 않다고 해도 달라질 건 없어.'

티켓을 서랍에 넣어 두고 침대에 누웠다. 어쩐지 우울해질 것만 같아서 속으로 계속 양을 세다가 겨우 잠이 들었다.

#4

　'지금의 온두리' 인생에 '어린 온두리'가 불쑥 끼어 들 때가 있다. 좋게 끼어 든 적은 한 번도 없었고, 보통은 뭔가를 망쳤다. 무대에서 기절하는 것과 비슷한 종류의 훼방이었다. 누가 큰 소리를 내거나 예고 없이 나를 잡으면 소스라치게 놀라거나 몸이 굳었고, 엄마와 관련된 악몽을 꾸다가 비명을 지르면서 깨기도 했다.

　양을 세면서 잠이 들었던 어제도 꿈을 꿨다. 아침부터 매우 찝찝하게 하루를 시작했다. 학원에 도착해서도 기분은 영 나아지질 않았다.

　- 참 이상한 애야. 내가 모든 걸 걸고 낳은 앤데 왜 그만큼 사랑스럽지가 않을까. 왜 그만큼 예쁘지 않지? 이상해. 정말 이상하단 말이야.

　몇 살 때 들은 말인지는 기억나지 않는다. 나는 작았고, 말랐고, 어렸다. 그런데도 엄마가 하는 말의 의미나 그 안에 숨은 혐오 같은 것들은 고스란히 느낄 수 있었다. 어제는 그 장면을 꿈으로 꿨다. 꿈에서의 나는 순식간에 자라나서 18살, 지금의 모습이 되어 엄마를 철천지원수처럼 무섭게 노려보았다.

— 그건 엄마가 이상한 상태였기 때문이에요. 제 잘못이 아니에요. 제 탓 하지 마세요.

엄마는 가볍게 한숨을 쉬더니 혀를 찼다. 그다음엔 고개를 절레절레 흔들었다. 딸이 아니라 말 안 듣는 개를 보는 것 같았다.

스트레칭에 집중이 되지 않았다. 엉덩이 근육과 햄스트링을 푸는 동작에서 다시 허리를 세웠다. 속이 울렁거렸다. 잠시 천장을 보고 서 있는데, 옆에서 가만히 보고 있던 원장 선생님이 물었다.

"네가 누구랑 싸울 만큼 남한테 관심 있는 애가 아닌 걸로 아는데…. 표정이 왜 누구랑 싸운 것 같냐?"

기억과 싸운 것도 싸운 거라면, 뭐 그렇다고 하겠다. 달리 대꾸하지 않자 원장 선생님은 대놓고 싸가지 없는 기집애라며 투덜거렸다.

"표정 풀고 연습에 집중해라. 반푼이 무용수면 더 악착같이 해야지."

"저 몸 푼 지 20분도 안 지났어요. 학원 들어온 지 이제 30분 됐고요."

"말대답은. 어쩌다 저런 거한테 걸려서 사서 고생을 하나 몰라."

원장 선생님은 툴툴거리면서 한 마디 더 덧붙였다.

"이 애물단지한테 엄한 돈까지 쓰고 말이지."

무슨 소리인가 싶어서 가만히 올려다보자, 원장 선생님은 큼, 큼 어색한 헛기침을 했다. 잠깐 기다려 보라고 하더니 스튜디오를 나갔다 들어온 원장 선생님의 손에는 티켓이 들려 있었다. 어젯밤에 오슬비한테 받았던 바로 그 티켓이었다.

"마침 공연 날짜가 네 생일 근처더라고. 내 거 예매할 때 겸사겸사 같이 끊었다."

15번째 실패를 축하한다던 오슬비의 목소리와 뿌듯해하던 표정이 오버랩 되면서 조금 아찔해졌다. 그사이 원장 선생님은 내 미묘한 표정을 읽어 내고야 말았다.

"하늘 같은 스승이 선물을 하사하는데 표정이 어째 좀 그렇다?"

"아니 그게 아니라요."

한 박자 머뭇, 그러나 달리 변명할 거리가 생각나지 않는다.

"저 표 있어요…"

"뭐?"

"이번 주 토요일 오전 10시 공연 티켓이 있어요."

원장 선생님의 눈썹이 단박에 쭈욱 올라간다.

"좌석은?"

오슬비는 VIP석을 끊어 줬다. 내가 다시 머뭇거리자 원장 선생님은 그 틈을 타서 말을 막았다.

"됐어. 이 티켓은 저녁 공연이니까 두 번 봐 그럼."

"아, 감사합니다, 원장 선생님."

발레 매니아들은 실제로 같은 공연을 여러 번 보기도 했다. 좌석이 다르면 보이는 구도도 다르니까 그것도 그 나름대로 좋았다.

"그리고 그날 공연 끝나고 만날 사람 있는데, 너도 같이 만나야 하니까 그것까지 생각하고 나와."

뒤이어 붙은 말은 전혀 대수롭지 않은 투였다. 갑자기 누굴 만난다는 건지, 왜 내가 함께 만나야 하는지 황급히 물었지만 원장 선생님은 성가

시다는 손짓으로 더 이상의 질문을 막았다.

"스트레칭 끝났으면 바워크 시작해. 수업 시작 10분 남았다."

결국 더 묻지 못하고, 머릿속에 토요일 저녁의 내키지 않는 스케줄을 끼워 넣었다.

                        *

대망의 〈백조의 호수〉 공연 날이었다. 잠도 편하게 잤고, 꿈도 꾸지 않았다. 침대에서 몸을 일으킬 때는 그렇게 상쾌할 수가 없었다. 나갈 준비를 하면서는 흥얼흥얼 콧노래까지 나왔다. 쇼팽의 곡이었다.

"진심 그러고 나가게?"

먼저 준비를 마치고 내 방으로 들어온 오슬비가 삐딱하게 말을 걸었다. 나는 다시 거울을 봤다. 스포츠 레깅스에 엉덩이를 가리는 넉넉한 품의 맨투맨 티. 더없이 실용적인 야구 모자. 이상할 게 없었다. 멀뚱하니 오슬비를 쳐다보자 그 애는 어휴, 하고 한숨을 쉰다.

"그 시커먼 나이키 모자도 좀 집어치우고, 지저분한 에코백도 좀 바꿔라."

"근데 이걸 벗으면 머리가…."

말이 끝나기도 전에 오슬비가 모자를 휙 걷어 낸다. 눌리고 구겨진 머리카락을 보더니 표정이 더 심각해진다.

"제대로 관리 안 할 거면 그냥 묶든지. 어우 진짜 너 이러고 어디 가서 내 동생이라고 하기만 해."

결국 다시 머리에 모자를 돌려놓는다. 대충 무시하고 1층 거실로 내려가자 이모도 내 차림새를 보고는 눈을 찌푸렸다.

"두리 너는… 어디 운동하러 가니?"

"아… 이게 편해서요, 이모."

"청바지라도 입어. 발레 공연에 레깅스가 뭐니?"

이모는 가끔 나를 못 견뎌 했다. 오슬비는 그런 이모를 닮았다. 그래서 이 둘은 종종 나를 다른 행성에서 온 사람 취급을 했다. 이모와 오슬비가 못 견뎌 하는 것들은 대충 이런 거였다. 겨울에 손이나 입술이 부르튼 채로 돌아다니는 것, 머리 스타일이나 차림새를 단정히 하지 않는 것, 어딘가 빈틈이 많아 보이는 것(나는 그게 도대체 어떤 건지 아직도 잘 모르겠다.), 남에게 책잡히는 것, 둔하게 행동하거나 반응하는 것, 가끔은 내 말투까지도. 이 둘이 나를 사랑한다는 건 알지만 때로는 체한 듯이 속이 답답했다. 그러다가 불현듯 엄마 생각이 나기도 했다.

– 나는 이 애를 이해할 수가 없어.

엄마도 이해할 수 없었던 애를 친척이 이해할 수 있을 리가.

내가 가만히 서 있자 이모는 한숨을 쉬었다.

"됐어, 그냥 가. 태워다 줄 테니까 나와."

차를 타고 가는 동안 이모는 더 이상 차림새에 대한 지적은 하지 않았다. 그러나 전혀 예상치 못했던 이야기를 꺼냈다. 내가 무대에서 15번째 기절을 한 얘기였다.

"멀쩡하던 애가 무대에만 올라가면 기절을 한다는 건, 네 마음이 발레를 감당할 수 없다는 거 아니겠니? 그걸 보는 우리도 고역이고. 저러다 정말 어디 잘못되는 건 아닐까 걱정돼 죽겠어. 어차피 무대에 못 서면 발레리나가 될 수도 없을 텐데 그럴 바에는 그냥 이쯤에서….”

이모의 목소리는 더없이 근심스러웠고, 때문에 나를 더욱 위축되게 만들었다. 처음부터 이모는 내가 발레 하는 걸 반대했다. 나와 오슬비가 발레를 배우겠다고 선언했을 때 새파랗게 질리던 얼굴을 기억한다. 어떻게 네가, 하고 책망하는 것 같기도 했고, 잔뜩 겁을 먹은 것 같기도 했다. 내가 단식투쟁에 들어가고 나서야 발레 배우는 걸 허락했지만, 그건 겨우 실어증에서 벗어난 나를 도로 망가뜨리게 될까 봐 두려워서 한 허락이었다. 이모네 부부의 마음이 누그러지기 시작한 것은 오슬비가 발레에 두각을 드러내면서부터였다. 그러나 이모와 이모부의 호의적인 태도는 오래가지 못했다. 누구도 예상하지 못했던 나의 치명적인 약점 때문이었다.

내가 처음 기절했을 때, 이모는 꼭 엄마의 죽음을 다시 목격한 사람처럼 울었다. 그 이후로도 벌써 열 번이 넘게 기절을 하고 있으니, 발레를 만류하는 이모의 마음도 이해가 안 가는 것은 아니었다.

“올해부터는 너도 슬슬 진로 고민을 해야지. 금방 고3 되고, 금방 대학 입시를 치르게 될 텐데 입시 무대에서도 기절할 게 뻔하잖아. 만에 하나 기절하지 않고 넘어간다고 해도, 널 뽑지는 않을 거야.”

거기까지 말해 놓고 조금 심하다 싶었는지, 이모는 말투를 한결 부드럽게 바꾸었다.

“실력이 없어서가 아니라, 콩쿠르 심사위원 자리에도 나오는 대학 교수들이 무대에만 서면 기절하는 너를 모를 리가 있겠니.”

뭐 일리가 없는 말은 아니었다. 일부러 생각하지 않으려고 하지만, 내게도 곧 진학의 문제가 닥쳐올 거고, 이모 말대로 아마도 나는 무용과에 진학하지 못할 것이다. 내가 달리 대답을 하지 않자, 이모는 더 많은 말을 쏟아냈다.

"여차하면 네 이모부 회사에서 일하면 되니까 경영학과를 목표로 공부 시작해 보자. 이모가 좋은 과외 선생님 붙여 줄게. 대학 생각이 없으면 공무원도 괜찮아. 다 지원해 줄게. 이모랑 이모부만 믿어."

이모부는 제약회사 임원이었고, 조카 한 명을 책임질 여력은 충분히 되는 위치였다. 나는 이번에도 대답하지 않았다.

"두리야 살다 보면 정말 중요한 결단을 내려야 할 순간이 와. 그리고 그럴 때는 무엇보다도 이성적으로 선택하는 게 현명하지. 이를테면 네 엄마 말이야. 네 엄마가 조금만 더 이성적이었다면 모든 게 바뀌었을 거야."

핸들을 꽉 눌러 잡는 이모의 손 마디마디가 하얗게 질렸다. 엄마 이야기를 할 때 이모는 이렇게 몸의 어딘가에 힘을 꽉 주곤 했다.

엄마에 대한 이야기를 자세히 듣게 된 것은 중학교 3학년 때였다. 내가 16살이 되면 설명하겠다고 미리 결정을 했었는지, 이모는 조금 우스울 만큼 결연해 보였다. '너희 엄마는 꼭 너처럼 말수가 적은 편이었지'로 시작된 말은 '유치원 다닐 때부터 팔다리가 길고, 목이 곧아서 모델을 해도 되겠다는 얘기를 많이 들었어'라는 말로 이어지다가 발레로 연결되었다.

– 6살 때 발레를 시작했는데, 제법 재능이 있었지.

이모는 분홍색의 귀여운 레오타드를 입고 있는 엄마의 사진도 꺼내 왔다. 6살 때 발레를 시작한 엄마는 세기의 천재나 한국 발레의 희망까지는 아니었어도, 꽤 기대를 받는 유망주 정도는 되었던 모양이다. 18살 때,

YAGP(Youth America Grand Prix, 유스 아메리카 그랑프리 : 미국 뉴욕에서 열리는 세계적인 발레 콩쿠르) 여자 솔로 부분에서 3등을 했고, 모스크바 국립음악극장 발레단에 입단했다. 엄마는 좋은 발레리나가 될 수 있는 사람이었다. 그러나 발레가 인생의 전부였던 만큼 세상물정을 잘 몰랐다. 더불어 남자를 보는 안목을 기를 만한 기회도 없었던 것이 분명하다. 결국 그 미숙함이 엄마를 불행의 구렁텅이로 몰아넣었던 것이다. 나를 임신하게 된 것 말이다. 물론 엄마에게만 책임을 돌리고 싶지는 않다. 내 아빠라는 사람도 이 과정에서 절대 자유로울 수는 없다. 그 저열함과 비열함에 대한 비난은 영원히 받아도 모자라지 않을 것이다.

이모 말에 따르면, 엄마는 스무 살의 가을, 갑작스럽게 러시아에서의 모든 것을 내려놓고 한국으로 돌아왔다. 이모는 공항에서 다시 만난 엄마를 이렇게 설명했다.

– 너희 엄마를 근 2년 만에 공항에서 다시 만났을 때, 나는 동생이 너무 낯설어서 잘못 본 게 아닐까 생각했었다.

러시아에서 온 티를 내듯이 두꺼운 패딩에 목도리를 코까지 둘러매고, 허리께까지 닿는 거대한 캐리어를 끌면서 힘겹게 걸어오는 엄마는 2년 전보다 훨씬 말라 보였고 창백했으며, 얼굴에 피곤한 기색이 가득했다. 그리고 집에서 엄마가 그 두꺼운 옷가지를 하나, 둘 벗어 버린 뒤에 가장 낯선 것이 눈에 띄었다. 볼록하게 튀어나온 배였다. 다른 곳은 다 바싹 말랐는데 배만 동그래서, 누가 보아도 이건 임신이구나 할 만했다. 엄마보다 7살이 많은, 결혼 2년 차였던 이모도 그때 오슬비를 임신 중이었는데 이모와 비슷할 만큼 엄마의 배는 부풀어 있었다.

– 그때 너희 엄마 참 독했어. 네 할아버지가 머리채를 잡았을 때도, 내가 도대체 어떤 놈이냐고, 어느 나라 사람인지라도, 나이라도, 뭐 하는 사람인지라도 말해 보라고 애원했을 때도 입을 꾹 다물고 있었거든. 네 엄마는 네 아빠에 대해서는 한 마디도 하지 않았어. 우리는 네가 태어나고 조금 자랐을 때에야 네 아빠가 아시아인일 거라고 생각했지.

이모와 다른 가족들은 엄마가 혹시 외국에서 나쁜 일을 당해서 임신을 한 건 아닐까 걱정했다고 한다. 만약 그런 거였다면 나로서도 훨씬 끔찍한 일이었겠지만, 엄마는 모든 걸 버리고 나를 낳았다. 나쁜 일을 당해서 임신을 한 거였다면, 일생을 걸고 아이를 낳지는 않았을 것이다. 그게 그나마 다른 가족들에게 위로가 되는 일이었다.

– 네 엄마가 한 마디도 하지 않는 게 너무 괘씸해서 네가 조금 자라고 난 뒤에는 우리 가족 모두 너희 모녀를 찾지 않았어. 그냥 물질적으로 지원해 주는 것만 하고 싶었지. 동생의 그 우울한 분위기를 마주하는 것도 싫었고, 도대체 어떻게 태어난 건지 모를 조카를 보는 것도 싫었거든. 하지만…

그 말을 할 때 이모는 내 눈을 쳐다보지 못했었다.

– 그러면 안 됐던 거야. 걔가 너한테 그랬을 줄은…

이모는 그 문장을 차마 끝맺지 못했다. 도리어 내가 엉엉 우는 이모를 작은 손으로 토닥여야 했다. 하필이면 이 이야기를 16살이 된 새해 첫날에 하다니. 그런 생각을 하면서 퍽 우울해졌던 기억이 난다.

내가 무엇을 떠올리고 있는지 알지 못하고 말을 하던 이모는 핸들을 부드럽게 돌리면서 마지막으로 못 박듯이 말했다.

"그러니까 두리야. 이성적으로 생각해, 이성적으로."

이모가 말하는 '네 엄마가 조금이라도 이성적이었다면'의 이성적인 생각은 무엇이었을까. 만나는 남자가 좋은 사람인지, 아닌지에 대한 판단? 아니면 성관계에 대한 조심성? 아니면 스스로 트럭에 뛰어드는 게 옳은지에 대한 고민? 이 모든 게 아니라면 어쩌면 '임신한 아이를 낳을지, 지울지에 대한 생각'일 것이다.

'나를 낳고 엄마가 행복했더라면, 또 많은 게 달라졌겠지.'

예술의 전당 앞에 도착했다. 이모는 방금까지와는 달리, 어딘지 과장되게 따뜻한 어투로 말했다.

"공연 잘 보고 와. 그리고 내가 말한 거 생각해 봐, 알았지?"

나는 마지못해 고개를 끄덕였다.

"네. 잘 보고 들어갈게요. 아, 저 저녁 약속 있어서 좀 늦어요."

나는 이모의 차가 완전히 사라질 때까지 잠시 그 자리에 서 있었다.

#5

발레 〈백조의 호수〉는 악마의 저주에 걸린 오데트 공주와 지그프리트 왕자의 사랑 이야기다. 오데트 공주는 저주를 받아 낮에는 백조의 모습이 되고, 밤이 되어야 사람이 된다. (저주를 푸는 방법은 '한 사람의 변치 않는 사랑을 받는 것'이다.) 사냥을 하다가 오데트 공주를 만나게 된 지그프리트 왕자는 그녀를 사랑하게 되고, 둘은 곧 사랑의 결실을 맺는 듯했지만 왕자는 왕궁 무도회에서 오데트를 쏙 빼닮은 오딜을 만난다. 오딜에게 매혹당한 왕자는 오딜을 오데트라고 착각해 자신의 신부로 공표하는데, 사실 오딜은 악마가 보낸 악마의 딸이었다. 그 사실을 알게 된 지그프리트 왕자는 모든 것을 돌려놓기 위해 최선을 다하지만 악마 역시 둘을 갈라놓기 위해 최선을 다한다. 악마가 왕자를 처치하려는 마지막 순간이 찾아오고, 이때 오데트가 온몸으로 막아 지그프리트를 보호한다. 그 순간 그들의 사랑이 악마의 힘과 저주를 이겨 내어 결국 악마가 쓰러지고 마는 해피엔딩으로 마무리가 된다. (결말은 안무가마다 차이가 있다. 국립발레단은 진정한 사랑이 악마의 저주를 이긴다는 해피엔딩을 선택했지만, 오데트가 자살하거나 지그프리트 왕자가 악마와 함께 죽고 오데트가 혼자 남는 비극적인 결말도 있다.)

〈백조의 호수〉는 고전 발레 중에서도 손꼽히는 작품 중 하나다. 4막 36곡 구성으로 이루어져 있고, 차이코프스키의 3대 발레 음악 중 가장 먼저 작곡된 작품이다. (다른 두 작품은 〈잠자는 숲속의 미녀〉와 〈호두까기 인형〉이다.) 〈백조의 호수〉는 초연 당시 혹평을 받았다고 하는데, 지금은 많은 사람들이 사랑하는 발레 작품이 되었다.

영상으로만 보던 〈백조의 호수〉 무대를 직접 보니, 황홀하기 그지없었다. 마지막 부분인 지그프리트 왕자와 악마의 대결, 흑조와 백조의 군무와 오데트의 애타는 춤이 급박하고 아름답게 흘러가고, 마침내 진실한 사랑이 저주와 악마를 물리치는 엔딩에 이르자 힘찬 박수가 터져 나왔다. 무대가 잠시 암전되었다가 다시 환하게 빛이 들어왔다. 2시간가량의 공연 동안 최선을 다해 아름다운 무대를 그려 낸 무용수들이, 마지막까지 우아한 몸짓으로 인사를 했다. 나는 사방에서 들려오는 기립박수에 그대로 파묻혀 있었다. 일어날 힘도, 박수를 칠 힘도 없었다. 순식간에 몰려든 피로 때문에 쓰러지듯 앞좌석에 이마를 기댔다. 감은 눈꺼풀 위로 춤이 떠다녔다. 나는 그 춤을 느리게 재생했다가 다시 빠르게 돌려 보기도 하면서 여운에 잠겼다.

'아… 울렁거려.'

공연을 보고 난 뒤에는 항상 이랬다. 술에 취해 본 적은 없지만, 아마 적당히 기분 좋게 술에 취하면 이런 기분이지 않을까.

"고객님, 괜찮으세요?"

누군가가 나를 툭툭 쳤다. 검은 정장을 입은 직원이 걱정스러운 표정으로 나를 내려다보고 있었다.

37

"공연이 끝나서 퇴장해 주셔야 해요."

비로소 주변의 정적이 느껴졌다. 관객들은 진작 홀을 나간 뒤였다. 나는 허겁지겁 홀을 빠져나왔다. 원장 선생님과 함께 보기로 한 다음 공연은 저녁 5시에 시작했다. 아직 5시간 남짓 남아 있었다. 시간도 뜨고 갑작스럽게 허기가 져서 근처 카페에 가 샌드위치와 카페라테를 시켰다. 카페 안은 사람들로 북적거렸다. 아마 이 중의 반 이상은 〈백조의 호수〉를 보고 나온 사람일 것이다. 옆 테이블의 여자들이 무대 이야기를 했다.

"대애박. 사람 몸이 어떻게 그렇게 가볍게 움직일 수 있지? 아, 나도 발레 배워 볼걸. 어릴 때부터 시작했으면 나도 저런 무대에서 오데트를 해 볼 수 있었을지도 모르는데…."

하마터면 라테를 뱉을 뻔했다. 주인공 프리마 발레리나가 얼마나 대단한 발레리나인지, 그게 어떤 의미인지 여자는 전혀 모르는 게 분명했다.

"무대 위에서 조명 받으면서 저렇게 춤을 추면 어떤 기분일까?"

"황홀하지 않을까? 보는 것만으로도 그렇잖아. 그러니까 무용수가 될 때까지 춤을 출 수 있었던 거겠지."

춤에 문외한인 여자들의 말에 나도 문득 궁금해졌다. 춤을 추는 것과 무대에 서는 것은 다를까? 무용수들은 어떤 기분으로 무대에 설까? 만약 춤이, 무대가 무용수를 그토록 황홀하게 만들 수 있다면 엄마에게서 발레를 빼앗아 간 나를, 엄마가 미워했던 걸 납득할 수 있을지도 모른다. 어쩌면 아주 조금은.

느릿하게 먹던 샌드위치를 종이에 급하게 싸고, 아직 뜨거운 라테를 일회용 컵에 옮겨 담아 카페를 나왔다. 그리고 공연이 있었던 예술의 전당 홀로 무작정 들어갔다. 원래 공연 후에 직원들이 자리를 비우는 것인지 아니면 춤의 신이 무대에서 기절하는 나를 불쌍히 여겨 기적의 타이밍을 맞춰 주신 것인지 홀은 비어 있었고 문도 잠겨 있지 않았다. 샌드위치를 입안에 쑤셔 넣고 손가락에 묻은 소스까지 빨아먹었다. 반 정도 남은 라테를 벌컥 들이켜고 나서야 조금 여유를 되찾을 수 있었다. 빈 무대를 노려보았다. 오데트의 실루엣이 보이는 것 같았다. 나는 간단하게 스트레칭을 한 뒤에 무대 위로 뛰어올랐다. 운동화를 구석에 벗어 놓고, 토슈즈를 꺼내 신었다. 오데트가 처음 서 있던 자리를 밟아 보았다. 심호흡을 하고 고개를 들었다. 순간 눈앞이 일렁여서 몸이 비틀거렸다.

'괜찮아. 빈 객석이야. 아무도 없어.'

이를 악물고 허리를 세웠다. 귓가에선 이미 음악이 시작되고 있었다.

춤은 오데트와 지그프리트, 그리고 오딜을 넘나들었다. 그 모든 춤이 내 머릿속에서 영상처럼 재생되었다. 지그프리트가 나오는 장면에서는 그의 춤을, 오딜이 나오는 장면에서는 오딜의 춤을 추었다. 옷이 점차 땀으로 젖었다. 몸을 충분히 풀고 추는 게 아니라서 원하는 만큼 동작이 나오지 않았다. 토싱(토슈즈 안에 신는 보호대)도 하지 않은 발에는 통증이 느껴졌다. 이러다 잘못하면 다치는데 싫었지만 멈출 수 없었다. 몇 장면을 건너뛴 춤은 이미 오딜의 32회전 푸에테(한 발로 다른 다리를 차는 듯한 느낌이 들게 빠르게 움직이면서 도는 동작)에 도달한 뒤였다. 한쪽 발끝을 힘차고 단단하게 세우고, 다른 한 발을 차올리듯이 폈다 접었다를 반복하면서 회전했다. 순식간에 돌아가는 시선 안에 문득 엄마의 모습이 걸려든 것 같았다. 저 끝 좌석 어딘가에서 엄마가 날 노려보고 있었다.

– 거긴 내가 있을 자리야.

순간 엄마의 목소리가 들렸다. 눈꺼풀이 떨렸다. 기절의 전조 증상이 몰려오기 시작했다. 나는 급히 자세를 무너뜨리고 눈을 감았다. 한동안 그대로 멈춰 서 있다가 울렁거리는 기분과 떨리는 눈꺼풀이 잠잠해지고 서야 살며시 눈을 떴다. 무대 바닥에는 땀방울이 흩어져 있었다. 엄마가 있던 자리를 다시 쳐다보았다.

"어⋯?"

분명 사라졌어야 할 환영이 그대로 있었다. 아니, 엄마의 환영은 틀림 없이 사라졌으나 누군가 그 자리에 다리를 꼬고 앉아 있었다. 검은색 셔츠와 대비되는 하얀 얼굴이 눈에 띄었다. 멀어서 정확히 보이지는 않았 지만, 눈을 찡그리고 있는 것 같기도 했다. 남자로 추정되는 이는 곧 자 리에서 일어났다. 문까지 저벅저벅 걸어가더니, 갑자기 돌아서서 다시 나 를 쳐다봤다.

"그렇게 추다가는 다쳐."

목소리는 젊었다. 나와 엇비슷한 나이가 아닐까. 그는 무심하게, 혹은 한심하다는 듯 말을 던지고, 홀연히 걸어 나갔다.

'뭐지? 공연 관계자인가?'

그렇게 추다가는 다친다고 했으니 무용에 문외한인 사람은 아닐 것이 었다. 점점 얼굴이 뜨거워졌다. 그 사람 참 엉망진창인 춤을 봤겠구나. 부끄러움은 시간을 두고 더욱 커졌다. 무대에 널브러뜨려 놓은 운동화를 허겁지겁 구겨 신고 무대를 내려왔다. 원장 선생님을 만나기까지 시간이 꽤 남아 있었지만, 이 안에 더 있고 싶지 않았다.

공연 시작 직전에 만난 원장 선생님은 조금 들떠 보였다. "선배를 얼마 만에 보는 거야" 하고 중얼거리는 걸로 보아, 공연에 대한 기대감보다는 만날 사람에 대한 설렘 때문인 것 같았다. 저녁 공연이 끝나고 나서는 얼굴까지 상기되어 있었다. 그 덕에 나까지도 '도대체 어떤 지인인가?' 하는 호기심이 낯선 사람을 만난다는 불편감을 삭제하기 시작했다.

브런치 식당에서 만난 원장 선생님의 지인은 마르고 균형 잡힌 체형의 중년 남성이었다. 아나운서 같은 단정함에 날카롭고 예민해 보이는 인상이 추가된 느낌이었다. 어디선가 본 것 같기도 해서, 나는 이 사람이 정말 아나운서가 아닐까 짐작했다. 티브이에서 스치듯이 보았을지도 모른다. 인상과 달리, 남자는 온화하게 미소를 지으며 인사했다.

"자인아, 오랜만이다."

자인이 도대체 누구를 말하는 것인가 싶었는데, 그건 제인 원장 선생님의 본명이었다. 자인과 제인, 그 묘한 뉘앙스의 차이가 의외이기도 했고, 원장 선생님의 괄괄한 성격과 자인이라는 어감이 제법 어울려서 나도 모르게 웃음이 터졌다. 남자는 나에게도 인사를 건넸다.

"학생이 온두리지? 자인이한테 얘기 많이 들었다."

내가 원장 선생님을 쳐다보자 원장 선생님은 대수롭지 않게 말했다.

"인사드려. 나 로열 발레단에 있을 때 선배야. 지금은 H대학 무용과 교수고. 내가 네 얘기 좀 했다."

H대학 무용과면 우리나라에서 무용을 제일 잘하면서도 외국 발레학교로 나가지는 않은 아이들이 몰리는 곳이었다. 그제야 나는 이 사람의 얼굴이 익숙하게 느껴진 이유를 깨달았다. 어느 콩쿠르의 심사위원이었든지, 무용과 관련된 자료들, 매체들에서 어떻게든 마주쳤을 것이었다. 갑작스럽게 긴장이 되었다. 안절부절한 기색을 읽었는지 교수님은 좀 더 넉넉한 미소를 지으면서 물었다.

"무대에서 기절을 한다고?"

그 순간 내 프라이버시가 테이블 위로 툭- 떨어졌다. 대답은 원장 선생님이 대신 했다.

"말도 마요, 선배. 8년 전에 난 내가 천재를 주운 줄 알았잖아. 아니 뭐 천재는 맞지, 얘도. 선배의 그 잘나신 아들만큼은 아니더라도 내가 가르쳐 본 애들 중에는 최고야. 무대에 못 선다는 치명타가 있어서 그렇지."

선배의 아들, 그 말을 할 때 원장 선생님은 나를 힐끗, 쳐다보았다. 아드으을- 하고 미묘하게 늘어지는 말끝에서 나는 원장 선생님의 본론이 거기에 있다는 걸 알았다. 아니나 다를까, 원장 선생님은 곧 쏘아대듯이 물었다.

"근데 선배, 아들은 왜 안 데리고 왔어요? 그 잘난 분이 오랜만에 한국 들어왔다길래 내 제자랑 좀 만나게 해 주려고 일부러 자리 마련한 거잖아."

나와는 전혀 상의된 바가 없었다. 내가 인상을 찌푸리는 것을 원장 선생님은 모른 척했다. 교수님은 마치 못 들을 것을 들은 사람처럼, 나보다 더 인상을 썼다. 교수님은 토마토를 입에 넣고 우물거렸다. 씹는 동안 할 말을 찾는 것 같았다. 그 잠깐의 침묵 후, 교수님은 더욱 근심이 깊어진 얼굴로 대답했다.

"그 녀석, 아주 못쓰게 돼서 왔어."

아까까지가 나의 프라이버시였다면, 이제부터 이 테이블의 반찬은 나는 얼굴도 모르는, 발레 천재이자 교수님의 아들인 누군가에 대한 것이었다. 나는 오가는 대화를 잠자코 듣고 있었다. 어쩌면 오늘 만날 수도 있었던 발레 천재에 대한 정보가 의도치 않게 차곡차곡 쌓였다.

교수님의 아들은 나와 동갑이고, 5살 때부터 본격적으로 발레를 시작해서 15살 때 러시아 모스크바 국립무용아카데미에 들어갔다. 그것도 전액 장학생으로. 볼쇼이 발레학교라고 부르기도 하는 모스크바 국립무용아카데미를 비롯해서 로열 발레학교, 바가노바 발레학교같이 명성이 자자한 발레학교는 아무나 들어갈 수 있는 곳이 아니었다. 세계적인 발레 콩쿠르에서 좋은 성적을 거두거나 엄격한 오디션을 거쳐야 들어갈 수 있는 곳이었다. 그런 곳에서 전액 장학생 타이틀을 준다는 건 학교가 러브콜을 보내서 데려가는 수준이라는 거였다. 교수님 생각대로라면 아들은 무사히 모스크바 국립무용아카데미를 졸업하고, 볼쇼이 발레단에 간택되어야 했다. 그러나 예기치 못한 상황이 발생했다. 교수님의 그 잘나신 아들이 돌연 휴학을 해 버린 것이다. 그것도 학교에서 쫓겨나다시피 휴학을 하게 된 것이라고 했다. 무용수는 연습을 하루 쉬면 내가 알고, 이틀을 쉬면 동료가 알고, 사흘을 쉬면 관객이 아는 법이었다. 그런데 쫓겨나다시피 휴학이라니. 교수님은 제 아들의 일을 생각하면 아찔한 기분이 드는지, 퍽 근심스러운 얼굴로 (화가 난 것처럼 보이기도 했다) 말했다.

"한 달 전, 통보 식으로 전화가 왔을 때는 정말 청천벽력이었어."

교수님의 이야기에 따르면 '통보'하던 아들의 말은 간결했다. '선생님한테 계속 이런 식으로 할 거면 일반 학교로 갈 수밖에 없다는 말을 들었고, 내 생각도 그러니 일단 한국으로 돌아가겠다'는 거였다. 교수님은 불과 3년 전까지만 해도 세계적인 발레학교로부터 전액 장학생 제의를 받았던 제 아들의 실력이 도대체 어떻게 되었기에 이런 충격적인 결말에 이르게 된 것인지, 도무지 이해할 수 없었다고 했다. 교수님은 모든 일정을 미뤄 두고 러시아로 날아가서 직접 학교를 방문했다. 아들은 이미 짐을

싸 놓은 상태였다. 교수님은 분노와 혼란이 뒤섞인 상태로 담당 교사와 긴 이야기를 나눴고, 교사는 조심스럽고도 난감한 태도로 아들의 상태를 설명했다. 요지는 이랬다.

'지난 학기부터 이번 학기까지, 1년 내내 상태가 안 좋았어요. 실력은 여전히 뛰어나지만, 모든 수업에 불성실하고, 마치 발레에 모든 흥미를 잃은 사람처럼 굴어요. 아무리 실력이 좋아도 건성으로 발레를 대하는 학생을 우리 학교에서는 용납할 수가 없습니다.'

교수님은 애가 고향을 그리워하고, 애 엄마와 1년 전부터 사이가 안 좋은 상태인데 그 영향이 있는 모양이다, 라는 말로 거의 애걸하다시피, 잠시 휴학하는 것으로 일단락을 짓고 아들과 함께 한국에 왔다. 과연 아들은 자신이 알던 아들이 아니었다.

"어릴 때부터 고집은 좀 있었지만, 그렇다고 예의 없고 무례한 녀석은 아니었는데, 뒤늦게 사춘기가 왔는지 어쩐지 싹수가 아주 노래져서 왔어. 주변에서 천재라고 하도 떠받들어 주니까 그리 된 건지도 모르지."

교수님은 다시 토마토를 짓이기듯이 씹었다. 그사이 원장 선생님은 도리어 나무라듯이 말했다.

"선배가 잘못했지. 애를 러시아로 보내 놓은 사이에 애 엄마랑 그렇게 된 건 정말 경우가 없는 거예요. 걔한테 상처가 됐을 거라고요."

얼굴도 모르는 사람의 깊은 속사정을 이렇게 들어도 되나, 하는 생각이 들었다. 어느 순간부터 음식이 넘어가지 않았다. 두 어른은 나를 완전히 잊은 것처럼 둘만의 대화를 이어 갔다. 이야기는 "그래서 그 친구는 한국에서 뭘 하겠대요?"라는 원장 선생님의 질문을 필두로 주객이 전도되는 기미가 보였다. 교수님은 이제까지의 격 없는 태도를 단숨에 잃어버리고는 어쩐지 자신감 없는 모습으로 슬그머니 본론을 꺼냈다.

"그러니까 말이다. 한국에서도 발레를 계속 붙들고 있어야 할 텐데, 그 싹수 노란 놈을 어디 편히 보낼 데가 있어야지. 그 녀석 건방에 선생이 먼저 나가떨어질 테고, 득의양양하게 아들놈을 러시아로 보내 놨었는데, 쫓겨나다시피 해서 돌아왔다는 이야기가 여기저기 퍼진다면 내 체면도…"

교수님은 말끝을 흐리면서 원장 선생님 눈치를 살폈다. 그 모습이 의미하는 바는 명백했다. 그러니까 서로 원하는 바가 있는 만남이었던 거다. 우리 원장 선생님은 애물단지 같은 제자의 미래 설계에 도움을 얻고자 하는 목적이 있었고, 교수님도 그 나름대로 목적을 가지고 자리에 나왔던 것이다. 그분의 표현대로라면 '왜인지 갑자기 못쓰게 되어 버린' 천재가 한국에 머무는 동안, 믿고 맡겨 놓을 곳으로 우리 원장 선생님의 학원을 찍었다. 원장 선생님은 단번에 내키지 않는다는 표정을 했다.

"볼쇼이에서도 태도 문제로 쫓겨난 애를 제가 무슨 수로 가르쳐요? 내 애물단지는 애 하나로 족하니까 내 학원으로 보낼 생각은 추호도 하지 마세요."

"자인아. 너 로열에 있을 때 우리가 얼마나 돈독했냐. 너 교통사고 나서 무용수 인생 접을 때 마음잡을 수 있게 도닥여 준 게 누구야?"

교수님은 과거까지 들먹이며 추억과 정에 호소하기 시작했다. 원장 선생님은 짜증스러운 목소리로, 도대체 그걸로 몇 년을 우려먹을 생각이냐고 빈정거렸다. 원장 선생님의 반발을 주춤하게 한 것은 교수님이 나를 걸고넘어진 말이었다.

"자인아, 네 제자를 생각해 봐라. 재능이 뛰어난 애들끼리 붙여 놓으면

시너지가 생길 수도 있어. 서로 자극이 되는 거지. 너도 그게 뭔지 알잖아. 내 아들놈한테도, 네 제자한테도 좋은 일이 될지도 몰라. 그래서 네가 오늘 나를 만나려고 한 거고, 내 아들도 꼭 데려오라고 했던 거잖아."

테이블을 톡톡 내리치던 원장 선생님의 손가락이 멎었다. 나와 교수님을 번갈아 보는 원장 선생님의 눈동자에는 짜증이 가득했다. 몇 초간의 침묵 뒤에, 깊은 한숨소리가 들렸다.

"…수업 몇 개 짜 줄 테니까 일단 보내 봐요."

항복한 것은 원장 선생님이었고, 나는 원장 선생님이 나의 무대를 내 짐작보다 더 깊이 염원하고 있다는 사실을 깨닫고 말았다. 고쳐질 가망이 없는 나의 결점을 고치기 위해 원장 선생님이 뭔가를 희생한다는 사실이 못 견디게 불편했다. 그 속에는 은근한 수치심도 있었다. 얼굴도 본 적 없는 건방진 천재에 대한 부정적인 감정이 이미 시작되고 있었다.

#6

그날 밤, 나는 한동안 잠에 들지 못했다. 무대에 서지 못한다는 결점이 평소보다 더 심각하게 느껴졌다. 잠을 설친 탓에 아침도 개운하지 않았다. 시리얼을 깨작깨작 먹다가 결국 한숨을 쉬자 맞은편에 앉아 있던 오슬비가 인상을 썼다.

"우리 클래스에 새로운 애가 한 명 올 거야."

오슬비는 대번에 눈살을 찌푸리면서 싫은 티를 냈다. 그런데 어제 있었던 일을 구구절절 설명하자, 의외로 얼굴이 펴지더니 눈에 흥미로운 기색이 서렸다.

"모스크바 국립무용아카데미에서 태도 문제로 쫓겨난 발레 천재라고?"

호기심이 생기기 시작한 오슬비는 영 껄끄러운 내 심정에 더 이상 공감해 주지 못했다. 하기야, 그 발레 천재를 통해서 결점을 극복해야 하는 것은 오슬비가 아니라 나였다. 그 처방이 통하지 않을 때, 실망감을 고스란히 감내해야 하는 것도 나였다. 괜히 입술이 불퉁 튀어나왔다. 새로운 사람을 만나는 것도 달갑지 않은데, 태도가 나쁜 실력자라니…. 게다가 원장 선생님은 그 애를 나의 처방전으로 기대하고 있다.

'진짜 싫다…. 월요일에 학원 가지 말까.'

그러나 그건 그냥 한번 부려 보는 억지일 뿐이었다.

그 녀석이 오기로 한 날은 순식간에 찾아왔다. 학교 수업이 끝난 뒤 무용 가방을 챙겨서 학원으로 가는 마음이 몹시도 껄끄러웠다.

'제발 늦게 와라. 제발.'

불편한 존재를 최대한 늦게 마주치길 바라는 수밖에 없었다. 레오타드로 갈아입고, 토싱을 마친 뒤에 스튜디오 문을 열었다. 익숙한 피아노 선율이 들렸다. 에릭 사티의 〈그노시엔느 3번〉. 교실 두 개를 붙여 놓은 크기의 넓은 스튜디오 끝에는 유명 스포츠 브랜드의 트레이닝복을 입은 훤칠한 남자애 한 명이 눈을 감은 채로 퍼스트 포지션 자세를 유지하고 있었다. 나는 잠깐 동안 멍청하게 서 있었다. 너무 완벽한 무용수의 비율이었던데다가 옅은 갈색 머리, 새하얀 피부, 단정한 생김새가 고전 발레의 남자 주인공이 떠오를 수밖에 없는 외모였기 때문이다. 모든 신체 조건이 '나는 발레리노예요'라고 외치고 있었다.

'이 애구나.'

나는 단번에 천재의 아우라를 느꼈다. 그러나 '태도가 나빠서 쫓겨난 애'로는 보이지 않았다. 그 단정한 모습 어디에 '나쁜 태도'가 숨겨져 있는지 의아해서 계속 쳐다보게 되었다. 시선이 느껴졌는지 그 애의 눈이 돌연 번쩍 떠졌다. 피할 새도 없이 눈이 마주쳤다. 그 녀석은 당황한 기색도 없이 자세를 풀었다.

"이 수업 들어요?"

목소리는 차분하고 덤덤했다. 조금 상냥하게 들리기도 했다. 교수님 말처럼 싹수가 노래 보이지는 않았다.

"아, 네."

"저도 오늘부터 이 수업 들어요. 강유리라고 해요."

"아, 저는 온두리요."

인사가 끝나자 민망한 침묵이 이어졌다. 무슨 말이라도 해야 할 것 같아서 힐끗, 강유리를 쳐다봤다. 왜인지 이번에는 그 애가 나를 쳐다보고 있었다.

"어… 왜요?"

아무래도 용건이 있는 것 같아서 묻자, 그 애는 대수롭지 않은 듯 고개를 저었다.

"아, 아니요. 왠지 조금 낯이 익은 느낌이라서."

뭐라고 대꾸해야 하나, 고민하고 있는데 스튜디오 문이 열렸다. 오슬비와 최재호가 시끌벅적하게 들어왔다. 둘은 새로운 얼굴을 보고 잠깐 주춤했다. 그 둘이 강유리를 보고 어떤 느낌을 받았을지는 짐작하기 어렵지 않았다. 타고난 체형에 대한 감탄과 얘는 틀림없이 잘하는 애겠구나 하는 확신이 들었을 것이다. 특히 오슬비는 내가 말했던 그 천재가 이 애라는 걸 단박에 알아차린 듯했다.

"안녕! 오늘부터 이 수업 듣지?"

오슬비가 적극적으로 한 걸음 다가갔다.

"나는 오슬비고 얘는 온두리. 얘랑 나는 사촌인데 우리 집에서 나랑 같이 살아. 거의 친자매나 마찬가지야. 그리고 얘는 최재호. 내 남친이야."

"나는 강유리. 18살이야."

"우리도 다 18살. 나랑 두리는 10살 때 시작했어, 발레. 재호는 7살 때부터 했고. 재호랑 난 예고에 다녀."

여기까지 말을 마친 오슬비는 기대하는 눈빛으로 강유리를 올려다봤
다. 우리의 신상을 밝혔으니, 너도 너의 그 잘난 이력을 얘기해 보라는
뜻이었을 것이다. 그러나 강유리는 짧게 "나는 5살 때 발레를 시작했고,
얼마 전까지 외국에 있었어"라고만 얘기했다. 오슬비가 좀 더 자세히 물
으려는 순간에 제인 원장 선생님이 들어왔다. 원장 선생님은 강유리만큼
이나 덤덤한 투로 그 애를 소개했다. 얼마 전까지 러시아에 있다가 개인
사정으로 한국에 들어오게 되었다는 것, 5살 때부터 발레를 한 친구이
고 모스크바 국립무용아카데미에 있다가 온, 실력이 좋은 친구라는 말
이 이어졌다. 처음 보는 사람들 앞에서 실력이 좋다거나, 외국 발레학교
에서 왔다거나 하는 말을 하면 부담이 될 법도 한데 강유리는 태연해 보
였다.

강유리의 실력은 바로 증명이 되었다. 그 애는 숨 쉬듯이 자연스럽게
바워크를 했고, 우리와 처음으로 맞춰 본 센터도 너무 자연스러웠다. 이
제껏 못 본 군더더기 없는 기본기였다. 원장 선생님이 몇 가지 난이도 높
은 동작들을 시켰을 때도, 흠잡을 데 없이 완벽하게 해냈다. 다만 표정만
큼은 무심하기 짝이 없어서 이 수업이 지루한가 싶을 정도였다. 원래의
원장 선생님이라면 건방지다며 한 소리 했을 텐데 다른 게 워낙 다 완벽
해서인지 아무런 말이 없었다. 오히려 수업이 다 끝나고 순수한 감탄을
담아 이렇게 물었다.

"너 아카데미 있을 때, 발레단에서 데려가겠단 말 없었니?"

강유리는 "예, 뭐…" 하고 말끝을 흐림으로써 실력을 확증했다.

수업이 다 끝나고, 각자 마지막 스트레칭을 하고 있을 때였다. 갑자기

오슬비가 다 같이 근처 샐러드 가게에서 저녁을 먹자고 제안했다. 모두에게 한 제안이었지만, 눈은 강유리를 향해 있었다. 강유리는 조금 고민하는 듯했지만, 굳이 뺄 필요는 없다고 생각했는지 그러자고 했다. 다만 나는 그 갑작스러운 모임에 낄 수 없었다. 예고 전공생들은 학교에서도 죽어라고 실기를 하기 때문에 학원 수업이 끝나고 굳이 더 연습을 하지 않아도 괜찮았지만, 일반 고등학교에 다니는 내게 추가 연습은 선택이 아니라 필수였다. 물론 이 샐러드 회동에 끼지 못해서 아쉬운 것은 전혀 없었다. 눈앞의 발레 천재가 흥미롭기는 했지만 그보다 껄끄러움이 더 컸다. 오슬비는 뒤늦게 내가 신경 쓰였는지 내 팔짱을 끼며 물었다.

"두리야, 포장해서 갖다 줄까? 아니면 집 냉장고에 넣어 둘 테니까 연습 끝나면 와서 먹을래?"

강유리가 나를 쳐다봤다. 무심한 표정이었는데도 시선이 마치 질문을 던지는 듯해서 어영부영 입을 열었다.

"나는 연습 좀 더 하고, 집에 가서 먹을게."

"아, 너 열심히 하는구나."

강유리가 옅게 미소를 지었다. 이상하게도 칭찬하는 걸로 보이지 않았다. 입술이 조금 삐딱하게 올라간 탓이었을 것이다. 아니면 이미 듣고 만 험담 때문에 편견이 생긴 걸지도 모른다.

"아… 그게, 나는 예고가 아니라서 연습을 더 많이 해야 하거든."

강유리는 미소를 유지하면서 "그래" 하고 짧게 대답했다.

'뭐지, 쟤?'

교수님의 말과 달리 특별히 모난 구석 없이 무난하고 차분한 애였다. 그런데 또 끝이 조금 찜찜해서 도대체 뭔가 싶었다. 나는 그 애가 퍼스트 포지션으로 가만히 서 있었던 그 자리를 잠시 쳐다보았다. 희끄무레한 잔상 속에서 발견한 건, 그 단순한 포지션조차 그 애가 하니까 마치 하나의 작품 같더라는 감상이었다.

#7

나만 빠진 샐러드 회동이 있고 나서 한 주가 지났다. 원장 선생님은 레슨이 끝난 뒤 따로 혼자 연습을 하는 나를 원장실로 불렀다. 원장 선생님은 대놓고 강유리 이야기를 꺼냈다.

"걔 좀 어떠니?"

"뭐가요?"

"어떤 애 같냐고. 일주일 동안 지켜봤잖아. 평가 좀 해 봐."

평가라니. 단어가 꽤 무례하게 들렸다. 하지만 머릿속으로는 나도 모르게 강유리에 대한 평가를 떠올리고 있었다. 과연 천재는 천재라는 것, 그 애 아버지가 말한 것과는 다른 인상이라는 것. 원장 선생님은 질문을 던져 놓고는 본인이 대답을 가로챘다.

"확실히 난놈이기는 해. 체형, 실력, 뭐 하나 빠지는 게 없어. 같은 나이대로는 한국에서 견줄 만한 애가 없을 것 같더라. 굳이 흠을 찾자면, 묘하게 건방져 보인다는 건데…."

원장 선생님의 눈이 가늘어졌다. 아마도 레슨 때의 그 무심한 표정, 일견 귀찮아하는 것 같기도 한 그 심드렁한 태도를 떠올리고 있는 것 같았다. 하지만 트집을 잡을 만한 부분은 아니었다. 무대 위도 아닌데 표정을 가지고 뭐라고 나무라겠으며, 어쨌거나 시키는 것은 다 말끔하게 해내니까 뭐라고 하는 것이 도리어 쪼잔하게 보일 수 있었다. 원장 선생님도 같은 생각이었는지 에이, 하고 고개를 흔들었다.

"뭐, 그 정도야 그 녀석 실력 생각하면 귀엽게 봐줄 수 있는 수준이지. 발레학교에서는 대체 왜 쫓겨났는지 모르겠네, 정말."

나도 가만히 고개를 끄덕였다. 원장 선생님은 돌연, 그런 나를 뾰족하게 째려보았다.

"근데 너는 걔랑 좀 친해지기는 했니?"

"네?"

"네에~? 정신 못 차리지, 온두리. 걔랑 친해져서 뭐라도 좀 뽑아먹어야 할 거 아니야. 명색이 모스크바 국립무용아카데미에 있었던 애라고. 너한테 도움이 될 만한 게 조금이라도 있지 않겠어?"

원장 선생님은 갑자기 나를 나무라기 시작했다.

"볼쇼이 얘기라도 좀 해 달라고 해. 그런 얘기를 들으면 뭐가 파바박 튈지도 모르잖아. 아니면 거기서는 무대 공포증 있는 애 없었냐고, 그런 비슷한 증상을 가진 애라도 없었냐고 물어봐. 너는 그런 천재를 옆에 두고서 뭘 하고 있는 거냐."

"에이, 무슨 만화도 아니고… 그런 이야기를 듣는다고 제 증상이 나아질 리가 있겠어요?"

원장 선생님은 너무 꿈 같은 기대를 하고 있었다. 나도 모르게 픽, 웃어 버리자 원장 선생님은 책상을 손으로 탕탕 내리쳤다.

"스승은 애물단지 같은 제자 하나 건사해 보겠다고 이렇게 노력을 하는데, 정작 당사자가 강 건너 불구경 하듯이 하니, 내가 제 명에 못 죽지."

원장 선생님은 그야말로 과장된 호소를 했다. 나는 웃음을 참지 못해서 원장 선생님을 더욱 열 받게 하고는 원장실을 나왔다.

연습을 마치고 자정이 넘어서 집에 돌아오자, 오슬비가 내 방에서 나를 기다리고 있었다. 오슬비는 내 침대에 널브러진 채로 핸드폰에서 눈을 떼지 않고 은근하게 말을 걸어 왔다.

"강유리 말이야."

아니, 이제 오슬비까지…. 저절로 한숨이 나왔다.

"이 밤에 내 침대를 차지하고서 하고 싶었던 말이 강유리에 대한 거야?"

이상한 기분이 들었다. 급작스럽게 몰려오는 피로감은 덤이었다.

"강유리가 뭐? 왜? 무슨 말이 하고 싶은데?"

"걔 되게 괜찮더라."

괜찮더라의 괜찮음이 무슨 의미일까. 최재호의 얼굴이 머리를 스쳐 지나갔다. 그렇지 않아도 최재호는 강유리에 대한 적대감을 저도 모르게 흘려 대곤 했다. 강유리가 웃는 낯으로 인사를 건네도 불퉁하게 어 하고 말거나, 갑자기 한국에 들어온 이유가 뭐냐고 시비조로 질문을 던지기도 했다. 아마도 실력이 뛰어난 동성의 동갑내기에 대한 경계심과 제 여자 친구가 은근히 드러내는 호감 때문일 것이다. 순식간에 골치가 아파졌다. 피로감이 더 쌓이는 기분이었다.

"야, 너 설마…."

"아니, 아니. 그런 게 아니라. 네가 처음에 얘기했던 강유리랑 실제 강유리가 좀 달라서."

오슬비에게 강유리에 대해 말했던 것들은 험담이나 다름이 없었다. 평소에는 말수가 많지도 않으면서 남의 이야기를 할 때는 참 잘도 떠들었구나 싶었다. 얼굴이 좀 뜨거워진다 싶은 순간 오슬비가 다시 한번 내가 했던 얘기를 되풀이했다.

"그 교수님이 그랬다면서, 싹수가 노래져서 왔다고. 볼쇼이에서 태도 문제로 쫓겨나다시피 했을 정도니, 어지간히 싸가지가 없지 않겠냐고 덧붙인 건 너였고. 그런데 실제로 보니까 괜찮은데? 예의 바르고, 어른스러워 보이기도 하고…. 뭐 열정적인 캐릭터는 아닌 것 같지만, 은근히 건방진 천재 같아서 그것도 나름 괜찮더라."

점점 더 얼굴이 화끈거렸다. 입술을 꾹 다물고 건성으로 고개를 끄덕이자 오슬비가 깔깔 웃었다.

"하여튼, 너는 이상한 데서 도덕적이야. 그 정도 얘기한 게 뭐 그렇게 민망하다고 얼굴까지 빨개져?"

처음에 떠들어 댄 말과 실제 강유리의 모습에 차이가 있으니, 부끄러움이 더욱 가중될 수밖에 없었다. 일주일간 살펴본 결과, 강유리는 눈매는 날카롭고 서늘하지만 의외로 잘 웃는 애였다. 오슬비가 알짱거리며 장난을 걸어도 여유롭게 받아주었고, 최재호의 퉁명스러움도 개의치 않고 웃어넘겼다. 심지어 그 애는 자신의 실력을 자랑하지도 않았다.

내가 말을 잇지 못하고, 우물쭈물하고 있자 오슬비가 농담처럼 말했다.

"뭐, 러시아에서 사춘기를 심하게 겪은 걸지도 모르지."

뒤이어 "그나저나―" 하고 말을 이었다.

"너 아까 걔 피루에트 하고 턴립하는 거 봤어? 진짜 환상이던데?"

한쪽 다리는 파세 포지션으로 들고, 다른 한쪽 다리로는 땅을 단단하게 지탱하고서 안쪽(앙드당) 또는 바깥쪽(앙드올)으로 도는 피루에트는 연속으로 돌 때 축이 무너지거나 방심하면 방향을 헷갈리는 일이 발생한다. 강유리는 세 번을 도는 트리플 피루에트를 완벽하게 보여 줬다. 턴을 하면서 립점프를 하는 턴립도 감탄이 나올 만큼 라인이 예뻤다. 더구나 하나도 힘들지 않은 것처럼 해내서 조금 약이 오르기까지 했다.

"별거 아닌 듯이 툭 해 버리는 게 더 멋있는 거 알지?"

오슬비는 더욱 들뜬 목소리로 가장 하고 싶었던 말을 해 버렸다.

"나 걔랑 파드되 해 보고 싶어."

다시 한번 최재호의 얼굴이 머리를 스쳤다. 예고 무용과 발레 전공자들 중에도 남학생은 별로 없었고, 학원에서도 남학생이 귀했기 때문에 오슬비는 파드되를 거의 최재호랑만 맞춰 보았다. 애초에 파드되를 할 기회가 많지 않기도 했다. 나 같은 경우는 학원에서 겨우 한 번, 파드되 흉내를 내 보았을 뿐이었다. 물론 상대는 최재호였다. 그날의 수업에서 우리 셋 다 몹시 불편했던 기억이 난다. 최재호는 티가 나게 건성으로 해서 원장 선생님에게 엄청 혼이 났고, 나는 최재호가 제대로 나를 붙들어 주지 않은 탓에 동작을 제대로 할 수 없어서 짜증이 났다. 오슬비는 제 남자 친구가 내 몸에 손대는 꼴이 영 아니꼬와서 입술을 삐죽거리고 있었고.

파드되는 남녀 주인공이 2인무를 추는 것으로, 가장 로맨틱한 장면이고, 두 주인공의 감정이 폭발하는 장면이며, 많은 사람들이 발레의 꽃이라고 생각하는 장면이다. 그렇지만 그날 내가 경험한 파드되는 차갑고 불편했다.

"너는 어때?"

갑자기 질문이 훅 들어왔다. 나는 멍청이처럼 "어?" 하고 반문한 뒤에 어설프게 고개를 끄덕였다.

"그치? 너도 해 보고 싶지?"

인정하지 않을 수 없었다. 같이 연습해 본 누구라도 그런 생각을 할 것이다. 원장 선생님은 심지어 그 애와 내가 뭔가 이야기를 나누고 친해지는 것만으로도 내 약점이 고쳐질 거라는 말도 안 되는 기대를 하고 있지 않은가.

– 볼쇼이 얘기라도 좀 해 달라고 해. 그런 얘기를 들으면 네 안에서 뭐가 파바박 튈지도 모르잖아.

아까는 원장 선생님 말이 우스웠는데, 지금은 무거웠다. 원장 선생님은 기적을 바라고 있었고, 기적은 가능성이 희박하기에 기적이었다.

오슬비가 방을 나간 뒤에 침대에 누워서 곰곰이 생각했다. 내 인생은 어떻게 되는 걸까. 어떻게 흘러가고 있는 걸까. 볼쇼이 발레학교에서 쫓겨난 천재에게 사근사근하게 굴어서 조언을 받아 내야 할 정도의 처지라면 정말 발레를 그만두는 게 나을지도 모른다.

얼마 전에 본 〈백조의 호수〉가 생각났다. 악마는 오데트 공주에게 저주를 걸어서 낮에는 백조로 살게 만들었다.

– 너와 바꾸는 게 아니었어.

엄마는 나와 발레를 바꿨고, 후회했다. 그래서 내가 영원히 무대에 설 수 없도록, 무대에만 서면 기절하는 저주를 걸어 버린 게 아닐까. 차라리 정말 그런 거였다면 나왔을 것이다. 저주는 어떻게든 풀 방법이 있으니까. 뭐, 영원한 사랑 같은 거 말이다. 꿈 같은 동화 속에는 늘 방법이 있다. 막막한 건 언제나 현실이었다.

#8

    레슨 한 시간 전에 도착해서 먼저 몸을 푸는 것은 오래된 나의 루틴이었다. 비교적 크기가 작은 3번 스튜디오는 그 시간에 비어 있었고, 거긴 언제나 내 차지였다. 그러나 강유리가 오고 나서부터는 종종 그 애가 먼저 3번 스튜디오를 차지했다. 레슨 없는 스튜디오에 따로 주인이 있는 건 아니니까 그 애가 일찍 오는 걸 뭐라고 할 수는 없는 일이었다. 하지만 이상했다. 강유리는 일찍 와서 하는 게 없었다. 보통 일찍 오면 스트레칭을 하고, 몸을 충분히 데우고, 풀어 주고, 기본기를 연습하는데 강유리는 그냥 가만히 있었다. 스튜디오 구석에서 퍼스트 포지션을 취하고 (처음 그 애를 마주쳤을 때처럼) 눈을 감고 그대로 서 있는 게 다였다. 때로는 그마저도 안 하고 그냥 바닥에 한량처럼 누워 있기도 했다.

    '아니, 저러고 있을 거면 왜 일찍 오는 거야.'

    오늘은 다행히 누워 있는 대신 그림 같은 퍼스트 포지션 자세를 유지하고 있었다.

    '저 상태로 자는 건 아니겠지?'

    '혹시 저렇게 있어야 마음이 안정되는 건가? 처음 봤을 때도 저러고 있

었잖아.'

'저럴 거면 그냥 연습을 하지.'

별별 생각이 다 들었다. 기본 포지션과 몇 가지 동작을 연습하는데 전혀 집중이 되지 않았다. 화폭 같은 그 애의 자세만 더 의식이 될 뿐이었다. 계속 힐끔힐끔 훔쳐보다가 결국은 눈이 딱 마주치고 말았다.

"아, 미안."

속마음이 다 들킨 것 같아서 반사적으로 사과했다. 강유리는 특유의 미소를 지었다.

"턱을 더 당기고 가슴을 더 세워야 돼. 그리고 어깨에 힘이 좀 들어간다, 너."

"어?"

얼빠진 반문을 하자, 직접 동작을 보여 주었다. 앞, 뒤의 연결 동작까지 후루룩 시범을 보이고는 해 보라고 했는데, 나는 오지랖이라고 생각하면서도 일단은 보여 준 그대로 동작을 따라 했다. 강유리는 "오" 하고 짧은 감탄사를 내뱉더니, 뒤 동작도 연결해서 보여 주었다. 몸 풀기 치고는 상당히 고난이도였고, 연결이 복잡했다. 그걸 너무나 쉽게, 또 아름답게 시범을 보인 탓에 괜한 오기가 생겨서 그대로 따라 했다. 마무리 자세까지 똑같이 따라 하고 나자, 강유리는 왜인지 고개를 갸웃했다.

"너 원래 동작이나 순서 잘 외워?"

단순히 잘 외우는 정도가 아니었다. 음악도 춤도 한 번 듣고, 보면 머릿속에서 그대로 재생할 수 있는 이 능력을 오슬비는 축복이라고 했다. 강유리는 표정에 떠오르는 흥미를 굳이 감추지 않고 물었다.

"얼마나 잘 외워?"

그냥 보면 바로 외운다는 말은 잘난 척을 하는 것 같아서 대답하기 망설여졌다. 다른 누구보다도 이 애 앞에서는 그렇게 말하고 싶지 않았다. 꼭 전국 1등 앞에서 반 1등을 자랑하는 것 같은 기분이었다. 하지만 거짓말을 하고 싶지도 않아서 그냥 작게 웅얼웅얼 대답했다.

"음악이나 춤 같은 건… 보고 들으면 외울 수 있어…."

"어? 한 번 보면 외워?"

"응."

"바로 출 수도 있어?"

"응."

강유리는 기이한 물건을 보는 시선으로 나를 한번 훑어보더니 갑자기 뚜르 앙 레르 동작을 선보였다. 남자 무용수들이 공중으로 솟구쳐서 두 번 이상 회전한 다음 착지하는 화려한 동작이다.

"이런 건?"

강유리는 장난스럽게 웃었다. 어려운 기술인 데다가 남자 무용수 동작이라 배운 적이 없었다. 일단 눈을 감았다. 방금 본 동작을 떠올리고 느리게 재생시킨다. 발끝부터 다리, 허리, 가슴, 어깨, 목, 팔, 머리를 주르륵 훑고 두어 번 반복해서 생각한다. 눈을 뜨고 강유리가 섰던 자리에 섰다. 떠오르는 영상 위에 나를 덧입힌다. 완전히 똑같이 하지는 못해도 동작의 포인트를 다시 재생하는 것은 어렵지 않았다. 원장 선생님이 애물단지인 나에게 미련을 못 버리는 이유 중 하나가 이 능력 때문이지 않은가. 그 애가 한 뚜르 앙 레르를 어설프게 따라 하자 강유리는 박수를 치면서 경쾌하게 말했다.

"전공생들은 너 싫어하겠다."

"어?"

"동작 외우는 게 얼마나 큰일인데, 너는 그게 그냥 되니 박탈감 들지 않겠어?"

저런 말을 뭐 저렇게 사근사근하게 하나, 싶은 생각이 들었지만 틀린 말은 아니었다. 그러나 굳이 이런 능력을 말하지 않아도 또래 애들은 나를 별로 좋아하지 않았다. 아무런 말도 못 하고 머쓱하게 웃고만 있는데, 강유리가 말을 이었다.

"발레를 배우는 학생이 러시아 무용수 발레리 란트라토프에게 질문을 하나 했대. 무용을 잘하려면 팔과 다리 중 무엇이 더 중요하냐는 질문이었는데, 그 사람은 이렇게 대답했대. '가장 중요한 것은 머리와 귀지. 무용은 정신 활동이야. 뇌는 귀가 음악을 듣도록 신호를 보내고, 팔과 다리는 이에 맞춰 움직여. 물론, 눈도 매우 중요하지.'"

갑자기 이런 이야기를 왜 하는 건지 알 수 없었다. 강유리는 차분하게 말을 이었다.

"너는 그 중요한 머리와 귀를 가졌어. 보고 듣는 대로 외워 버리니까. 그런데도 무대에 못 선다는 게 참 희한하다. 왜 무대에 못 서는 거야?"

목소리만큼이나 상냥한 표정이었다. 내가 어버버 하면서 눈만 깜빡이자, 강유리는 제대로 듣지 못한 줄 알았는지 좀 더 가까이 다가와서 다시 물었다.

"왜 무대에 못 서?"

"어… 그건… 누구한테 들은…"

강유리는 아무렇지 않게, "네 언니" 하고 대답했다.

"오슬비? 걔 언니 아니야. 동갑내기 사촌이야."

"아, 그래? 걔가 꼭 언니처럼 굴길래. 동갑이라고 들었는데도 내가 까먹었네. 하여튼 걔가 그러던데. 너 무대 못 선다고."

오슬비의 똘망똘망한 얼굴이 확 떠올랐다. 대수롭지 않게 말했으려나. 어차피 학원 애들은 내가 무대에서 기절하는 거 다 알고, 나도 특별히 감추거나 하지는 않았다. 그래서 오슬비는 그냥 편하게 얘기했을지도 모른다. 무대에서 기절하는 게 특별히 부끄러웠던 적은 없었는데, 강유리의 입에서 '왜 무대에 못 서?'라는 질문이 나오자 얼굴로 열이 몰렸다.

"그… 내가 무대 공포증이 좀 있어서."

사실 난 단 한 번도 무대에서 기절한다는 걸, 무대 공포증 정도로 축소해서 말해 본 적이 없었다.

"무대에 못 설 정도로 무대 공포증이 있는 거야? 혹시 축이 흔들릴 정도로 떨어?"

"아니, 그런 게 아니라…."

강유리는 순진무구한 표정으로 대답을 기다렸다. 나는 숨을 깊이 들이켰다가 내쉬었다. 뭐 다들 뒤에서 나를 쿠크다스라고 부르는 마당에 뭘 또 미적미적 감추나 싶었다.

"무대에 서면 기절을 해. 단상 위에서 혼자 조명을 받거나, 관객이 있으면…."

강유리의 눈썹이 살짝 올라갔다. 보통 내가 무대에서 기절한다는 걸 알면, 사람들 반응은 세 가지 정도로 나누어졌다. 안타까움, 의아함, 흥미로움. 강유리의 경우에는 세 번째에 해당하는 듯했다.

"왜?"

외국에서 살다가 와서 그런가. 지나치게 캐묻는 게 무례할 수 있다는 생각을 못 하는 건가. 그런데 원래 그런 건 외국 사람이 더 조심하지 않나? 도리어 이해가 가지 않아서 날 내려다보는 강유리의 눈을 도전적으로 마주 보았다. 그 애는 내 불쾌함을 전혀 알아채지 못한 듯 눈을 깜빡였다. 나는 그냥 고개를 저어서 말하기 싫다는 의사를 밝혔다. 강유리는 순순히 고개를 끄덕였다. 분위기가 조금 어색해졌다. 그것도 만만치 않게 불편해서, 나는 분위기를 바꿔 볼 만한 말이 뭐가 있을까 머리를 굴렸다.

"너는 무대 많이 서 봤지? 오디션이든 뭐든… 무대에 서면 어때?"

일부러 밝게 물었다.

"너한테 무대는 뭐야?"

단번에 대답할 줄 알았는데, 왜인지 강유리는 조금 곤란해했다. 잠깐 할 말을 고르더니, "솔직히 말해 줘?" 하고 물었다. 그러고 나서도 그 애는 쉽사리 대답하지 못했다. 잠시 뒤에 강유리가 내뱉은 말은 전혀 생각지도 못했던 거였다.

"난 요즘… 솔직히 이게 뭐 그렇게 대단한 건가 싶어. 이게 다 무슨 의미가 있는 건데, 뭐 이런 생각?"

조근조근 느릿느릿 흘러나오는 목소리나 가볍게 머무는 미소와 어울리지 않는 내용이었다. 그토록 정교하게 춤을 추면서 무대에서 저런 생각을 한다는 게 믿기지 않았다. 대꾸할 말을 찾지 못하고 눈만 끔뻑거리고만 있자 강유리는 하하, 웃었다.

"너무 심각하게 생각하지 마. 내가 그렇다는 거지, 무용수마다 느끼는 건 다 다를 테니까. 나는 오히려 네가 신기해. 무대 위에 그렇게 대단한 게 있나? 기절을 할 정도로?"

마지막 질문을 할 때는 웃음기가 거의 가셨다. 그 애는 어느새 무표정에 가까운 얼굴로 나를 보고 있었다. 레슨 받을 때의 무심한 표정과 비슷했다. 나는 이 애가 왜 볼쇼이에서 쫓겨났는지, 조금은 알 것 같았다. 그리고 왜 이 애의 아빠가 제 아들을 그렇게 판단했는지도 알 것 같았다. '태도에 문제가 있는 학생'이란 꼬리표 역시 근거 없는 말은 아니라는 것에 내 최고급 레오타드를 걸 수도 있었다. 다만 강유리가 왜 이런 생각을 하게 됐는지는 의문이었다. 어느새 그 애의 얼굴에는 냉랭한 빛이 감돌고 있었다. 침묵이 길어지자 강유리는 아, 하고 작게 한숨을 쉬었다. 그 작은 소리가 꼭 통증에 신음하는 소리처럼 들렸다.

"말이 좀 배려가 없었지? 미안하다."

무대에서 기절한다는 치명적인 약점을 밝힌 내게, '무대 위에 그렇게 대단한 것이 있냐'는 대꾸는 강유리의 말 그대로 배려가 없었다. 나는 그냥 입술을 꾹 다물고 고개를 돌렸다. 강유리는 흠, 하고 한숨을 쉬고 나를 지나치면서 내 어깨 위에 가볍게 손을 올리더니, 두 번 툭툭 두드렸다. 그 애가 휙 지나간 자리에 찬바람이 스쳤다.

#9

'무대 위에 그렇게 대단한 게 있나? 기절을 할 정도로?'

그 말은 한동안 나를 쿡쿡 쑤셨다. 한껏 근육을 늘리고, 관절을 혹사해 가면서 아름다운 몸짓을 만들어 내다가도, 빈정거리듯 했던 목소리가 생각나면 뻗은 팔과 다리에서는 돌연 힘이 빠져나갔다. 그에 비해 강유리는 참 멀쩡했다. 다른 전공생이나 무용수가 들으면 기함할 만한 말을 해 놓고서는 아무렇지도 않게 레슨에 나왔다. 무대가 별게 아니면 대체 레슨은 왜 나오는 건가 싶었다. '혹시 이 학원마저 그만두면 아버지가 집에서 내쫓는 건 아닌가' 하는 데까지 생각이 미치다가 대체 왜 이렇게 그애한테 신경을 쓰는가 싶어서 더 이상 신경 쓰지 않기로 마음을 먹었다.

강유리의 마음가짐이 어떠하든 실력만큼은 뛰어난 덕에 학원에서 그애의 주가는 나날이 상승하고 있었다. 학원에 온 지 몇 주 만에 원생 모두가 강유리를 알았고, 그 애가 수업을 들을 때 밖에서 훔쳐보는 애들도 있었다. 강유리가 스튜디오에서 혼자 연습을 하는 날에는 그간 한 번도 따로 연습을 하지 않던 원생들까지 구석에 자리를 잡고서 괜히 스트레칭을 하곤 했다. 그 모양새가 참 가관이었는데, 강유리 근처에서 제일 자신

있는 비장의 동작을 한다든지, 자기 수준에도 안 맞는 고난이도 동작을 시도하면서 은근슬쩍 그 애에게 질문을 한다든지 하는 얄팍한 수를 부렸다. 이런 현상이 아니꼬운 건 나뿐만이 아니었다. 오슬비와 최재호도 퍽 눈꼴시어 했다.

"우리 학원에 볼쇼이 출신이 왔다는 소문이 다른 학원에까지 퍼졌더라."

최재호가 비꼬듯이 말하자 오슬비가 옆구리를 꾹 찔렀다. 그게 심사를 더 뒤틀리게 했는지 더 퉁명스러운 말이 튀어나왔다.

"쟤 우리 학원 온 지 한 달 정도 됐냐? 3개월 지나면 다들 볼쇼이 지원하겠다고 줄 서겠는데? 아니 왜들 갑자기 안 하던 연습을 하고 난리?"

"그러면 좋지 뭐. 뭐가 문제니?"

오슬비는 그렇게 대구하면서 원생들을 흘겨보았다. 애들이 꼬물꼬물 복닥복닥거리는 상황을 얼마간 참는다 싶더니, 결국 박수를 짝, 짝 쳐 댔다.

"이제 여기 A반 수업해야 하거든?"

말에 실린 기세가 제법 날카로웠다. 평소에도 오슬비는 후배들을 잡는 편이었다. 본인 성격이 강하고 고집이 있기도 하거니와 애들도 실력 좋은 오슬비의 말을 따랐기 때문에 어느 순간부터 분위기가 그렇게 잡혔다.

원생들이 동작을 멈추고 일사분란하게 움직였다. 모두 오슬비에게 "죄송합니다, 언니!" 하고 소리치며 후다닥 뛰쳐나갔다. 스튜디오 입구에 서 있는 재호에게도 "오빠 죄송해요" 하고 지나쳤다. 그러나 나에게만큼은 그냥 가벼운 목례를 하고 휙 가 버린다. 그조차도 안 하는 원생들이 많았다. 뭐 꼭 인사를 해야 하는 건 아니지만 참 시시하고 노골적인 차별이었다. 그때 오슬비의 눈에서 불꽃이 튀었다.

"야, 너네 왜 두리한테는 인사 안 해?!"

오슬비는 누군가 나를 무시하거나 시비를 걸 때 나보다도 더 분노했다. 어릴 때부터 그랬다. 네가 감히 내 동생을 무시해? 하는 의식이 오슬비 저변에 자리 잡고 있었다. 초등학교 저학년 때는 내가 말을 못 한다고 놀리고 못살게 구는 애들이 있으면 오슬비가 나서서 열 배의 말로 갚아 주었다. 중학생 때도 난 유난히 조용했고, 심지어 무대에서 기절한다는 약점이 본격적으로 나타나기 시작했던 때라서 오슬비는 나를 더 싸고돌았다. 매번 나를 챙겼고, 제 친구들 사이에서 말 한마디 없이 병풍처럼 서 있더라도 함께 있게 했다. 내가 기절한다는 걸 가지고 누군가 조롱하거나 뒷말하는 걸 발견하면 결코 그냥 지나치지 않았다. 다가가서 눈을 부릅뜨고, 앙칼진 목소리로 '그래도 온두리가 너보다 잘해. 넌 무대에서 기절하지 않아도 탈락일걸?' 하고 쏘아 댔다.

이번에도 오슬비가 나서자 원생들이 어깨를 움츠렸다. 모두 갈 길이 급한 병아리들처럼 스튜디오를 빠져나갔다.

"저것들이 못돼 가지고 진짜."

오슬비는 마지막까지 짜증스럽게 중얼거렸다. 학생들이 빠져나가고 스튜디오는 비로소 조용해졌다. 수업 시작까지 15분이 남아 있었다. 스트레칭으로 몸을 풀던 중에 물통을 안 채운 게 생각났다. 80분 수업에 20분 휴식, 다시 80분을 하는 수업에는 물이 필수였다. 나는 빈 물통을 들고 급하게 복도로 나왔다. 정수기 쪽에서 원생들이 종알종알 떠드는 소리가 들렸다.

"슬비 언니 진짜 무서워. 인상이 강해서 그런가?"

"응응. 인상도 한몫하고, 워낙 기가 세잖아. 저번에는 B반 언니들이 재

69

호 오빠랑 슬비 언니 연애사로 떠들다가 슬비 언니한테 걸려서 욕 엄청 먹었어. 나랑 재호랑 사귀는 걸 왜 니들이 떠들어 대냐고. 남 얘기할 시간에 춤이나 추라고."

오슬비의 모습이 상상이 되었다. 틀림없이 드라마에 나오는 부잣집 아가씨 같은 고고한 태도로, 눈을 잔뜩 내리깔고 얘기했을 것이다.

애들이 딱히 뒷담화를 하고 있는 건 아니었지만 그렇다고 난데없이 불쑥 나가자니 내 입장에서도 퍽 민망했다. 가만히 타이밍을 찾는 중에 이번에는 불쑥 내 얘기가 나왔다.

"아니, 근데 슬비 언니는 왜 저렇게 두리 언니를 싸고돌아? 둘이 성격도 완전 다른데 어떻게 그렇게 친하지?"

"너 몰랐어? 둘이 사촌이잖아. 두리 언니가 슬비 언니네서 같이 산다고 들었는데?"

우리 원생 중에 아직도 이걸 모르는 애가 있었나. 어쨌거나 더 나서기가 어려워졌다. 애들은 이미 알음알음 알려진 우리 가정사를 가십처럼 이야기했다.

"두리 언니네 엄마가 일찍 죽었대. 그래서 친척인 슬비 언니네서 같이 산다는데?"

"그럼 두리 언니네 아빠는?"

"확실하진 않은데 아빠는 외국계 기업 관리직이라서 해외 본사에 나가 있다던데?"

"해외 본사? 무슨 기업인데?"

"그것까진 모르는데 엄청 빵빵한 기업인가 봐. 그냥 그 집안 자체가 어마어마하대. 뭐 무용 하는 애들이 대부분 그렇긴 하지만, 거기는 그냥 대놓고 부자래. 너 슬비 언니 레오타드 수시로 바뀌는 거 봤지? 비싼 브랜드만 골라서 사잖아."

'아빠 얼굴도, 이름도, 국적도 모르는데 무슨.'

날조된 사실에 픽 웃음이 나왔다. 아무래도 다른 층 정수기로 가야겠다고 몸을 돌려세우는데, 바로 두어 걸음 뒤쪽에 강유리가 물통을 들고 서 있었다. 그 애는 팔짱을 끼고 흥미진진한 얼굴로 모퉁이 너머에서 들리는 이야기를 감상하고 있었다.

"부자면 뭐 하고, 무용을 아무리 잘하면 뭐 하냐. 어차피 무대에도 못 서는 거."

한 아이가 비꼬듯이 말하자 다른 아이가 깔깔 웃음을 터뜨렸다.

"하긴. 슬비 언니가 두리 언니 그렇게 챙기는 것도 불쌍해서 그러는 거라더라. 실력은 좋은데 어쨌건 이 길로는 못 나가는 거잖아. 예고 입시에서도 기절해서 일반고 다니는데 어떻게 발레리나가 되겠어. 그러니 같이 무용 하는 입장에서 슬비 언니도 얼마나 불편하고 민망하고 그러겠냐. 더구나 한집에 사는 친척인데."

"근데 그 언니는 왜 맨날 픽픽 쓰러져? 몸이 약하대? 병이라도 있대?"

"병은 무슨. 깡이 없는 거지. 딱 봐도 어리숙해 보이잖아. 말도 없고, 빠릿빠릿하지도 않고, 자기주장도 없고. 무대에서 기절까지 하고. 오죽하면 별명이 쿠크다스겠냐? 그 언니 멘탈이 딱 그 정도인 거야."

만약 혼자였다면 그냥 덤덤하게 돌아서든지, 아니면 애들 사이로 들어가서 그냥 물을 받고 돌아 나왔을 것이다. 중학생 때부터 여기저기서 들어온 말이었다. 정말이지, 혼자였다면 지금처럼 당황스럽지는 않았을 것이다.

강유리는 눈썹을 찡그렸다. 입 모양으로, "쿠.크.다.스?" 하고 되물으며 손가락으로 나를 가리켰다. 난 긍정도 부정도 하지 못하고 입술만 꽉 깨물었다. 깔깔 웃는 애들의 목소리가 점점 멀어져 갔다. 복도는 금세 조용해졌다.

"별명이 쿠크다스야?"

이번에는 소리 내어 물었다. 목소리는 상황과 어울리지 않게 명랑했다. 덕분에 얼굴이 더욱 달아올랐다.

"러시아에 있었으면서 그 과자를 알아?"

대답을 피하려고 말을 돌렸다. 강유리는 "한국 과자 보내 주는 팬이 얼마나 많은데-" 하고 농담인지 진담인지 모를 말로 받아치고서는 다시 물었다.

"정말 기절하는 게 그것 때문이야?"

도대체 뭘 물어보고 싶은 걸까. 조심스럽게 올려다보니, 그 애는 빙긋 웃었다.

"멘탈이 약해서 기절하는 거냐고."

손가락으로 제 가슴을 두 번 톡톡 두드린다. 대답할 말을 찾기는커녕, 머리가 하얘지는 것 같아서 괜히 입술을 씹었다. 강유리는 그런 나를 지그시 내려다보다가 한 마디를 더 했다.

"그런 정도면 발레를 안 하는 게 낫지 않나? 이게 뭐라고 기절하면서까지 하려는 건지…."

기가 막혔다. 싸가지 없이 굴어 놓고는 태연하게 돌아서는 그 모습을 보면서 깨달았다. 이제 분명히 알겠다. 이 애는 성격이 나쁘다. 어딘가가 아주 교묘하게 뒤틀린 애다. 강유리의 아버지가 했던 말이 떠올랐다.

- 그 녀석 아주 못쓰게 돼서 왔어.

그 침통한 표정을 이제야 비로소 이해할 수 있을 것 같다. 아마 나도 비슷한 얼굴을 하고 있지 않을까.

#10

그 뒤로 우리는 또 한동안 부딪힐 일이 없었다. 강유리와 나는 학원에서 마주칠 때마다 짧게 인사를 나눌 뿐 다른 대화는 없었다. 오슬비가 발레 천재 근처를 행성처럼 맴도는 동안, 최재호는 점점 더 속이 좁아졌고, 강유리의 본색을 일부 알게 된 나는 가까워지지 않으려 애썼다.

원장 선생님은 "그래서 강유리랑 좀 친해졌어?"라는 질문을 자주 했다. 나는 어색한 미소로 대답을 피했다. 애물단지를 더 늘리고 싶지 않아 했던 원장 선생님이 교수님의 아들을 맡아 준 이유는 순전히 나 때문이었다. 나는 '써먹을 데 없는 애물단지'에서 나날이 '무책임하기까지 한 애물단지'로 진화하고 있었다. 답답함이 커지는 만큼 연습 시간을 늘렸다. 스튜디오가 비는 시간대를 찾아내 틀어박혀 연습에 집중했다. 어쩌면 그것이 강유리와 친해지는 것보다 더 빠르게 나의 기묘한 기절 증상을 고쳐 낼 수 있을지도 몰랐다.

땀 때문에 레오타드가 물에 젖은 피부처럼 느껴졌다. 개인 레슨 80분에 추가로 연습을 한 게 벌써 몇 시간이던가. 피로감은 한번 의식이 되기 시작하니까 몹시 거슬렸다. 온몸에 피어오르는 열기도, 속 깊은 곳에서 끓어오르는 호흡도 모두 불편했다. 음악이 계속 흐르는데 나는 춤을 멈췄다. 발끝을 바닥에 톡톡 두드리며 숨을 골랐다. 오늘따라 다리가 내 뜻대로 움직이지 않는다. 바워크를 할 때 땅뒤(한쪽 발을 무릎을 편 채 밀어내는 동작)를 신경 써서 했는데도 영 만족스럽지가 않다. 심지어 갑작스럽게 앙드올(지면이나 공중에서 다리를 시계방향으로 원을 그리며 움직이는 동작)과 앙드당(앙드올의 반대 방향으로 움직인다) 방향이 헷갈리기도 했다. 취미 반에서나 있을 법한 실수였다.

'오늘 영 상태가 별로네.'

잠깐 쉴까 싶어서 물통을 입가에 댔다. 나오는 게 없었다. 물통을 세 개나 가져와서 가득 채워 두고 연습을 시작했는데 언제 세 통을 다 비웠는지 모르겠다. 정신없이 연습을 하긴 한 모양이었다. 창밖도 어느새 어두워져 있었다. 벌써 밤 11시였다. 텅 빈 복도로 나가 정수기에서 물을 받는데 또 그 일이 생각났다.

– 별명이 쿠크다스야?

괜히 신경질이 나서 주먹으로 정수기를 한 대 퍽 쳤다.

"그래. 쿠크다스다!"

아무도 듣지 않는 뒤늦은 대꾸를 해 봐도 마음은 영 꿉꿉했다. 아니, 꿉꿉한 걸 넘어서 화가 났다. 정수기 앞에서 떠들던 여자애들의 말도 괜히 곱씹게 되었다. 이상한 일이었다. 사람들이 나를 무시하거나 나에게 무례한 것은 종종 겪어 온 일들이었다. 나는 그런 일들로 특별하게 동요하지 않았다. 그런 일들은 언제나 '어쩔 수 없는 거'였고, 거기에 대항할 마음도 들지 않았다. 돌처럼 무감각하게 사는 게 나한테는 자연스러웠다. 그런데 강유리의 그 반질반질한 얼굴과 무례한 질문을 생각하면 감정이 쉽게 흔들렸다.

'그 애를 만나고부터 뭔가가 틀어지는 느낌이야.'

그건 아마 강유리도 어딘가 이상한 애라서 그런 건 아닐까. 그 애도 분명히 정상은 아니다. 가슴에 가만히 손을 올렸다. 팔딱거리는 심장 박동이 선명하게 느껴졌다. 내 심장인데도 낯설었다. 남의 가슴에 손을 댄 것처럼 어색해서 후다닥 손을 내렸다.

다시 스튜디오로 돌아와서 음악을 틀었다. 원장 선생님이 안무에 대해 설명했던 것들을 떠올리려고 노력했다. '아다지오, 아다지오. 부드럽게! 더 부드럽게! 숨 삼키고, 힘 누르고!' 역시나 다리가 문제다. 진흙에 처박힌 것처럼 무겁다. 나는 하던 동작을 그만두고, 음악을 껐다. 이럴 때는 추고 싶은 춤을 추는 것도 나쁘지 않았다. 〈백조의 호수〉 공연을 보고 온 뒤로 계속 오데트와 오딜의 안무가 생각이 났다. 머릿속으로 음악을 재생하고, 이미 몇 번 반복한 그 안무를 또 따라 해 본다. 무대 위에서 아름답게 움직이던 오데트의 동작을 따라간다. 발 포인트와 손끝까지. 한 번 본 무대를 따라 할 때는 춤에 몰입이 잘되면 마치 무대 위에 선 것 같은 착각이 들곤 한다. 지금도 나는 오데트, 오딜 그 자체가 되고, 머릿속의 영상은 주변의 인물들을 내 세계에 그대로 덧씌워 준다. 지그프리트 왕자, 사악한 악마, 다른 백조들까지 모두 등장하는 무대가 된다. 문제는 그 몰입이 가장 강력해지려는 순간에 여지없이 무대에 선 것과 동일한 트라우마 혹은 공황발작 같은 증상이 발현된다는 거였다.

'미치겠네, 정말.'

약간의 어지럼증이 느껴지면서 집중력에 균열이 가기 시작한다. 억지로 다시 몰입하려고 하면, 신경증이 고개를 쳐든다. 엄마의 환영이거나 엄마 곁을 초조하게 맴도는 어린 나의 환영이거나 또는 내가 본 적 없는 엄마의 모습이기도 했다. 마른 몸에 부른 배를 안고 몹시 후회하는 엄마의 모습 같은 거 말이다. 내가 제일 싫어하는 환영은 불이 다 꺼진 어두운 거실에서 토슈즈도 신지 않은 맨발로 몹시도 엉성한 피루에트를 돌거나 그다지 우아하지 못한 아라베스크를 하는 엄마의 모습이다. 고작해야 90도 정도 올라간 다리를 더 꺾지 못해서 버둥거리는 몸짓은 발레리나와 거리가 멀어 보였다. 한동안 그렇게 애를 쓰던 엄마는 곧 자신이 처녀 때와 똑같이 몸을 쓸 수 없다는 것을 깨닫고 한동안 멍하니 서 있는다. 애를 쓰던 얼굴은 절망과 우울을 거쳐서 스산하게 변한다. 그리고 엄마는 자신의 인생 최대의 오점을 찾는다.

- 온두리, 일어나 봐.

한 번에 일어나지 못하면, 엄마는 물을 한 컵 가져와서 얼굴에 붓곤 했다. 어푸푸, 거리며 눈을 뜨면 내가 미처 정신을 차리기도 전에 어깨를 흔들며 물었다.

- 이 닦고 나서 치약 뚜껑 닫아 두라고 했어, 안 했어?

난 치약 뚜껑을 닫아 두었는지, 열어 두었는지 기억할 수 없는 상태에서 모질게 혼이 나곤 했다. 엄마의 분노와 꾸중의 이유는 늘 바뀌었고,

다채로웠다. 엄마는 한바탕 분을 풀고 나면 급작스러운 죄책감에 휩싸여서 나를 끌어안고는 미안하다며 울었다.

내가 기억하는 엄마의 모습은 거의 이랬고, 갑자기 시작된 증상은 평소에 묻어 둔 과거를 하나씩 풀어내는 방식으로 나를 옥죄었다. 이러다 정말 기절하겠다 싶은 순간에 난 모든 동작을 멈추고 자리에 주저앉았다. 엉망으로 흐트러진 호흡이 스튜디오 안을 메웠다. 한참을 가만히 앉아 있다가 공기가 차갑게 느껴질 즈음 스튜디오를 정리하고 학원을 나왔다. 찬바람을 맞으니까 기분이 조금 나아지는 것 같기도 했다. 시간은 이미 자정을 넘어가고 있었다. 택시를 잡으려고 도로 쪽으로 나가는데 저 앞에서 마침 택시 한 대가 섰다. 택시를 향해 손짓을 하며 뛰어갔다. 멈춘 택시에서 누군가가 내렸다. 강유리였다. 강유리는 택시 문을 닫고 몸을 세우면서 나를 발견했다. 눈이 마주쳤다. 아까 스튜디오에서 했던 생각이 다시 머리를 스쳤다.

'강유리도 정상은 아니야.'

뭔가 비틀려 있다. 지금만 봐도 그렇다. 이 야밤에 저렇게 흉흉하게 날이 선 얼굴을 하고 돌아다니다니. 도대체 뭐에 저렇게 화가 났을까. 나를 알아본 강유리는 눈을 크게 떴다.

"뭐야. 너 이 시간까지 연습했어?"

말투에는 놀라움과 짜증이 같이 담겨 있었고, 나에게 화를 내는 것처럼 느껴졌다.

'아니야, 쟤가 왜 나한테 화를 내겠어. 착각이야.'

억지로 마음을 달랬다. 어릴 때 학대를 당한 피해자는 다른 사람보다 더 눈치를 보고, 더 위축될 가능성이 크다고 했다. 쟤가 나한테 화를 낼 이유는 없다고 두어 번 더 중얼거리고서야 대답을 할 수 있었다.

"응… 너는 이 시간에 어쩐 일이야?"

강유리도 바로 대답하지 않았다. 택시 기사님은 내가 타지 않을 거라고 생각했는지, 묻지도 않고 차를 슬그머니 뺐다. 예의상 던진 질문의 대답은 그때 들을 수 있었다.

"딱히 갈 데가 없어서."

몹시 쓸쓸하게 들리는 대답이었다. 집은 어쩌고 갈 데가 없다는 거야, 라고 말하려다가 문득 그 애 뺨이 눈에 들어왔다. 조금 부어올라 있었다. 누구한테 맞기라도 했나. 어쩌면 아버지한테 맞은 걸지도 모른다. 주먹으로 맞았다면 퉁퉁 부었을 텐데, 살짝 부푼 정도니까 아마 손바닥으로 맞은 모양이다. 어릴 때 경험으로 직감할 수 있었다. 나도 모르게 한 걸음 다가섰다. 손을 올리고 있다는 걸 인지하지 못한 상태에서 붙잡혔다. 강유리는 자기 턱 근처에서 붙잡은 내 손을 가만히 보다가 정말 의아하다는 투로 물었다.

"뭐냐?"

"…미안."

내가 미쳤구나. 남의 뺨을 왜…. 얼굴은 물론 귀까지 화끈거렸다.

"미안해. 그냥 그… 아파 보여서."

말을 내뱉자마자 후회했다. 차라리 뭐가 붙어서 떼어 주려고 했다고 하는 편이 나았다. 자기가 맞았다는 걸 티내고 싶은 고등학생은 없을 테니까. 강유리는 조용히 손을 놓아 주었다.

"학원 가려는 거지? 근데 내가 문 잠가서 지금 못 들어가는데…"

"세콤 키 어디에 두는지 알아. 비밀번호도 알고. 나도 너처럼 특별대우

거든."

"어?"

"원장 선생님이 너 특별대우 하시잖아. 나도 마찬가지라고. 명색이 볼쇼이 출신에 우리 아빠 아들이기까지 하니까."

마지막에 '아빠 아들이기까지 하니까'라는 말은 분명 빈정거리는 투였다. 실제로 입술 끝을 비죽 올린 모양새가 퍽 불량스러워서 단정한 외모와 어울리지 않았다. 나는 또 대꾸할 말을 찾지 못했다. 강유리의 말은 대부분이 직설적이고, 다분히 자기중심적이어서 나 같은 사람에게는 버겁게 느껴졌다. 강유리는 그대로 학원으로 들어가려는가 싶다가 돌연 고개를 꺾고, 부어오른 자기 뺨을 슬슬 문지르면서 물었다.

"야, 근데 티 많이 나?"

나는 솔직하게 대답했다.

"많이는 아니고 조금….""

"어휴. 우리 엄마 기운 아직 좋네."

강유리는 혼잣말같이 중얼거리더니 학원 쪽으로 걸어갔다.

나도 다시 택시를 잡아서 탔다.

'뭐야, 아빠가 아니라 엄마한테?'

도대체 무슨 사연이기에 야밤에 엄마한테 뺨까지 맞고, 갈 곳이 없어서 학원으로 온단 말인가. 궁금증이 치밀었다. 동시에 그 애 뺨으로 손을 뻗던 내 모습이 생각나서 참을 수 없는 부끄러움이 몰아쳤다.

그날 새벽, 꿈을 꿨다. 엄마가 아니라 강유리가 나왔다. 그 애가 텅 빈, 싸늘한 스튜디오에서 밤새 홀로 연습을 하는 꿈이었다. 물처럼 유연하고, 말처럼 강인하고, 새처럼 자유로운 그 애의 춤을 감탄하면서 마냥 지켜보았다. 참 우아한 춤이었지만, 정작 강유리는 화가 난 얼굴이었다. 한쪽 뺨은 여전히 발갛게 부어 있었다. 나는 그 뺨으로 다시 손을 뻗고 싶었다. 뜨끈한 열기가 닿으면 조금쯤 강유리의 '이상함'을 들여다볼 수 있을 것만 같은 마음이, 꿈인데도 선명하게 들었다. 꿈이 전지적 작가 시점이 아니라 1인칭 시점이나 3인칭 시점이었다면 분명히 또 그 애의 뺨을 만졌을 것이다. 몸이 없기에 만질 수 없었고, 그저 지켜보는 것만 허락되었다.

'이런 춤을 추면서 저런 얼굴을 한다는 건 좀 슬픈 것 같아.'

깨기 직전, 나는 마음이 살짝 아팠다.

＊

무의식중에 스튜디오 바닥을 탐색하듯이 훑었다. 그것도 꽤 오래, 집요하게. 내가 그러고 있다는 걸 안 건, 저 구석에서 몸을 쭉쭉 늘리며 스트레칭을 하던 오슬비가 나를 보고 웃음을 터뜨렸기 때문이다.

"온두리, 바닥에 환영이라도 보이냐? 뭘 그렇게 열심히 봐?"

최재호가 오슬비를 툭 치면서, "쟤 원래 멍하잖아" 하고 나 대신 대꾸했다. 그제야 내가 바닥을 먹이 찾는 개처럼 쳐다보고 있다는 것을 깨달았다. 사실 나는 강유리의 흔적을 찾고 있었다. 어제 자정이 넘어서 학원에 들어가던 그 애의 흔적이 이 바닥 어디엔가 하나쯤 남아 있을 것 같았다. 꿈 때문일 것이다. 불빛 한 점 들어오지 않는 어두운 스튜디오에서 음악도 없이 춤을 추는 그 애가 꿈에 나왔기 때문에, 화난 얼굴로 더없이 유려한 몸짓을 하는 그 애의 얼굴이 아직도 선명해서 내 무의식이 강유리의 흔적을 궁금해한 것이다. 그게 아니라면 부어 있던 그 뺨이 여전히 조금 신경을 건드리고 있는 탓이든지.

마침 강유리가 스포츠 레깅스와 언더아머로 갈아입고 스튜디오로 들어왔다. 그 애는 어제의 그 이상한 분위기는 어딘가로 감추고 평소의 강유리다운 얼굴로 차분하게 미소를 지었다. 나는 그냥 고개를 까딱하고 반대쪽으로 몸을 돌려 버렸다. 그럴 리가 없는데도 방금까지 강유리의 흔적을 찾던 걸 들킬 것만 같았다. 그때 오슬비가 갑자기 아! 하고 탄성을 터트렸다.

"얘들아, 우리 이번 주 토요일에 레슨 끝나면 같이 그리시코(무용복 매장) 갈래?"

오슬비는 평소에도 압구정에 있는 발레숍을 자주 가는 편이었다. 나를 데리고 갈 때도 있었고, 최재호를 데리고 갈 때도 있었고, 학교 친구들이랑 갈 때도 있었다. 가서 조금씩 다른 디자인의 레오타드나 뛰뛰, 스커트를 실컷 구경하고 오곤 했는데, 오슬비는 그러면서 스트레스를 풀었다. 나도 새로 나온 용품을 구경하면 기분이 좋았다.

"같이 가자, 유리야."

오슬비는 콕 집어서 말했다. 강유리는 자기 스케줄을 가늠하듯이 한 템포를 쉬고 천천히 고개를 끄덕였다.

"그래, 뭐 유니타드 새로 볼까 싶었는데, 같이 가."

최재호는 표정이 좀 안 좋았지만 뭐라고 비쭉대지는 않았다.

토요일 연습이 끝나고 우리는 모두 조금 들떠 있었다. 근처에서 샤브샤브를 먹고 압구정으로 출발했다. 그리시코 매장에 도착해서는 자연스럽게 흩어졌다. 오슬비와 최재호는 함께 레오타드를 살펴봤고, (오슬비는 시스루가 들어간 푸른색 레오타드를 계속 만지작거렸는데, 딱 그 애가 좋아할 스타일이었다.) 강유리는 남성용 코너로 자연스럽게 향했다. 나는 워머와 슈즈를 파는 코너로 들어갔다. 이것저것 살펴보는데, 맞은편 유아용 발레복 코너에서 어린 여자애 하나가 눈에 띄었다. 아이는 〈겨울왕국〉의 여파 때문인지 하늘색에 비즈가 박힌 옷 근처에서 어슬렁거렸다. 그 어린 눈동자에 갈망이 노골적으로 드러나는 게 퍽 귀여웠다. 아이의 엄마로 보이는 여자는 유아용 기본형 발레복 쪽에 있었다. 꼼꼼하게 따져 보며 물건을 비교하는 중이었다. 꼭 아이에게 가장 좋은 문제집이 뭔지 판별하려는 듯한 엄격한 표정이었다.

아무래도 아이가 오늘 사 가지고 갈 수 있는 발레복은 〈겨울왕국〉 디자인과는 상당히 거리가 있을 듯했다. 끔찍하게 촌스러운 보라색 연습복을 만지작거리던 아이의 엄마는 결심을 한 얼굴로 이쪽으로 성큼성큼 다가왔다. 아이는 엄마가 다가오는 것을 보고도 매달리거나 하지 않았다. 오히려 한움큼 손에 쥐었던 하늘색 옷자락을 빠르게 놓아 버렸다.

"아…"

나도 모르게 안타까운 한숨이 나왔다. 여자가 의아함과 불쾌함이 뒤섞인 얼굴로 나를 힐끔 쳐다보더니 아이의 손을 매섭게 낚아챘다.

"쓸데없는 거 보지 말고 이쪽으로 와."

필요 이상으로 차가운 말투였다. 아이는 7살쯤 되어 보였다. 고집을 부릴 법도 한데, 그저 아쉬움이 가득한 눈으로 원래 만졌던 발레복을 다시 한번 쳐다보는 게 고작이었다.

"어… 저 이거…"

아이의 말투는 이상할 정도로 주눅이 들어 있었다. 말도 유창해지고 장난기도 많아지고, 자기 주관도 제법 생기는 보통의 7살들과는 다른 분위기였다. 여자는 한숨을 쉬었고 입을 앙다물었다. 그러더니 아이의 팔을 거칠게 확 잡아당겼다.

"아!"

소리를 낸 건 아이가 아니라 나였다. 손도 아이를 향해 뻗어 버리고 말았다. 강유리의 뺨으로 손을 뻗었던 것처럼 무의식중에 나온 동작이었다. 여자는 큰 눈을 더욱 크게 뜨고 나를 훑어보았다. 이미 여자의 큰 눈은 바짝 위로 올라가 있었다.

"뭐예요?"

"아, 아니요… 저… 그냥….

빠르게 팔을 거두었지만 여자는 이미 여자애를 더욱 거칠게 잡아당겨서 제 옆쪽으로 세우고 공격 태세를 갖추었다.

"사람을 왜 그런 식으로 봐요?"

여자가 본격적으로 소리를 높였다.

"아니, 그게… 어… 죄송합니다."

엄마가 애를 쥐어 팬 것도 아니었고, 쥐 잡듯이 고래고래 소리를 지른 것도 아니었고, 욕설을 한 것도 아니었다. 아이를 좀 세게 잡아당긴 것뿐이었다.

"어이가 없네, 진짜."

여자는 씹어뱉듯이 날카롭게 한마디를 던지고 돌아섰다. 신경질이 묻어나는 동작에, 아이는 비틀거리며 흔들렸다.

"엄마, 아파요."

들릴락 말락 한 작은 목소리였다. 아이는 가느다란 팔을 우악스럽게 붙잡은 여자의 손을 자신의 작은 손으로 덮었다. 여자는 무섭게 눈을 치뜨고 아이를 끌어당겼다. 저 애 왜 저렇게 주눅이 들었을까. 가슴이 조여오는 듯했다. 아이로부터 눈을 떼고 허리를 수그렸다. 숨을 천천히 몰아쉬는데 내 머리 앞으로 상냥한 얼굴이 불쑥 나타났다. 강유리였다.

"큰 실랑이는 아니었던 것 같은데. 놀라서 그래?"

나는 말없이 고개를 가로저었다.

"토할 것 같은 건 아니지?"

나는 머릿속에서 물방울처럼 떨어지기 시작하는 기억들을 필사적으로 떨쳐냈다. 어느 순간에는 다정했다가 또 어느 순간에는 냉정하게 밀치고 내리누르고 잡아당겼던 손길들을 떨쳐 냈다. 얼마간 시간이 흐르자 가슴이 조여드는 증상이 잠잠해졌다. 마지막으로 긴 한숨을 천천히 내쉬고, 다시 허리를 세웠다. 강유리가 진심으로 걱정이 된다는 눈빛으로 바라보고 있었다. 급히 오슬비를 찾아보았다. 그사이 어디를 갔는지 오슬비와 최재호가 보이지 않았다.

"좀 진정이 됐어?"

"…응."

"공황장애나 발작 같은 거 있어?"

"그런 건 아니야. 비슷하기는 하지만."

"뭐야, 그럼."

단순한 질문이었다. 나는 그 짧은 물음에 대답을 하지 못하고 입만 달싹였다. 과거를 숨겨야 한다고 생각한 적은 없었다. 그냥 어떻게 설명해도 장황하고, 늘 듣는 사람이 곤혹스러워했기 때문에 말문이 막혔다.

"무대에서 기절하는 것도 그렇고… 원래 좀 허약한 스타일?"

발레를 해서 마르기는 했지만 누가 봐도 허약해 보이지는 않았다. 괜히 민망해서 빠르게 고개를 내저었다. 그때, 안쪽 카운터에서 오슬비가 쇼핑백을 팔락거리며 다가왔다. 결국 제 취향의 레오타드를 구입한 모양이었다. 나는 아무 일 없던 것처럼 시치미를 뗐다. 오슬비의 새 레오타드를 구경하면서 좋은 걸 샀다고, 잘 어울린다고 칭찬을 하면서도 강유리의 시선에 신경이 쓰였다. 강유리가 너무 노골적인 눈으로 나를 보고 있었기 때문이다.

우리는 그리시코를 나온 뒤에, 버스를 타고 서울숲으로 갔다. 날이 산책하기에 좋았다. 거의 오슬비와 최재호가 떠들고, 강유리가 적당히 대꾸를 했다. 나는 그냥 듣고, 작게 웃고, 덤덤하게 있는 게 고작이었으나 사실 신경은 계속 강유리 쪽으로 쏠려 있는 채였다. 유난스럽게 들켜 버린 치부와 아까 그 애의 시선이 신경 쓰였다. 정작 강유리는 아무 일 없었다는 듯 태연했다. 어쩌다 눈이 마주치면 예의 그 사람 좋은 미소를 짓고 다시 고개를 돌렸다. 나는 그게 왜 불쾌한지 의문이었으나 그건 확실히 불쾌한 느낌이었다.

"아, 나 잠깐 편의점 가서 물 좀 사올게."

강유리가 갑자기 목을 매만지면서 말했다.

"혼자 가기 심심한데, 너도 같이 가자."

강유리가 갑자기 날 걸고넘어졌다. 무턱대고 팔목을 잡아끌었다. 오슬비와 최재호로부터 멀어질 즈음, 강유리가 조곤조곤 말했다.

"하고 싶은 말 있어?"

끌고 나온 건 자기이면서 나한테 할 말이 있냐고 묻는다. 물끄러미 올려다보자 그 애는 오히려 의외라는 듯 내려다본다.

"계속 힐끔거렸잖아. 하고 싶은 말이 있는 줄 알았지."

내가 그랬었나. 며칠 전, 강유리의 흔적을 의식해서 스튜디오 바닥을 집요하게 훑었던 일이 떠올랐다. 강유리는 어쩐지 좀 무료해진 듯한 표정이었다. 그게 또다시 묘하게 거슬렸다. 둘만 있어서 그런지 평소의 그 부드러운 미소도 조금 사라졌다. 강유리는 거의 매번 예의 바른 자세와 표정을 하고 있었기 때문에 미소가 조금 가신 것만으로도 낯빛이 차가워 보였다. 그렇게 인식하는 순간 한 번도 느껴 본 적 없던 충동이 불쑥 솟아올랐다.

"공황장애는 아니고, 트라우마 비슷한 거야."

툭 던져 버리고 강유리를 보았다. 유리알같이 반들거리는 짙은 적갈색 눈동자와 창백한 피부, 칼로 긁어도 흠집조차 나지 않을 것같이 단단한 그 애의 표정을 인식하면서 깨달았다. 나는 차분하고 여유로운 척하는 저 애를 뒤흔들어 보고 싶었던 것이다. 얼마 전, 자정에 가까운 시간, 학원 앞에서 돌연 마주쳤던 그날의 강유리에게서 보였던 어떤 틈 같은 것을 다시 보고 싶었다.

"어떤 일로?"

놀라지도, 당황하지도 않는다. 도리어 중대한 프라이버시를 아주 일상적인 투로 물었다.

"학대."

강유리의 눈 밑이 조금 떨린 것 같기도 하다. 그게 아니라면 나뭇가지가 드리운 그림자였을 것이다.

"내가 엄마의 미래를 망쳤거든. 그래서 엄마는 나를 망쳤어."

내 귀에도 내 말이 속삭이는 듯이 들렸다. 그 애의 표정은 종잡을 수가 없었다. 똑바로 마주쳐 오는 눈동자를 오래 응시할 수도 없었다. 호기롭게 말해 놓고 눈을 피했다. 강유리는 별다른 대꾸를 하지 않았다. 그저 '으음' 하고 의미를 가늠할 수 없는 소리로만 짧게 반응한 게 다였다. 편의점에서 물을 사서 다시 애들이 있는 곳으로 돌아갔을 때에도 그 애는 무던했다.

'괜한 짓을 했어.'

결국 후회만 남았다.

아이들과 헤어져 오슬비와 집으로 돌아가는 길이었다. 오슬비가 호들갑을 떨면서 아까 강유리랑 물 사러 가서 무슨 이야기를 했냐고 묻는 바람에 심장이 덜컹했다. 귀로 열이 몰렸다. 그걸 또 알아채고, 오슬비가 귀를 살짝 잡아당겼다.

"뭐야 이거. 왜 귀가 빨개져? 솔직히 말해. 강유리랑 무슨 일 있었어?"

오슬비의 채근에 얼굴까지 빨개질 것 같았다. 황급히 오슬비의 손을 쳐냈다.

"별 얘기 안 했어."

오슬비는 쳐내어진 손을 멀뚱히 바라보았다. 그러고는 약간 빈정이 상한 듯 손을 탈탈 털었다.

"뭐야, 왜 저래."

그렇게 중얼거리더니 몇 걸음 앞서 걸어갔다.

#11

    서울국제무용콩쿠르 접수 시즌이 돌아왔다. 학원 곳곳에 포스터가 붙었고, 전공생 반 학생들은 면담을 시작했다. 예고에도 공지가 되었는지, 오슬비와 최재호가 핸드폰에 공고 포스터를 찍어 왔다. 포스터에는 접수 일자, 신청 방법, 예선 날짜, 본선 날짜, 갈라쇼 무대 일정 등이 자세히 나와 있었다. 예선 면제 대상자도 있었는데, 우리 중에 포함이 되는 것은 오슬비였다. 작년 동아콩쿠르 1등이 면제 대상자 조건 중에 있었던 것이다. 오슬비는 작년 동아콩쿠르 1등이었다. (베이징국제발레콩쿠르나 아라베스크콩쿠르 등에서도 각 2등, 3등 수상 경력이 있었다.) 강유리도 해당되는 게 있지 않을까 싶어서 우리 모두 그 애를 물끄러미 쳐다봤다. 강유리는 시선의 의도를 알아채고는 곧 고개를 저었다.

    "나는 최근에 콩쿠르를 안 나가서."

    그 말을 듣고서야 언젠가 원생 중 누군가가 흘렸던 말이 기억났다. 명문 발레학교에서는 국제 콩쿠르 출전에 그다지 신경 쓰지는 않는다는. 어차피 졸업을 하고 나면 거의 다 발레단에 들어갈 수 있기 때문이다. 최상위권 학생들은 내로라하는 유명 발레단에 들어가고, 그렇지 않은 학생들도 어디든 들어간다. 명문 발레학교 학생들은 콩쿠르 수상보다 무대에서 어떤 역할을 했는지가 더 중요할지도 모른다는 이야기도 했었다.

그저 낭설인지, 아니면 진짜 그러한지는 알 수 없지만 어쨌거나 발레 세계의 거대함을 인식하게 되었던 말이다. 나는 서울국제무용콩쿠르에도 심장이 두근거리는데, 세계에는 헬싱키, 로열, YAGP 같은 어마어마한 콩쿠르에서 싸우는 애들이 있었고, 또 그 옆에는 명문 발레학교 애들이 있었다. 무대 위에 서지도 못하는 내가 눈에 띄지도 않는 미세한 점처럼 느껴져서 어깨가 움츠러들었다. 저기 서 있는 강유리가 얼마 전까지 볼쇼이의 장학생이었다는 사실이 새삼 다시 떠올랐다. 오슬비와 최재호도 같은 생각을 했는지, 분위기가 갑자기 조금 차가워졌다.

"그래, 명문이 다르긴 하겠지."

최재호가 한마디 했다. 저도 모르게 툭 튀어나온 말인 것 같았는데, 어딘지 모르게 탐탁지 않게 들렸다.

마침 원장 선생님이 들어왔다. 원장 선생님은 가라앉은 분위기를 의식하지 못했는지 밝은 투로 얘기했다.

"몸은 다 풀었지? 잠깐 모여 봐."

미적미적 모여든 우리에게 원장 선생님은 뜬금없는 소리를 했다.

"드디어 짝이 맞으니까 이제 파드되를 본격적으로 해 보자. 콩쿠르 작품은 파드되 중에 배리에이션(솔로 작품)으로 나가도, 연습할 때는 파드되도 같이 해 볼 거야."

원장 선생님은 신이 난 기색이 역력했다. 발레 수업에는 남자가 부족했다. 예고도 마찬가지였다. 어딜 가나 남자 전공생이 귀했기 때문에 파드되를 경험할 기회가 많지 않았다. 간혹 연습을 할 순 있어도 파트너를 짤

때, 수준을 따지거나 체형을 고려하거나 하는 사치는 엄두도 내지 못했다. 오슬비와 최재호는 예고에 다니고 있기 때문에 조금이나마 파드되를 해 볼 수 있지만, 나는 학원에서 최재호와 몇 번 시도해 본 것 빼고는 경험이 전무했다.

"재호랑 슬비는 학교에서도 같이 맞춘 적이 많고, 둘 다 콩쿠르 나갈 거니까 하던 대로 둘이서 파트너를 하면 될 거고."

원장 선생님이 나를 한번 쳐다보고는 씩 웃었다.

"두리는 대회 신청을 한다 해도 어차피 콩쿠르 수상 욕심 없을 거고, 강유리는 콩쿠르 나갈 생각이 없는 것 같으니, 그냥 연습한다 생각하고 둘이 파트너 하면 되겠네."

원장 선생님의 말이 끝나는 순간, 나는 반사적으로 오슬비 쪽을 보았다. 오슬비는 떨떠름한 얼굴을 하고 있었다. 오슬비는 강유리랑 파드되를 해 보고 싶다고 했었다. 눈을 반짝반짝 빛내 가면서 강유리의 실력에 찬사를 보내고, 함께 어울리고 싶다는 마음을 숨기지 않았다. 마음이 켕기고, 뭔가 가로챘다는 느낌이 들었다. 아니나 다를까, 눈이 마주쳤을 때 오슬비는 대놓고 휙 고개를 돌렸다.

'아니… 원장 선생님이 정해 준 걸 나보고 어쩌라고.'

속으로 항변을 해 봐도 접접한 마음은 가라앉지 않았다.

'강유리도 나보다는 오슬비랑 하고 싶을 것 같은데.'

이상한 핸디캡을 지닌 나와 엮이는 게 싫을지도 모른다. 명문 발레학교는 어릴 때부터 파드되 연습을 한다는데, 이미 대단한 실력을 가진 애들과 맞춰 오던 강유리가 무대에 제대로 서 본 적도 없는 나를 상대하게 되어서 짜증이 나지는 않았을까. 도둑이 제 발 저리는 심정으로 그 애를 처다봤다. 마침 강유리가 흐음, 하고 작게 한숨을 쉬었다. 골치 아픈 걸 떠안게 되었다는 신호처럼 느껴져서 공연히 얼굴이 뜨거웠다. 그렇다 해도 별 수 없었다. 강유리가 했던 말이 머리를 스쳤다.

– 원장 선생님이 너 특별대우 하시잖아. 나도 마찬가지라고. 명색이 모스크바 국립무용아카데미에서 온 실력자인데다가 우리 아빠 아들이기까지 하니까.

나는 그때 강유리가 '우리 아빠 아들'이라는 부분에서 빈정거리고 있다고 생각했는데 어쩌면 '원장 선생님이 너 특별대우 하시잖아'부터 빈정거리고 있던 건 아니었을까. 하지만 어차피 나는 애물단지다. 무대에 서지도 못하고, 왜 발레를 하는지도 모르는 불쌍한 제자 한 명 특별 취급하는 게 뭐 그렇게 대단한 일일까.

"자자, 다들 정신 바짝 차려."

원장 선생님은 내 속도 모르고 신이 나서 말했다.

"힘과 균형이 잘 맞아떨어져야 해. 둘 중에 하나라도 없으면 파드되는 못 해. 춤은 몸으로 하는 것 이상의 예술이야. 발레에서 파드되는 서로를 믿고, 맡기고, 받쳐 주면서 호흡을 맞추는 춤이고."

서로를 믿고, 맡기고, 받쳐 주면서 호흡을 맞추는 춤. 왜인지 어깨가 움츠러들었다. 내가 한 뼘 더 줄어든 것 같은 기분도 들었다. 그와 반대로 원장 선생님은 더욱 활기찬 기세로 발레라는 예술, 파드되의 아름다움에 대해서 설명을 이어 나가다가 갑자기 김이 팍 새는 결론을 냈다.

"자, 일단 오늘은 기존에 하던 배리에이션을 할 거야. 파드되는 차차 시도할 거니까 그렇게들 알고 준비하고 있어."

그마저도 산뜻하게 말하면서 원장 선생님은 지젤 배리에이션 음악을 틀었다.

'연습. 연습이나 하자. 집중해, 온두리.'

묘한 허탈감을 애써 떨쳐 내고 음악에 귀를 기울였다. 〈지젤〉은 영혼처럼 가벼워 보여야 하는 어려운 작품이지만 정말 많이 연습한 작품이기도 했다. 무대 위만 아니라면 물 흐르듯이 해낼 수 있었다.

레슨과 연습을 마치고 집에 도착했을 때는 새벽 1시였다. 조용히 신발을 벗고 거실을 지나가는데, 오슬비가 거실에서 물을 따르고 있었다. 눈이 딱 마주쳤다. 아까 파드되 짝을 정하는 일로 기분이 상해 보였던 것이 떠올랐다.

"아직 안 잤어?"

아무렇지 않은 것처럼 말을 걸었다.

"응. 너는 연습하다 온 거지?"

오슬비도 평소처럼 대답했다.

"응."

"너무 무리하는 거 아니야? 몸 생각하면서 해."

"그래. 오늘은 집중이 잘 안 돼서 조금 더 하다가 왔어."

"어차피 무대에도 못 오르는데 무리할 필요가 뭐 있어. 그러다 다치기라도 하면 어쩌려고. 나는 네가 너무 걱정돼. 요령도 없고, 우직하기만 해서…."

말에서 걱정과 비꼼의 경계가 아슬아슬하게 느껴졌다. 말문이 막혔다.

그 경계가 당황스러웠다. 아무런 대답을 못 하는 나를, 오슬비는 빤히 보다가 곧 헛헛하게 웃었다.

"하긴, 그게 네 장점이지. 요령 없고 우직한 거."

한 걸음 더 가까이 다가와서 어색하게 나를 끌어안는다.

"아까는 미안. 강유리가 너무 탐이 나서 감정 조절이 안 됐어."

사과는 솔직했다. 나는 찜찜함을 꾹 내리눌렀다. 오슬비는 짜증이 나면 티를 내는 애였고, 화가 나면 곧바로 쏘아붙이는 애였다. 경계가 느껴지는 미묘한 말은 하지 않는다. 방금의 말이 이상하게 느껴진 건, 강유리라는 이상한 애를 만나서 나도 어딘가가 더욱 이상해진 탓일 것이다.

"이만 들어가서 자자."

오슬비가 등을 부드럽게 도닥였다. 우리는 아무렇지 않게 2층으로 올라갔다.

#12

그랑파드되(고전 발레에서 주인공 발레리나와 그 상대역인 발레리노가 추는 2인무)에 앞서서 우리는 각자 배리에이션을 충실하게 완성하는 데에 노력을 기울였다. 개인 레슨 때도 배리에이션을 혹독하게 연습했고, 수업 때는 몇 가지 기본 동작들을 파트너와 맞춰 보고 거기에 익숙해진 다음에 파드되를 맞추는 방향으로 진행이 되었다. 난 제대로 파트너와 맞춰 보는 게 처음이었고, 그 파트너는 심지어 강유리였다. 볼쇼이 장학생과 기본 동작을 맞춰 보는 건, 생각했던 것보다 훨씬 긴장되는 일이었다. 강유리가 내 뒤에 와서 서자, 온몸에 털이 곤두서는 것 같았다. 지젤 2막의 그랑파드되 첫 자세를 취하는데, 뻗은 팔의 손끝이 미세하게 떨렸다.

발레 〈지젤〉은 춤을 좋아하는 시골 아가씨 지젤과 시골 청년으로 가장한 귀족 알브레히트가 주인공으로 등장하는 작품이다. 지젤과 알브레히트는 사랑에 빠지지만, 지젤을 짝사랑하던 마을의 청년 힐라리옹이 알브레히트의 진짜 신분을 폭로한다. 그때 마침, 사냥을 하러 나온 공주가 지젤의 마을에 도착하고, 그 공주가 바로 귀족 알브레히트의 약혼녀임이 알려진다. 지젤은 그로 인한 충격으로 미친 듯이 춤을 추다가 심장마비

95

로 죽는다. (작품에 따라서 스스로 목숨을 끊는 결말로 전개되기도 한다.) 여기까지가 1막의 이야기이고, 우리가 파드되를 출 2막의 내용은 이렇다.

마을 근처에는 숲이 하나 있다. 그 숲에는 윌리라는 귀신들이 나타나는데, 윌리들은 모두 생전에 춤을 좋아하던 아가씨들이었다. 윌리들은 숲에 발을 들인 남자를 유혹하여 죽을 때까지 춤을 추게 만든다. 죽은 지젤의 영혼 역시 숲의 윌리가 되고 만다. 지젤을 짝사랑하던 힐라리옹은 지젤의 무덤을 찾아왔다가 윌리들에게 홀려 죽게 되고, 지젤의 무덤에 사죄하러 온 알브레히트도 이 윌리들과 마주치게 된다. 윌리가 된 지젤은 윌리들의 여왕인 마르타의 명령에 따라 알브레히트를 유혹해서 죽여야 하는 처지가 된다. 지젤은 마르타에게 선처를 부탁하지만 마르타는 받아들이지 않는다. 영혼이 된 지젤과 춤을 추던 알브레히트는 점점 지쳐 간다. 그러나 알브레히트를 보호하고자 하는 지젤의 사랑의 힘 때문에 마르타의 마법은 끝내 그를 해치지 못한다. 마침내 새벽이 밝아 오고 지젤은 무덤으로 사라진다. 알브레히트는 지젤을 붙들려고 하지만 지젤은 곧 사라져 버리고 그는 목숨은 구했으나 깊은 고독 속에서 절망한다.

줄거리는 단순하지만 춤으로 표현하는 것은 또 다른 이야기였다. 심지어 파트너와 합을 맞춰서 표현해야 한다. 동작을 정확하게 외우고, 맞추고, 상대를 느끼고, 이해하고, 역할에 몰입하지 않으면 추는 입장에서도 답답하거니와 관객도 부자연스러움을 느낀다. 물론 나는 관객 앞에서 선보일 수 없겠지만 적어도 같이 추는 파트너에게 짐이 될 수는 없다.

"너 왜 이렇게 긴장했냐."

지나치게 가까운 곳에서 들리는 속삭임에 과할 정도로 몸이 떨렸다. 양팔만 살짝 맞대고 있는데도 내 긴장감이 파트너에게 전해진다는 게 마음을 무겁게 했다. 아마 원장 선생님과 오슬비, 최재호에게도 다 보일 것이다. 제대로 맞춰 보는 게 처음이니까 당연한 일이라고 스스로를 간신히 도닥였다.

음악이 시작되고, 내가 먼저 지젤로서의 걸음을 뗐다. 안무는 2분 정도 지젤의 솔로가 먼저 나오는 구성이었다. 배리에이션은 어렵지 않았다. 이미 여러 번 연습했고, 동작과 순서는 내 머릿속에 완벽하게 들어 있었다. 그러나 완전히 몰입하지 못하고 있다는 게 계속 느껴졌다. 목덜미와 팔 끝, 등의 견갑골과 허리 등 곳곳에서 강유리의 시선이 촉감으로 실체화되는 것만 같았다. 다행히 실수 없이 지젤 배리에이션이 지나가고, 알브레히트도 안무를 시작했다. 그때부터 머리가 어지러웠다.

"온두리, 너 자꾸 빨라져!! 알브레히트 보면서 맞춰야지!!"

강유리의 춤을 의식하고, 그 애와 합을 맞춰 갈 여유가 내겐 없었다. 그나마 춤이 이어지는 건 강유리가 너무나 능숙하게 내 속도, 내 호흡에 맞춰 주는 덕분이었다. 우리는 곧 다시 가까워졌고, 뒤에 선 그 애의 손이 나의 팔을 천천히 감싸 안았다. 살갗이 마주 닿는 감촉은 낯설었고, 오소소 소름이 돋았다. 강유리는 강하고 단단하게 축이 되어 주었다. 다른 아이가 강유리의 파트너를 했다면 깊은 안정감 속에서 아라베스크를 돌았을 것이다. 나는 그러지 못했다. 어쩌면 강유리는 통나무를 안고 파드되를 하는 기분이었을지 모르겠다.

아라베스크를 한 번 다 돌고 그 애의 손이 천천히 허리로 내려왔을 때, 나도 모르게 헙, 하고 우스꽝스러운 소리를 내며 숨을 들이켰다. 너무 한심한 마무리였다. 자세를 무너뜨리면서 강유리의 팔에서 빠져나왔다. 그 애가 머쓱한 듯 웃으면서 어깨를 으쓱했다. 원장 선생님은 깊은 한숨을 내쉬었다.

"배리에이션 동작은 잘했어, 온두리. 순서나 안무도 정확히 잘 외웠고. 그런데 파드되를 할 때는 동작을 할 뿐이지 춤을 추고 있는 것 같지가 않아. 지젤이 알브레히트를 유혹해서 춤을 추게 해야 하는데, 꼭 알브레히트가 몸치인 지젤을 이끌고 춤을 가르치는 모양새라고. 그리고 배리에이션에서도 감정이 하나도 안 보여. 유리 너는 두리랑 파트너 하면서 무슨 느낌이 들었니?"

나는 차마 강유리를 쳐다보지 못했다. 강유리는 잠깐 침묵했다가 대답했다.

"몸치, 박치인 지젤을 데리고 춤을 추는 느낌?"

설마 내가 그 정도였다고? 나는 떨어진 고개를 차마 들 수 없었다.

다음은 오슬비와 최재호였다. 둘은 오랫동안 알고 지낸 만큼, 그리고 학교에서도 가끔 파드되를 맞춰 본 경험이 있는 만큼 호흡이 잘 맞았다. 최재호랑 강유리는 비할 바가 아니었으나, 최재호도 나름대로 괜찮은 알브레히트를 추었고, 오슬비도 나보다 훨씬 나았다. 둘이 춤을 출 때는 제법 그럴듯하게 보였다.

그 이후로도 나는 평소처럼 해내지 못했다. 파드되가 문제였다. 이미지 트레이닝으로 강유리를 상상하며 혼자 연습하는 것도 시도해 봤지만, 막상 그 애의 팔이 몸에 닿는 안무에 이르면 평정심이 흔들렸다. 실제가 아니라 상상해서 하는 것만으로도 그랬다. 애초에 타인과 닿고, 마주 보고, 가까이 지내는 것 자체가 낯선 일이었으니, 파드되가 쉬울 리 없었다. 예상했던 일이기는 했다. 문제는 예상보다 훨씬 더 형편없는 꼴을 보이고 있다는 거였다. 며칠째 통나무처럼 춤을 추고 있었다. 오슬비가 보기에도 심각했는지, 영양제를 사 들고 방에 찾아오기까지 했다.

"너무 피곤해서 그런 거 아니야? 피로가 안 풀려서 갑자기 슬럼프가 온 걸지도 몰라"라고 말하면서 내 책상 위에 영양제를 올려 뒀다. 그러고는 제가 한 말에서 정답을 얻은 듯이 손뼉을 짝 쳤다.

"맞아, 슬럼프! 너 슬럼프인가 봐!!"

"슬럼프?"

"그래. 너 그 동안은 무대에서 기절하는 거 빼고는 특별히 슬럼프 같은 거 겪어 본 적 없잖아. 이번에 그게 온 거 아닐까? 강유리가 너무 잘해 버리니까 기준이 높아져서 실제 너의 춤과 네가 바라는 이상이 엇갈린 거지. 그래서 삐걱거리고, 실력이 안 느는 걸지도 몰라."

오슬비는 스스로의 논리에 온전하게 설득당한 듯했다.

"있잖아, 역시 파트너 바꿔 보자."

그 말을 듣는 순간부터 내 감정은 분명했다. 그러기 싫었다. 그 '싫다'는 명확한 의식이 당황스러웠다. 최재호와 파트너를 하기 싫다가 아니라, 강유리를 빼앗기고 싶지 않은 마음. 도대체 이게 무슨 욕심이란 말인가. 발레를 배우겠다고 결심했던 이후로 이런 욕심을 부려 본 적이 없다. 나는 그냥 춤을 추는 것 그 자체면 되는 사람이었다. 무대에 오르지 못하는 발레리나라는 사실이 그렇게까지 충격적이지 않은 까닭은 내가 그런 사람이기 때문이다. 그런데 왜 이토록 명확하게 강유리랑 파드되를 하고 싶은 욕심이 생기는 것일까.

'제대로 파드되를 연습해 본 게 처음이라서 그런 것뿐이야.'

애써 변명거리를 찾는 동안, 오슬비는 계속 나를 설득했다.

"솔직히 너네 둘이 출 때, 옆에서 지켜보는 나도 조마조마하거든. 네가 긴장하는 게 너무 보여서. 저런 상태로 추다가 삐끗하면 둘 다 크게 다칠 수도 있겠다는 생각까지 든다니까. 파트너를 바꿔 보면 한결 나을지도 몰라. 너 분명히 강유리가 상대라서 더 긴장하는 걸 거야. 나는 너를 잘 알잖아.”

'나는 너를 잘 알잖아'라는 말은 자신감으로 차 있었다. 물론, 슬비는 나를 잘 알았다. 정말 오슬비 말대로 내가 강유리를, 그 애의 실력을 부담스러워서 해서 더 삐걱거리는 걸까?

“솔직히 말하면, 나도 강유리랑 파트너 해 보고 싶기도 하고.”

오슬비는 속내를 드러내면서 씩 웃었다. 어릴 적부터 많은 것들을 성취하고, 사랑받으면서 자라 온 아이만이 내보일 수 있는 솔직함이었다. 내가 늘 부러워했던 솔직함이기도 했다.

내가 쉽게 대답하지 못하자 오슬비는 이미 파트너 교체를 확정한 것처럼 씩 웃었다.

“한번 생각해 봐.”

오슬비가 나가고 침대에 누웠지만 쉽게 잠에 들지 못했다. 눈을 감으면 강유리가 곤란하다는 표정으로 고개를 젓는 모습이 상상이 되었다. 그 애가 실제로 그렇게 한 적은 없지만, 그 애의 내면 어딘가에서는 그런 태도를 취하고 있을 것만 같았다. 억지로 눈을 감고, 머릿속으로 지젤 2막의 그랑파드되 안무를 차근차근 여러 번 재생하고 나서야 잠이 들었다.

#13

그녀는 틀림없이 세상에서 가장 사랑스러운 소녀였을 것이다. 사랑스런 홍조를 가진, 맑은 미소와 순수한 천성을 가진, 춤을 좋아하는 아름다운 지젤이었을 것이다. 그러나 소녀는 거짓에 속았고, 배신당한 충격으로 비탄에 사로잡힌 춤추는 귀신 윌리가 되고 말았다. 소녀의 뺨은 창백해졌고, 사랑스러운 빛은 괴이함으로 바뀌었다. 그건 깊은 우울과 슬픔을 기반으로 한 혼백의 빛깔이었다. 바로 윌리의 빛깔. 춤추는 귀신 윌리들은 그 혼백들의 여왕인 마르타의 명령에 따라서 숲에 발을 들인 남자를 유혹하여 죽을 때까지 춤을 추게 하는 운명의 길을 걷는다. 윌리가 된 소녀, 지젤 역시 윌리의 운명에 따라서 죽은 자기에게 사죄하러 온, 그의 옛 연인 알브레히트를 죽여야 하는 처지가 된다. 윌리이자 지젤인 혼백은 마르타 앞에서 애원한다.

- 마르타 님, 알브레히트는 제가 사랑했던, 그리고 사실은 윌리가 된 지금까지도 사랑하고 있는 남자입니다. 제발 그를 살려 주세요.

마르타는 매몰차다. 만년설보다도 차가운 태도로 지젤의 간청을 무시하고 윌리의 운명대로 알브레히트를 유혹하여 죽음에 이르게 하라고 명령한다. 지젤은 몹시도 괴로운 마음으로 알브레히트를 유혹한다.

- 알브레히트, 알브레히트. 나의 거짓말쟁이 연인.
- 지젤, 지젤. 나의 사랑스러운 소녀. 그대는 혼백조차도 아름답소. 당신의 춤을 보고 사랑에 빠지지 않을 사람이 어디 있을까요.
- 알브레히트, 왜 나를 속였나요. 나는 이렇게도 당신을 사랑하는데.
- 지젤, 나의 지젤. 나의 잘못이오. 내가 잘못했소.

생전에도 마을에서 가장 아름다운 춤을 추었던 지젤의 움직임은 영혼이 된 지금은 마치 공기와 같았다. 어쩌면 잔잔한 물결 같았고, 순박하고 사랑스러운 여인의 숨결 같았다. 알브레히트는 지젤의 춤에 정신없이 빠져들었다. 그는 여인에게 홀려서 정신 못 차리는 얼치기 같아 보이기도 했고, 과거를 몹시 후회하는 한 발 늦은 남자 같기도 했다. 그가 알아차리지 못하는 사이에 지젤의 춤은 점점 더 격렬해졌다. 알브레히트는 점차 기운이 다하고 있었다.

나는 지젤과 알브레히트를 지켜보고 있는 윌리들 중 한 명이었다. 강유리와 파드되를 출 때는 내 몸 같지 않았던 움직임이, 윌리 군무를 할 때는 놀라울 정도로 자연스러웠다. 멀찍이 떨어져서 지젤과 알브레히트를 지켜보던 중에, 갑자기 시야가 바뀌었다. 나는 알브레히트가 되었다. 갑자기 목이 조여 오고 숨이 막혔다. 숨이 차서 죽을 것만 같았다. 숨을 헐떡이자, 아름다운 지젤은 몹시 슬픈 표정으로 나를 바라보았다. 그녀의 얼굴을 마주 바라보다가 정신이 아찔해져서 눈을 한 번 깜빡였다.

– 온두리.

지젤의 얼굴은 어느새 눈이 퀭하고, 볼이 움푹 팬 중년 여인의 얼굴로
바뀌어 있었다. 나는 알브레히트의 솔로 배리에이션 클라이맥스의 피루
에트를 돌다가 쓰러졌다. 알브레히트가 지쳐 탈진하는 장면이었다. 뿌연
시야 안에서 엄마의 얼굴이 나를 가만히 내려다보고 있었다. 원망과 슬
픔이 뒤섞인 표정이었다. 지젤의 얼굴이기도 했다.

"온두리! 오늘도 정신 못 차리지?!"
원장 선생님이 소리를 빽 질렀다. 날카로운 목소리가 나를 몽상에서
끄집어냈다. 아침에 꿨던 꿈의 환상이 연기처럼 흩어졌다. 강유리는 여
전히 완벽하고 착실하게 나를 지탱하고 있었고 내 호흡을 기꺼이 따라와
줬으나 나는 오늘도 아슬아슬했다. 빳빳하게 긴장한 목에서는 솜털까지
곤두섰다. 강유리가 들릴 듯 말 듯하게 한숨을 쉬었다. 작은 소리였지만
내 귀에는 유난히 크게 들렸다. 가까스로 우리의 순서를 마치고 오슬비
와 최재호의 차례가 시작됐다.
"오슬비, 이번에는 네가 강유리랑 한번 맞춰 봐라. 유리 한 번 더 할 수
있지?"
원장 선생님의 말은 갑작스러웠다. 강유리는 짧게 고개를 끄덕였다.
"원장 선생님!"
최재호가 발끈했다. 갑자기 파트너를 바꾸면 합이 맞질 않아서 다칠

수도 있지 않느냐며 항의하는 그 애의 말을 원장 선생님은 귀 기울여 듣지 않았다.

"그냥 한번 맞춰 보는 거야. 강유리도 계속 속 시원하게 못 추고 있잖아. 얼마나 답답하겠어."

아까 강유리가 가볍게 한숨을 쉬던 소리가 귓바퀴에 들러붙었는지, 생생하게 다시 들렸다.

오슬비는 씩 웃으면서 자세를 잡았다. 강유리가 쭉 뻗은 오슬비의 팔을 살짝 붙들었다. 슬비는 숨을 한번 깊게 들이쉬었다가 음악이 시작됨과 동시에 부드럽게 움직였다. 빼어난 지젤이었다. 오슬비와 강유리의 파드되는 처음 맞춰 본 것치고는 괜찮았다. 원장 선생님의 표정도 나와 강유리를 볼 때보다 훨씬 좋았다. 마지막 장면까지 마쳤을 때, 오슬비는 환하게 웃었다. 그러면서 강유리에게 말했다.

"너 진짜 잘한다."

순전한 감탄이었다.

"이게 볼쇼이 장학생의 실력이라 이거지?"

오슬비는 정말 기분이 좋아 보였다. 강유리도 뒤끝이 훨씬 개운해 보였다. 나는 '이제 정말 파트너를 바꿔도 어쩔 수 없겠구나' 하고 생각했다. 그러나 최재호만큼은 '파트너는 신뢰관계인데, 손바닥 뒤집듯이 바꿔 버리는 건 말이 안 된다'며 결사 반대를 하고 나섰다. 오슬비는 그런 최재호를 꼭 끌어 안아 주기는 했지만, 파트너 교체에 대해서는 이렇다 할 의견을 말하지는 않았다. 아마 최재호로서는 그게 더 자존심이 상했을 것이다. 그 증거로 최재호는 수업 내내 예민하게 굴었다. 제 동작에 자기가 짜증을 내고, 투덜거려서 괜히 학생들이 눈치를 보게 만들었다.

원장 선생님은 수업이 끝날 때까지도 당장에 파트너를 바꾸겠다는 말은 하지 않았다. 나는 혹시라도 강유리가 먼저 파트너를 바꾸자고 할까 봐 그게 걱정이었다. 오늘이 아니라도 언젠가는 그런 말을 꺼내지 않을까. 그러나 한편으로 그게 강유리에게는 그렇게 중요한 일이 아닐지도 모른다는 생각도 들었다. 그 애는 '무대가 그렇게 대단한 건지 모르겠다'고 생각하는 아이니까 말이다. 이 정도야 그냥 좀 답답해하고 끝낼지도 모르는 일이었다.

애들이 다 돌아가고, 나는 늘 그랬듯 혼자 남아서 연습을 이어 갔다. 그러나 혼자 하는 그 연습에서도 강유리의 손이 닿는 대목이 되면 몸은 번번히 나를 배신했다. 어김없이 뻣뻣해지는 몸과 유난히 급박하게 차오르는 숨은 내 안에 묵묵하게 눌러붙은 어두운 것들을 부추겼다. 무대에만 못 서는 줄 알았는데, 알고 보니 파드되도 할 수 없었다. 무대에 못 서는 걸 알기에 발레리나가 되는 걸 욕심내지도 않았다. 하지만 춤의 진도를 나가지 못하리라고는 생각해 보지 않았다.

'엄마 말이 맞을지도 모르지. 엄마가 모든 걸 걸고 낳았지만, 결국 난 그만한 가치가 못 되는 애였던 거야.'

뱉어 내고 싶은 뜨거움이 배 속에서 울렁거렸다. 난 잘 되지 않는 지젤을 중단하고, 작품을 바꿨다. 한동안 열심히 췄던 〈백조의 호수〉 속 흑조, 오딜의 안무를 떠올렸다. 왕자의 신부를 발표하는 왕궁 무도회. 지그프리트 왕자가 자신의 춤을 선보이는 배리에이션이 끝나고, 뒤이어 등장하는 흑조 오딜. 왕자를 유혹하고 꾀어 내기 위한 춤의 시작은 32회전 푸에테부터였다. 머릿속에서 흐르는 음악에 맞춰서 발을 뗐다. 무대의 중앙에 도달했다 싶은 순간에 왼쪽 다리의 축에 힘을 단단히 실었다. 오른쪽 다리를 파세(한쪽 다리를 구부려 다른 쪽 무릎 앞에 두는 자세)로 감으면서 빠르게 회전을 돌았다.

'정말 난 어디서부터 잘못된 걸까?'

정신없이 돌아가는 시야가 순간 일그러졌다. 연속 푸에테는 고도의 집중력이 필요한 동작이었고, 현역 무용수들도 어려워했다. 잠깐 드는 다른 생각에도 고정시켰던 시야가 일렁였다. 축도 흔들리나 싶었지만 멈추지 않고 강행했다. 아까부터 배 속에서 느껴지는 뜨거움이 아직 뱉어지지 않은 채였다.

'역시 엄마 말대로, 내가 만들어진 순간부터 모든 게 잘못된 건지도 모르지.'

푸에테는 이미 엉망이었다. 발목에서 심상치 않은 통증이 찌릿, 느껴진 순간이었다. 허리에 온기가 확 느껴졌다. 누군가의 단단한 팔이 내 허리를 감쌌다.

"그러다 다친다."

학생을 나무라는 듯한 표정으로 날 내려다보고 있는 건 강유리였다. 난 아무런 말도 못 하고 숨만 허억허억 몰아쉬었다. 강유리가 팔을 풀고 나를 자리에 앉혔다. 그 애의 손이 내 발목을 부드럽게 만지고, 발을 한 번에 감싸 쥔 다음 앞, 뒤로 천천히 움직였다.

"아픈 데 있어?"

"아니… 괜찮은 것 같아."

"방금 엉망이었어. 그런 건 푸에테라고 할 수 없어."

"나도 알아."

강유리는 내 말을 듣더니 조그맣게 한숨을 쉬었다. 강유리는 곧 나를 다시 일으켜 세웠다.

"다시 해 봐. 푸에테는 패스하고, 그다음 배리에이션부터."

직전까지 이글거렸던 뜨거움은 다시 속으로 기어들어갔지만 난 여전히 혼란스러웠다. 아직 맺혀 있는 눈물을 황급히 닦아 냈다. 강유리는 짜증을 누르듯이 다시 한번 한숨을 쉬었다.

"있잖아, 난 누가 내 파트너를 하든 상관없어. 어차피 내가 콩쿠르에 나갈 것도 아니고 한국에서 무대를 설 것도 아니고, 나한텐 그렇게 대단한 것도, 중요한 것도 아니야."

강유리는 신경질적으로 자기 머리를 헤집었다. 말투는 점점 더 거칠어졌다. 평소의 상냥하고 예의 바른 강유리가 거짓말같이 여겨지는 모습이었다. 지난번, 자정이 넘은 시간에 택시에서 내리던 때의 강유리와 비슷했다.

"난 네가 못하든 잘하든 상관 없고, 관심도 없어. 그런데…."

강유리는 정확한 단어를 찾아내려고 잠깐 입을 다물었다. 그 애의 미간이 점점 더 깊게 파였다. 잠시 뒤에, 그 애는 어깨를 으쓱하면서 툭, 말했다.

"네가 너무 애를 쓰니까 기분이 나빠."

"…어?"

"도대체 이까짓 것에 왜 이렇게 애를 쓰는 건데? 어차피 무대에 서지도 못한다면서. 그런 주제에 애를 쓰는 게 거슬린다고. 이게 그렇게 중요해? 그렇게 발레에 너를 갈아 넣어서 너한테 남는 게 뭔데?"

역시 핀트가 어긋나는 느낌이다. 그 어긋남이 미묘했다. 이 애, 정말 나한테 화를 내고 있는 게 맞나. 꼭 다른 사람한테, 혹은 자기 자신한테 화를 내는 것처럼 들렸다. 노려보듯 뾰족해진 눈에는 많은 감정들이 일렁거렸고, 그 애를 멍하게 올려다보는 내가 비쳤다. 강유리의 눈꺼풀이 잠시 꾹 감겼다 떠졌다.

"그러니까 도와주는 거야. 일어나서 아까 내가 말한 부분 해 봐."

강유리가 내 등을 떠밀었다. 나는 미는 대로 밀려 갔다가, 갑자기 분한 생각이 들어서 휙 돌아보며 말했다.

"그럼, 그 전에 지그프리트 배리에이션 해 줘. 이어서 할 테니까."

"아 정말… 가지가지…."

강유리는 불퉁한 표정을 하고도 자세를 잡았다.

"음악은?"

"필요 없어. 나도 머릿속에서 재생할 수 있거든."

'뭐?'라고 되물을 시간조차 주지 않았다. 말이 끝나자마자 강유리는 지그프리트가 되었다. 방금 전까지의 그 불퉁한 태도가 순식간에 잊힐 만큼 완벽했다. 볼쇼이 학생일 때부터 틀림없이 발레단 여기저기에서 이 애를 데려가려고 했을 것이다.

강유리의 지그프리트 배리에이션이 끝난 뒤에는 내 차례였다. 나는 다시 오딜이 되었다. 장면은 무도회에서 지그프리트와 오딜이 서로를 유혹하는, 파드되 직전의 장면이었다. 원래는 잘 해냈던 장면인데, 강유리가 눈에 걸리자 다시 또 몸이 굳는 느낌이 들었다. 파드되로 자연스럽게 넘어가면서 굳어지는 느낌은 더욱 확연했다. 박자가 미세하게 엇나가기 시작했다. 강유리가 입술을 깨물었다. 몸이 가까워지는 순간 그 애가 중얼거렸다.

"발레마임 또 무너진다."

발레는 대사가 없기 때문에, 마임과 표정으로 대사와 감정을 전달할 수 있어야 하고, 이 부분을 어색하고 소극적으로 하면 관객은 이야기를 이해할 수 없다. 동화적인 환상에 빠져들게 하는 것도 어려워진다. 강유리는 결국 춤을 멈췄다. 그 애는 자기 가방을 뒤지더니 깨끗한 수건을 하나 꺼냈다.

"너 눈 감고서도 출 수 있어?"

"어?"

"할 수 있지? 가능할 것 같은데."

당연히 그래야만 한다는 투였다. 그야, 할 수는 있었다. 눈을 뜨고 출 때보다 몇 배로 어렵기는 하겠지만 나는 이 공간에서 8년을 연습해 왔고, 눈을 감고서 연습하는 경우도 왕왕 있었다. 강유리는 내가 고개를 끄덕이기도 전에 수건을 내밀었다.

"눈 감고, 이거 눈 위에 둘러. 차라리 나를 안 보고 하는 게 낫겠어. 그리고 눈 감았을 때 내 위치나 동선 같은 거 생각하지 마. 지그프리트를 지워 버리고, 일단은 그냥 오딜 혼자 추는 춤이라고 생각해."

"그럼…"

"내가 다 맞출 수 있어. 네가 틀리거나 다치지 않도록 할 거야. 일단 지금은 이런 식으로 연습하는 게 너한테 더 도움이 될 것 같다."

나는 강유리가 시키는 대로 했다. 강유리가 움직이는 게 느껴졌다. 어둠 속에서 감각이 더욱 예민해졌다. 강유리는 천천히 내 어깨와 팔을 쓸어내렸다. 시야가 차단되고 감각이 예민해지니까 몸은 더욱 굳었다. 강유리는 내 몸이 충분히 부드러워질 때까지 잠깐 그렇게 몸을 붙이고 있었다. 내 숨이 차분하게 가라앉자, 그 애는 손을 내 허리로 옮겼다. 그 애는 허리를 잡고 잠시 가만히 서 있다가, 한 팔로 허리를 완전히 감았다. 놀라서 그 애의 팔을 꽉 움켜잡았으나 그 애는 미동도 없었다.

"너 사람에 익숙하지 않지?"

그 애의 목소리도 지나치게 가까웠다.

"사람 대하는 거 싫고, 불편하고. 그러니까 파드되가 유난히 어려운 거야."

"아니야. 그런 거. 나 군무는 괜찮아."

"군무도 못 하겠다고 하면 무용 때려치워야지. 애초에 발레는 혼자 추는 춤이 아니잖아. 그리고 군무는 여럿이 함께 추는 거니까 동작만 정확하게 맞추면 되고. 파드되는 상대의 상황도, 감정도, 생각도 이해하면서 춰야 하니까 너한테 더 불편하고 어려운 거야. 상대까지 생각하면서 춤을 출 여유가 너한텐 없어."

신랄한 말이었고, 배려가 없는 표현이었다. 지금 이게 진짜 강유리구나. 내 표정이 험악해진다는 걸 느낄 수 있었다. 눈을 수건으로 동여매고 있는데도, 그게 보였는지 강유리가 하하, 웃었다.

"너 다른 사람이랑 얽히는 거 무서워하잖아."

"아니야!"

울컥 터져 나온 반응이었다. 강유리는 그 소리를 신호탄 삼아, 한 손으로는 내 손을 잡고, 한 손으로는 허리를 잡았다. 지그프리트와 오딜의 파드되 시작 부분의 안무를 들어가려는 거였다. 나는 입술을 꽉 깨물고, 점프를 했다. 앞이 보이지 않았고, 강유리의 말이 나를 온통 헤집고 있던 탓에 평소처럼 극의 장면을 상상할 수도 없었지만 일단 뛴 점프는 안정적이었다. 강유리가 탄탄하게 나를 지탱했다.

"아니긴. 다른 사람이 널 쿠크다스라고 부르는 것도, 오슬비가 너를 은근히 무시하는데 아무 말 못 하는 것만 봐도 알겠던데. 사실은 사람이랑 깊게 얽히는 게 무섭지? 그래서 피하는 거잖아."

"네가 러시아에서 배운 게 심리학이었는지는 내가 미처 몰랐네."

한껏 비꼬자, 강유리는 크게 웃었다. 그 애는 더 이상 가타부타 말을 붙이지 않았다. 눈을 가리고 한 파드되는 레슨 때 연습했던 것보다 훨씬 괜찮았다. 춤의 흐름이 드디어 부드러워졌다는 게 느껴지니, 방금까지의 강유리의 무례는 대단치 않은 게 되었다. 지그프리트와 오딜의 파드되가 끝나고, 자연스럽게 지젤 파드되로 넘어갔다. 체력이 한계에 다다른 탓에 끝까지 추지는 못했지만 지젤 파드되도 확실히 좋아졌다. 쓰러지듯이 주저앉아서 눈에 맨 수건을 풀었다.

"너 혼자 할 때는 눈 가리고 연습하지 마. 잘못하면 크게 다친다."

어떠냐고 물어볼 법도, 내가 처방해 준 방법이 효과가 있지 않냐고 우쭐댈 법도 한데 강유리는 전혀 신경 쓰지 않았다. 그렇다고 또 아까처럼 까칠하게 굴지도 않았다. 다른 사람들과 함께 있을 때의 그 강유리로 되돌아가 있었다. 차분하고, 상냥한 표정. 그 애는 그 얼굴로 가방을 정리했다.

"집에 일찍 가긴 싫고, 딱히 갈 곳은 없고 해서 들렀는데…. 어쩌다 너를 연습시키고 가네. 난 이제 갈 건데, 너는?"

이미 자정이 다 되어 가고 있었다. 나는 탈의실에 가서 옷을 갈아입고, 강유리와 함께 밖으로 나왔다. 땀을 많이 흘려서 공기가 유난히 차갑게 느껴졌다. 할 말이 없어서 민망할 즈음, 강유리가 먼저 툭 물었다.

"너 전에 국립발레단 〈백조의 호수〉 공연 보러 갔었지?"

보러 갔었다. 그것도 두 번이나. 고개를 끄덕이자 강유리도 똑같이 고개를 끄덕였다.

"어쩐지. 너 처음 봤을 때 내가 너 좀 낯익다고 했던 거 기억나?"

처음 만났을 때…. 학원에서 퍼스트 포지션을 하고 있던 강유리는 강렬하게 기억에 남아 있었다. 고전 발레 작품에서 튀어나온 주인공 같다고 생각했던 것도 기억난다. 그리고 그때, 강유리는 나를 멀뚱히 보다가 '왠지 조금 낯이 익은 느낌이라서' 하고 말했었다.

"아, 응."

"나도 그 공연 보러 갔었거든. 아빠가 멋대로 표를 끊어 놓기도 했고, 한국 온 지 얼마 안 되었던 때라 너무 따분해서 뭐라도 해야겠다 싶어서 고분고분 갔지. 공연이 다 끝나고 집으로 돌아가는 길에 보니까 지갑이 없는 거야. 공연장에 흘린 것 같아서 다시 공연장으로 갔어. 다행히 문이 열려 있더라고. 근데 무대 위에 누가 있는 거야. 객석은 텅 비어 있었는데."

무슨 이야기를 하는지 드디어 가닥이 잡혔다.

"그 애는 내가 들어온 줄도 모르고 오데트를, 그리고 오딜을 췄어. 심지어 지그프리트의 춤까지 추더라고. 오데트였다가 지그프리트였다가 또 오딜이었지. 어떻게 저렇게 물 흐르듯이 연결할까, 신기했어. 그것만 보면 엄청 오랫동안 〈백조의 호수〉를 팠던 무용수처럼 보였는데, 안무는 또 엉성해서 더 신기했지. 자연스러웠지만 엉성했고, 그런데 또 잘 추더라고. 오딜의 32회전 푸에테도 처음 시작은 완벽했어. 그런데 갑자기 축이 확 흔들리는 거야. 어, 저러다 다칠 수도 있겠는데? 싶은 순간에 그 애는 꼭 꿈에서 깬 사람처럼 춤을 무너뜨리고, 그대로 자리에 섰어. 나를 똑바로 쳐다보면서. 너무 멀어서 그 애의 얼굴은 전혀 보이지 않았지만 그 장면만큼은 너무 인상 깊어서 기억에 남았지."

그날, 객석에서 나를 보고 있던 정체불명의 남자.

내가 눈을 크게 뜨고 그 애를 올려다보자 강유리는 뭔가 심란해 보이는 표정으로 말했다.

"그러니까, 너 너무 애를 쓴다고."

나는 걸음을 멈췄다. 강유리는 그런 나를 신경 쓰지 않고 계속 걸어 나갔다. 나는 그 뒤를 종종걸음으로 쫓아갔고 택시 정류장 앞에서 그 애는 가볍게 손을 흔들었다. 곧바로 택시가 강유리 앞에 섰다.

"파트너… 바꿀 거야?"

불쑥 말이 튀어나왔다. 택시 문을 열던 강유리가 픽 웃었다.

"아니."

그리고 덧붙였다.

"너 잘해. 특히 솔로는 아주 괜찮아. 다만, 여기에 문제가 있는 거랑,"

강유리가 손으로 자기 가슴을 한번 툭 건드렸다,

"갖은 애를 쓰고 있는 주제에 안 그런 척하는 게 짜증 나서 그렇지."

난 멍하니 그 애를 쳐다봤다. 강유리도 대답을 기대하지 않는 듯 바로 택시에 올라탔다. 미련 없이 문이 탁 닫혔고, 차가 출발했다. 옆을 지나치는 택시를, 난 한번 돌아봤다.

집에 도착할 즈음 불현듯 분한 마음이 들었다.

'왜 저 애만 나에 대해서 알고 있는 거야?'

맨날 사람 좋은 척하면서 사실은 성격 별로인 거, 무대도 발레도 별거 아니라고 생각하는 오만한 태도. 그 이면을 나도 들여다보고 싶었다. 왜 집에 일찍 가기 싫었는지, 왜 갈 곳이 없었는지, 아빠한테 왜 그렇게 냉소적인지, 엄마한테 뺨을 맞은 이유는 뭔지, 발레가 별거 아닌 것처럼 말하면서도 꾸준히 학원에 오는 것은 대체 무슨 영문인지, 내가 애를 쓰는 것처럼 보이는 게 짜증이 나는 이유는 뭔지…. 그런 것들이 알고 싶었다. 어쩌면 타인에게 처음 생긴 관심이었다.

#14

스튜디오에 들어오면서부터 나를 흘기는 원장 선생님의 눈빛에는 누가 봐도 못미더운 기색이 있었다. 모른 척 고개를 돌리고, 목덜미에 흐르는 땀을 수건으로 꾹꾹 눌렀다. 바워크와 수업을 끝내고 나서 원장 선생님은 손가락으로 오슬비와 강유리를 가리켰다.

"오슬비랑 강유리, 이렇게 해 보자."

어느 정도 예상하던 바였다. 그런데도 마음은 크게 요동했다. 원장 선생님이 학원에 강유리를 받은 건 나 때문이다. 천재 옆에 있으면 내게도 뭔가 변화가 있지 않겠나, 하는 기대감으로 강유리를 수업에 끼워 넣지 않았던가. 나는 나를 포기하는 원장 선생님을 상상해 본 적이 없다. 내 옆에 있던 오슬비가 가뿐하게 일어났다.

"저…."

나도 모르게 입을 열었다.

"저 할 수 있는데요."

중얼거림으로 들려서 과연 나 말고 이 말을 알아들은 사람이 있기나 할까 싶었는데, 제일 먼저 오슬비가 눈썹을 찡그렸다. 자기가 무슨 말을 들은 건가, 가늠하는 것 같았다. 작은 목소리를 원장 선생님도 용케 듣고는 엥? 하고 이상한 소리를 냈다.

"뭐라고?"

"저 할 수 있어요, 파드되."

원장 선생님이 귀를 후비적거렸다.

"네가 '할 수 있다'고 말하는 걸 너무 오랜만에 본다, 내가."

비꼬는 듯이 들렸다. 원장 선생님은 강유리에게 물었다.

"강유리, 네 생각은 어때? 파트너 이대로 계속 가도 괜찮아?"

이 모든 일이 자기와 상관없는 일이라는 듯 방관하던 강유리가 고개를 끄덕였다.

"네, 뭐. 조금만 더 고치면 괜찮을 것 같아요."

강유리는 나만 알아볼 수 있는 손짓을 했다. '조금만 더 고치면-'이라는 말을 하면서 제 가슴께를 손으로 살짝 툭 건드린 것이다. 그리고 곧 강유리가 내 곁으로 다가왔다. 강유리는 내 뒤에서 알브레히트 포지션을 잡기 직전에 내게 또 한 번 손짓으로 말을 전했다.

'안 보인다고 생각해.'

집게 손가락과 엄지를 맞대었다가 뗀다. 그리고 속삭였다.

"잘 안 되면 차라리 눈을 감아."

그리고 그 애는 알브레히트가 되어서 내 뒤에 섰다. 나는 눈을 꼭 감았다가 음악이 들림과 동시에 천천히 눈을 떴다. 강유리의 손이 닿는 순간 습관처럼 잠깐 몸이 굳었다. 필사적으로 어제의 감각을 떠올렸다.

'괜찮아. 어제 해 봤잖아. 강유리가 어떻게든 해 주겠지.'

나 혼자 있다고 생각하고 멋대로 춰도, 강유리가 맞춰 줄 거라는 사실을 떠올리자 몸은 점점 부드러워졌다. 원래 발레는 규칙과 규율이 명확한 날 선 칼 같은 춤이다. 손끝의 위치, 발끝의 지점을 무섭도록 정확히 요구한다. 나의 경우, 한 번 본 안무를 복사한 듯이 외우는 요상한 능력 덕분에 그 비정한 규칙에서 그나마 자유로웠다. 그러나 그건 어디까지나 솔로와 군무에서의 얘기였다. 파드되는 사정이 달랐다. 상대를 고스란히 느끼고 부딪치고 이해하면서 맞춰야 해서 나의 그 능력이 별 도움이 되지 않았다. 강유리의 말대로, 나는 누군가와 얽히는 것이 불편하다. 나를 그만큼 드러내야 하는 것도 싫다. 할 수 있는 최선을 다해 사람을 피하고 싶다. 그런데 강유리는 내가 날 드러내지 않아도, 내가 본인을 보려 하지 않아도 나에게 맞춘다.

'파드되도 자유로워.'

파드되 안에서도 솔로와 같은 자유로움을 느꼈다. 내 팔이 있는 곳에 그 애의 팔이 와 있었다. 내가 뛰는 곳에 그 애의 팔이 정확하게 존재했다. 내가 무엇을 요구해도 맞춰 준다. 내가 어처구니없는 춤을 춰도 강유리의 알브레히트는 나를 지젤로 만들어 줄 것 같았다.

탕-!

마지막 피루에트가 끝나고 지친 알브레히트가 쓰러졌다. 준비한 파드되 안무의 끝이었다. 주변은 조용했다. 다들 아무런 말이 없었다. 나는 턱으로 굴러 떨어지는 땀을 흩어 냈다. 그 잠시의 고요를 견디기 어려웠다. 최재호와 오슬비의 어벙한 표정이 무얼 의미하는지 알 수 없었다. 곧 원장 선생님의 입에서 무거운 한숨이 나왔다.

"온두리, 네가 추는 파드되는…."

심장이 쿵쿵 울렸다.

"꼭 애정 결핍이 있는 사람이 추는 것 같다."

"네?"

"너의 지젤은… 병들었어."

처음에는 잘못 들은 줄 알았다. 그러나 원장 선생님의 표정이 너무나 침울했고, 또 고통스러웠기 때문에 내가 들은 건 사실일 수밖에 없었다.

"너 단순히 무대에서 기절하는 것만 문제가 아니다."

나는 망치로 머리를 한 대 때려 맞은 것 같았다. 그 순간, 날카로운 목소리가 끼어들었다.

"원장 선생님, 하지만…."

오슬비였다. 삐죽하게 외쳐 놓고 뒷말을 이어 가질 못한다. 눈꼬리가 새초롬하게 올라간 그 얼굴은, 잘못을 인정하기 싫지만 어쩔 수 없이 사과해야만 하는 어린아이 같았다. 원장 선생님은 묻지 않은 말에 대답을 했다. 마치 오슬비가 무슨 말을 하려고 했는지 아는 것처럼.

"두리가 무대에 설 수 있다면 콩쿠르에서는 그랑프리를 할 수 있겠지만, 발레리나가 되어서 진짜 무대에서 작품을 하게 된다면 코르 드 발레(군무) 말고는 아무 역할도 맡지 못할 거다."

숨이 막혔다. 난 발레리나가 되고 싶다는 뜨거운 열망을 가져 본 적이 없다. 발레리나가 되는 것과 관계없이, 발레는 내가 해야 하는 일이었다. 너무나 자연스러운 과정이고 흐름이었다. 그런데 왜 지금에서야 이 말이 이렇게 숨 막히게 들리는 것일까.

"방금 전 온두리가 춘 건, 무조건 나한테 맞춰 달라고 떼를 쓰는 춤이다. 그런 건 예술이라고 할 수 없어."

원장 선생님은 매섭게 날 쳐다보았다. 눈물이 날 것 같았다. 어떻게든 마음이 상했다는 걸 알리고 싶어서 고개를 휙 돌렸다. 그 순간, 가만히 듣고만 있던 강유리가 내 어깨를 한 팔로 감쌌다. 그 애는 지금의 이 격정된 분위기와 어울리지 않게 차분히 말했다.

"온두리는 점점 더 나아질 거예요."

왜냐면, 하고 강유리가 숨을 삼켰다.

"얘 엄청 애를 쓰고 있거든요."

끝에는 실낱같은 웃음기가 담겨 있었는데, 그게 날 조롱하는 건지, 진심으로 즐거운 건지, 비웃는 건지, 재밌어하는 건지 조금도 짐작할 수 없었다. 말의 내용은 나를 편드는 듯했지만 웃음기에는 묘한 냉소가 실려 있었다.

#15

모두의 앞에서 '온두리는 점점 나아질 것이다'라고 공표한 이후로 강유리는 정말 나를 그렇게 만들려는 듯 열심을 내었다. 호의인지 아니면 비뚤어진 무언가인지 알 수 없는 그 애의 열심을 나는 묵묵히 따랐다. 손해 볼 것 없는 장사였다. 하지만 그 애의 시간과 열심을 넙죽넙죽 받으면서도 이해는 할 수 없었다. 나는 공연 파트너도 아니고 한낱 학원 수업 파트너에 불과했다. 게다가 강유리는 발레에 대해서 회의적이었다. 레슨에는 참여하지만, 결코 열정적이지는 않은 그 애가 왜 나를 연습시키는 것에는 열심인지 알 수 없었다. 이런 의문이 드는 건 나뿐만이 아니었다. 강유리와 둘이서 따로 파드되 연습을 하고 있으면 원생들의 시기 어린 시선 속에서도 같은 의문을 느낄 수 있었다. 나중에는 은근한 소문까지 돌았는데 강유리가 나를 좋아한다는 그렇고 그런 내용이었다. 오슬비가 마치 떠보듯이, 그런 말이 돌더라- 라고 전했을 때, 나는 정말로 픽 웃어 버렸다. 내가 아무리 사람 대하는 걸 불편해해도 이성적인 감정을 캐치하지 못할 정도는 아니었다. 강유리가 나를 대하는 마음은 아무리 생각해도 그런 달콤한 것과는 거리가 있었다. 관심, 흥미, 짜증, 냉소, 불만….

이런 것들이 한데 뒤섞인 느낌이었다. 도무지 맛을 정의할 수 없는 잡탕 같은 것에 가까웠다. 어쩌면 강유리는 한국에서의 생활이 퍽 무료했던 걸지도 모른다. 그래서 나한테 관심을 기울이는지도…. 한번은 궁금증을 참지 못하고 물어도 보았다. 왜 날 도와주는 거야? 하고.

"말했잖아. 거슬려서라고."

들은 적이 있는 말이지만 마음에 와닿지도, 이해가 되지도 않았다. 강유리는 내 의문을 읽어 내고는 덧붙여 설명했다.

"애쓰는 게 거슬리고 짜증 나고 화가 난다고. 날개 다친 새가 눈앞에서 퍼득거리고 있는 걸 보는 기분이야. 나는 내 상황만으로도 골치가 아프고, 그래서 그냥 가만히 생각을 정리하고 싶은데 자꾸 앞에서 퍼득대니까 신경 쓰여. 눈앞에서 치워 버리면 되는데, 또 그럴 수는 없고…. 그러니까 그냥 도와주는 거야. 날개가 고쳐지면 정신 사납게 굴지도 않을 거고, 그러면 거슬리지도 않겠지."

사람을 날짐승에 비교하는 것이 일단 기가 막혔고, 앞뒤가 맞지 않는 말로 느껴지기도 했다. 나는 따지듯이 말했다.

"그럼 그냥 학원에 안 나오면 되잖아."

그러자 강유리는 갑자기 꿀 먹은 벙어리가 됐다. 잠시 멍청하게 있다가 이마를 살짝 찡그렸는데, 당황스러움의 무의식적 표현 같았다. 강유리는 입술을 몇 번 달싹이다가 결국은 씁쓸하게 웃었다.

"그러게. 그러면 되는데…."

그 순간 그 애의 얼굴은 슬펐다.

"왜 나는 또 여기에 있는 거지?"

조금 기운이 빠진 듯한 모습을 보니, 마음 한가운데가 찌르르 아팠다.

어릴 때, 엄마의 우울한 얼굴을 보면서 느꼈던 통증과 비슷했다. 엄마가 그런 얼굴을 하면 나는 견딜 수가 없어서 어떻게든 말을 붙이곤 했다. '엄마, 저 그림 그리고 싶어요' '엄마 요구르트 먹고 싶어요' 하는 말들 말이다. 강유리 앞에서도 똑같은 행동이 나왔다. "아 근데 갑자기 배고프다" "이따 뭐 먹지?" 같은 아무 의미도 없는, 회피성 말을 주절주절 늘어놓았다. 아마도 그 애는 내 마음을 알아차렸을 것이다.

그 뒤로는 강유리에 대해서 깊게 생각하지 않으려고 했다. 그 애의 속내가 궁금했지만 슬픈 모습을 보고 싶지는 않았다. 생각하지 않으려고 노력하니까 연습은 오히려 쉬워졌다. 우리의 연습 방식은 늘 같았다. 눈을 가리고, 내가 원하는 대로 추면, 강유리가 다 받아주었다. 단 며칠 만에, 1밀리미터의 오차도 없는 완성도 높은 무대를 보여 줄 수 있게 되었다. 그러나 원장 선생님은 우리가 연습하는 걸 흘깃 보고는, 상한 음식을 먹은 사람처럼 얼굴을 찡그렸다. 나는 점점 조바심이 났다. 그러면서도 내가 왜 이렇게 열을 내고, 조바심을 내나 스스로도 의아해지곤 했다. 어차피 콩쿠르에 나가지 못할 거라는 걸, 발레리나가 될 수 없다는 걸 누구보다 잘 알면서 말이다.

"너 〈해적〉 알아?"

강유리가 뜬금없이 또 다른 고전 발레, 〈해적〉을 이야기했다. 해적은 아주 화려한 작품이었고, 줄거리는 단순했다.

그리스의 아름다운 소녀 메도라와 귈나라는 노예시장에서 부호 파시아에게 팔려 갈 운명으로 등장한다. 그런데 메도라에게 반한 해적 콘라드가 부하들과 함께 메도라를 구출한다. 메도라와 같은 운명이었던 귈나라는 구출에 실패했으나 메도라는 무사히 해적들의 은신처로 이동한다.

거기서 축하연이 벌어지고 콘라드는 메도라에게 사랑을 고백하는 춤을 춘다. 이때 콘라드의 부하인 알리는 이 둘에게 충성을 맹세하는 춤을 춘다. 그러나 노예상인에게 매수당한 버반토에 의해 축하연은 중단되고 메도라는 다시 파시아에게 끌려간다. 파시아의 집에서는 메도라와 귈나라를 위한 잔치가 벌어진다. 그때 순례자로 변장한 콘라드 일행이 파시아 무리와 싸워 승리한다. 이후 콘라드와 메도라, 그리고 알리와 귈나라는 새로운 모험과 행복을 찾아 항해의 길을 떠난다.

"오늘은 〈해적〉을 해 보자."

"뭐?"

아무리 안무를 외우고 있다고 해도 파드되는 그렇게 '해 보자' 해서 바로 출 수 있는 게 아니었다. 수 시간의 연습을 거듭하고 파트너와 합을 맞춰야 출 수 있는 게 파드되였다. 그런데도 너무나 쉽게 말하는 투다.

'혹시 내 지젤이 별론가? 그래서 새로운 걸 해 보자고 하는 건가?'

그렇게 생각하자 마음이 확 상했다. 내가 꾸물거리자 강유리가 고개를 삐딱하게 꺾었다.

"왜? 안무 몰라? 본 적 있을 거 아니야. 본 적 있으면 당연히 외우고 있을 거고."

난 고집스럽게 고개를 저었다. 물론, 〈해적〉 무대는 본 적도 있고 당연히 안무도 외우고 있었다. 문제는 한 번도 제대로 맞춰 보지 않고 바로 파드되를 하는 것이 가능할 리 없다는 거였다. 내 지젤을 모욕하는 것 같아서 짜증이 나기도 했다.

"본 적 없어? 그럼 보여 줄 테니까 지금 외워. 메도라랑 알리 파드되의 메도라야."

여자 역할을? 하고 생각하는 순간, 강유리는 음악을 틀고 메도라의 춤을 시작했다. 18살 발레리노가 추는 메도라인데도 전혀 어색하지 않았다. 사랑받는 소녀, 사랑하는 소녀, 구애와 충정을 받는 기쁨에 넘치는 소녀 그 자체였다.

'이 애는… 정말 천재구나.'

눈앞에서 불가항력으로 사람을 매료시키는 빛나는 천재를 보고 있자니 발바닥이 근질거렸다. 아니, 간지러운 것은 마음이었는지도 모른다.

'분해.'

순간적으로 든 생각이었다. 분하다니, 뭐가. 나는 저리 할 수 없어서?

그건 처음 느껴 보거나 혹은 아주 오래전에… 무대에 설 수 없다는 것을 깨닫기 전에나 느껴 보았던 희미한 감정이었다. 코앞에서 바람이 느껴졌다. 잠깐 내 가슴께로 떨어졌던 시선을 올리니, 강유리가… 아니, 메도라가 코앞에서 날 보라고 말하고 있었다. 더 이상 고집을 부릴 수 없었다. 이런 춤을 눈앞에서 보여 주는데 어떻게 고집을 부리냔 말이다.

"봤으니까 대충은 출 수 있지?"

그 애는 대답을 기다리지 않고 나를 잡아끌었다. 그러고는 눈에 수건을 씌웠다. 강유리는 바로 다시 음악을 재생했다.

"너의 그 이상한 재능, 제대로 좀 보자."

심호흡을 하고, 방금 전 본 강유리의 실루엣을 끄집어냈다.

늘 하던 방식대로 떠올린 실루엣에 온전히 내 몸을 겹쳤다. 그렇게 춤을 추다 보면, 정말 황홀해질 때가 있다. 이 파드되가 더욱 기분 좋은 것은 역시 파트너가 나를 자유롭게 끌어당겨 주고 있기 때문이다. 어떻게 움직여도 그 위치에 정확히 들어가 있는 알리는 그야말로 내가 정말 메도라가 된 것처럼 느끼게 해 줬다.

메도라의 마지막 동작을 마치는 순간, 시야를 가린 수건을 풀었다. 알리는 역시나 정확한 제 위치에 있었다. 몸 안에서 깊은 갈증이 났다.

"어이가 없네. 이런 걸 타고 났는데 무대에 못 선다고?"

둘만 있을 때의 강유리의 미소나 말투는 종종 조롱처럼 느껴졌다. 얼마 전, 나의 지젤을 신랄하게 비난하던 원장 선생님의 말이 떠올라서, 강유리의 반응은 더욱 거짓말 같았다.

"근데 왜 원장 선생님은…."

내 지젤을 비난했을까. 구태여 소리 내어 말하고 싶지 않아서 끝말은 속으로 삼켰다.

"실력이 아니라 다른 데가 문제라고 했잖아."

강유리가 자기의 가슴께를 툭 치던 모습이 생각난다. 누구도 그렇게 대놓고, 넌 마음에 이상이 있는 애야-라고 말한 적은 없었다. 내가 스스로 나를 비아냥거릴 때나, 원장 선생님이 무대에서 쓰러지는 나를 못 견뎌 할 때나 던지던 말이었지.

"지금은 좀 부족한 부분들이 있긴 하지만 넌 거기만 고치면 돼. 그럼 볼쇼이에 있는 애들만큼은 될 거라고."

걍유리는 내 표정을 살폈다.

"볼쇼이 싫어? 그럼 바가노바로 하든지."

바가노바 발레학교. 역시나 매우 유명한 발레학교였다. 모스크바 국립무용아카데미보다 높게 치는 무용인들도 많았다. 문득 강유리가 바가노바가 아닌 모스크바 국립무용아카데미를 선택한 이유가 궁금했다.

"너는 왜 볼쇼이를 선택했어? 바가노바는 떨어진 거야? 아니면 관심이 없었어?"

"바가노바에서도 전액 장학생 제의를 받았어. 근데 우리 아버지가 바가 노바를 더 좋아해서 볼쇼이를 선택했지."

어째서 아버지가 더 좋아하는 바가노바를 선택하지 않았는가는 물어 볼 필요가 없었다. 부자 사이의 깊은 골을 느낄 수 있었다. 강유리는 자연스럽게 말을 돌렸다.

"어쨌건, 나랑 〈해적〉 파드되를 해 본 소감이 어때?"

"그냥 뭐… 네가 워낙 잘하니까 나도 편안하고 자연스럽게 할 수 있고…."

"야, 너 진짜 짜증 난다. 고작 그 정도라고? 정신 차려. 지금 우리 이 파드되 처음 맞춰 본 거야. 그런데 안무 끝날 때까지 한 번도 절거나 실수한 적이 없다고."

설마 너무너무 대단하고 멋졌다고 칭송해 주길 바라는 건가 싶었다. 그건 강유리의 이미지와 어울리지 않았다. 의중을 파악하려고 가만히 바라만 보고 있는데, 강유리가 한숨을 푹 쉬었다.

"아직도 모르겠어? 네 파트너가 어떤 사람인지 잘 생각해 보고, 좀 믿어 봐."

마지막 말엔 신경질이 잔뜩 묻어났다. 눈은 이미 뾰족하게 변해 있었다. 도대체 저런 성격으로 평소에는 어떻게 그렇게 사람 좋게 웃고 다니는지 모르겠다. 소시오패스 같은 게 아닐까, 하는 생각마저 들었다. 강유리는 "난 간다" 하고 나를 지나치더니 스튜디오 문 앞에서 잠깐 나를 돌아봤다.

"넌 모르지? 네가 얼마나 경계를 하고 사람을 대하는지."

또 무슨 소리를 하려고. 이번엔 나도 인상을 쓰고 그 애를 봤다. 물론 강유리는 조금도 타격을 받지 않았다.

"넌 꼭 야생 고슴도치 같아. 잘 모르는 사람들은 그저 숫기나 요령이 없는 애구나, 애가 좀 재수가 없네, 싸가지 없네, 하고 말겠지만 너랑 파드되를 몇 번 해 보면 누구든 알아챌 거야. 네가 그 같잖은 밤송이 안에 몸을 잔뜩 옹송그리고 있다는 거."

말이 끝나고, 강유리는 쌩하게 나가 버렸다. 갑작스럽게 쏟아진 폭언에 난 한동안 굳어 있었다. 스튜디오의 열기가 식어 갈 즈음에야 열이 머리 끝까지 뻗쳤다.

"야생 고슴도치…?"

난생처음 들어 본 소리였다. 뒤늦게 스튜디오 입구를 노려봤지만, 강유리의 잔상조차 남아 있지 않았으므로 쓸데없는 짓이었다.

집에 도착할 때까지 야생 고슴도치라는 말이 머리에서 떠나지 않았다. 보통 집에 들어갈 때, 가족들이 깨지 않도록 조심하는데 오늘은 나도 모르게 문을 쾅 닫고 말았다. 거실에 들어서자 어둠 한가운데 오슬비가 있었다. 슬비는 제 취향의 하늘하늘한 원피스 잠옷을 입은 채로 지젤을 추고 있었다. 얼마나 집중을 했는지 쾅 - 하고 문을 닫는 소리도 못 들은 것 같았다. 오슬비의 이마에는 땀이 흥건했다. 오슬비의 지젤 역시 그사이에 더욱 아름다워져 있었다. 정말로 구슬픈 영혼처럼 보였다. 오슬비는 과연 몇 시간이나 저러고 있었을까.

"다녀왔어."

그냥 지나쳐도 좋았을 것이다. 한창 춤에 빠져 있을 때는 그 편이 낫다는 걸 알고 있었다. 그런데도 나는 굳이 말을 걸었다. 오슬비는 그제서야 몸을 바로 세웠다.

"집에서 연습할 거였으면 너도 그냥 남아서 하지."

내 미소가 어색하다는 게 느껴졌다. 어두워서 다행이었다. 왜 다행인지는 모르겠지만, 그냥 그런 마음이 들었다.

먼저 위층으로 올라왔다. 씻고 침대에 누웠으나 잠이 오지 않았다. 그냥 가만히 눈을 감고 있는데, 오슬비가 방으로 들어왔다. 오슬비는 아무렇지 않게 침대로 기어들더니, "두리야-" 하고 말을 걸었다.

"저번에 학원에서 네가 '저 할 수 있어요' 하고 말했을 때 말이야."

나는 눈을 뜨지 않고 가만히 있었다. 슬비가 몸을 돌려 내 허리를 껴안았다.

"네가 발레를 처음 시작했을 때 생각나더라."

발레를 처음 시작했을 때. 어린 날의 어두운 기억이 슬그머니 고개를 들었다. 그래, 그때 나는 엄마가 죽고 난 뒤 처음으로 필사적이었다. 이모는 엄마를 들먹이며 발레를 완강하게 반대했고, 나는 똑같이 엄마를 들먹이며 발레를 배우고자 했다.

- 엄마의 춤이에요!!!!!

애증으로 혼잡해 있던, 그러나 어렸기에 정확히 뭔지 알 수 없었던 감정이 되살아났다. 엄마가 나를 미워했던 이유이자 엄마가 사랑했던 춤. 발레를 춰야만 뭔가를 찾아낼 수 있을 것 같다는 마음이었을지도 모르겠다. 내가 단 한 번도 온전하게 느껴 보지 못했던 엄마를, 발레를 춰야만 찾을 수 있을 것만 같다는 그런 마음 말이다. 그러나 아이러니하게도,

결국 엄마에 대한 악몽 같은 기억으로 무대에 서지 못하는 신세가 되었다. 나는 가끔 엄마가 죽어서까지 나를 미워하고 있는 게 아닐까 하는 섬뜩한 상상에 빠지기도 했다.

"죽기 살기로 발레를 해야겠다고 소리치던 어린 네가 생생하게 기억나."

오슬비는 계속 말을 이어 갔다.

"너는 그렇게 필사적으로 발레에 발을 들였으면서, 이상하게 발레리나가 되는 것에는 별로 욕심이 없었어. 나는 어쩌면 네가 무대에서 기절한다는 것 때문에 그냥 무의식적으로 욕심을 덜어 내는 게 아닐까 하는 생각도 했어. 그런데 최근의 너는 뭔가 좀 달라."

눈을 떴다. 어둠 속에서 눈이 마주쳤다. 그 애의 눈빛에는 에너지가 일렁거리고 있었고, 어두운 탓인지 형형해 보이기도 했다. 오슬비는 내 허리를 더욱 힘주어 감싸 안았다. 따뜻하고 편안했다. 이렇게 만져도 아무렇지 않은 사람은 이모와 오슬비, 제인 원장 선생님뿐이었다.

"정말 신기하다니까."

오슬비는 차분하게, "잘됐다" 하고 중얼거렸다. 나도 모르게 어깨를 움츠렸다. 슬비가 몸을 떼면서 내 머리를 쓱쓱 쓰다듬었다.

— 넌 꼭 야생 고슴도치 같아.

짜증이 섞인 목소리가 다시 톡, 떠올랐다.

#16

- 너 뭔데 그렇게 잘난 척이야?
- 재수 없어 진짜.
- 어차피 무대에 서지도 못하는 주제에.

중학교 시절, 그러니까 예술중학교에 다니기 시작한 지 얼마 안 되었을 때, 한 무리의 여자애들이 우르르 몰려와서 시비를 걸었던 일이 있었다. 다들 비슷한 체형에 비슷한 레오타드를 입고, 머리칼을 위로 바짝 올려 묶은, 얼핏 보면 모두 쌍둥이들인가 싶은 무리를 나는 아무 말 없이 올려다봤다. 그중에 가장 앞장서 있던 아이가 움찔, 하더니 더 큰 소리로 따지고 들었다.

- 그렇게 쳐다보면 어쩔 건데? 우리가 뭐 틀린 말 했어? 너는 너 혼자만 잘났잖아. 맹한 얼굴로, 누가 뭐라고 말을 걸어도 무시하기나 하고.

짐작 가는 바는 있었다. 학기 초에 몇몇 애들이 친근한 척, 다가왔던 것을 떠올렸다. 그때 그 애는 갑자기 내 팔을 만지면서 말을 걸었다. 나는 갑작스러운 접촉에 놀랐고, 반사적으로 그 애의 팔을 걷어 냈다. 그때도 내 몸에 손을 대어도 괜찮은 존재는 이모, 오슬비, 그리고 원장 선생님뿐이었다. 황당하다는 그 애의 표정을 보고서야 내가 또 과민하게 행동했다는 걸 알았다. 그러나 내 반응과 본심을 구구절절 설명할 요령이 내게는 없었고, 어디서부터 어떻게 무엇을 말해야 할지도 몰랐기 때문에 그냥 고개를 돌려 버렸다. 얼마 뒤에 애들 사이에서 '온두리는 실력 좀 좋다고 잘난 척한다. 싸가지 없다'는 소문이 돌기 시작했다. 그리고 또 하나 짚이는 사건이 있었다.

전날 실기 수업 때, 선생님은 몇 가지 동작의 표본으로 나를 세우면서 '잘 모르면 두리한테 물어봐'라고 얘기했다. 고까워하는 애들의 시선이 느껴졌다. 나는 더 생각할 겨를도 없이, 다급하게 말했다.

- 선생님… 저… 저는 그런 거 불편해요.

여러 명에게 둘러싸여서 이건 이렇고, 저건 저렇고 얘기하는 것 자체가 불편했다. 상상만 해도 메스꺼웠다. 선생님은 크게 화를 냈다.

- 그게 무슨 건방진 소리야!! 수석으로 입학했다고 네가 뭐 엄청난 무용수라도 된 것 같아?!

그런 말이 아니에요, 하고 서둘러 항변해 봤으나 먹히지 않았다. 그날의 사건이 나의 불명예스러운 꼬리표, 그러니까 '온두리는 재수 없고, 잘난 척하는 애다'라는 평가를 더욱 확정하게 된 것이다. 애들이 우르르 몰려와서 시비를 건 것도 그 일이 도화선이 된 게 분명했다. 나는 도무지 어떻게 해야 할지 알 수가 없었다. 내가 가만히 있자, 애들은 더욱 모욕을 느낀 듯 말을 퍼부었고, 사건이 종료된 것은 옆 반이었던 오슬비가 나한테 노트를 빌리러 왔다가 그걸 보고 살쾡이처럼 달려들었기 때문이다. 사건은 그렇게 해프닝처럼 지나갔지만, 나는 그 뒤로 더욱 사람이 어려워졌다.

'그냥 발레에만 빠져서 살면 얼마나 편할까. 과거도, 미래도, 사람도, 상처도 아무것도 생각하지 않고.'

어렸지만 그런 회의적인 생각을 했던 것도 기억난다.

중학생 때의 암울한 기억을 떠올리게 된 것은 '야생 고슴도치 같다'는 말 때문이었다. 사람들 눈에는 내가 그런 식으로 보이나, 생각하다 보니 그 기억에까지 이르렀다.

'걔를 만나고부터 계속 머릿속이 복잡해지네.'

학원까지 가는 걸음이 무거웠다. 작은 보폭으로 걷는 중에 불과 몇 미터 떨어진 곳에서 급정거하는 소리가 들렸다. 까만색 아우디 차량이 학원 건물 앞에 섰다. 보조석 문이 열리더니 강유리가 나왔다.

"어?"

방금 전까지 생각하고 있던 사람이 갑자기 나타나서도 놀랐지만, 그 애가 잔뜩 흉포한 얼굴을 하고 있어서 더 놀랐다. 강유리는 분노를 온몸으로 표출하듯 차 문을 쾅 닫고, 운전석 쪽으로 삿대질을 하면서 버럭 소리를 질렀다.

"내가 왜 여기에 있는지 당신이 잘 생각해 봐!!!"

말이 다 끝나기도 전에 차가 출발했다. 부앙- 하고 들리는 액셀러레이터 소리는 꽤나 신경질적이었다. 강유리는 달려 나가는 차 꽁무니에 대고 손가락으로 욕을 날렸다. 운전석에 있는 것이 아버지일까, 어머니일까. 아니면 제3자일까 궁금했다. 한편으로는 못 볼 걸 봤구나, 어디에라도 몸을 숨겨야지, 하는 생각이 들었다. 강유리는 내가 옆 건물 틈으로 들어갈 새도 없이 몸을 돌렸다. 나를 발견하고는 얼굴이 더욱 험악해졌다. 작게 욕을 하는 것 같기도 했다. 강유리는 학원 건물 안으로 들어가지 않고, 내 쪽으로 성큼성큼 다가왔다. 심장이 바짝 조여 들었다. 오늘 본 장면은 모른 척하라는 협박이라도 하려나 싶었는데 의외로 나를 그대로 지나쳐 갔다. 내게는 눈길조차 주지 않았다. 그 애가 옆을 스쳐 갈 때, 혹 부는 바람에서도 그 애의 분노를 느낄 수 있었다. 지나간 뒷모습을 바라보았다. 부르거나 붙잡지는 않았다. 점점 멀어져서 강유리의 감정이 느껴지지 않을 때까지 그저 보았다. 완전히 보이지 않게 되었을 때 비로소 숨이 편하게 쉬어졌다.

'나 보고 야생 고슴도치니 뭐니 하더니.'

그러는 본인은 야생 살쾡이 같았다.

모든 수업과 개인 연습이 끝날 때까지도 강유리는 학원에 나타나지 않았다. 사실 오지 않을 거라는 건 직감했지만, 서운했다. 어제는 나더러 자기를 좀 믿어 보라고 하더니… 이런 식으로 행동하는 건 아무래도 이치에 맞지 않는 일이다.

파드되 없이 솔로 배리에이션 연습만으로 하루를 마치는 게 꽤 오랜만이었다. 늦게까지 함께 파드되를 연습하게 된 뒤부터는 나오는 길도 항상 함께였다. 각자 갈라지는 길이 나오기까지 10분 정도를 늘 같이 걸었다. 어색하고 불편한 그 10분에 익숙해지고 있었던 탓에 오늘 혼자 걷는 것이 더욱 서운했다. 집 앞에 도착하고서야 그 서운함은 내가 여전히 강유리에 대해서 아무것도 모른다는 사실 때문이라는 걸 깨달았다.

#17

  강유리는 다음 날도, 그다음 날도 오지 않았다. 오지 않는 날은 쌓이고 쌓여서 결국 한 주가 되고, 한 주 반이 되었다. 발레는 하루만 쉬어도 티가 난다. 쉬는 순간 무너지거나 감을 잃거나 둘 중 하나였다. 일주일이 넘게 춤을 쉬고 있는 강유리를 향해 원장 선생님은 "그 녀석 정말 싹수가 노랗네. 쫓겨날 만도 해"라며 씩씩거렸다.

  나는 강유리에게 연락을 할까 말까 수도 없이 고민했다. 카톡 메시지를 썼다 지우고, 또 다시 썼으나 끝내 보내지는 않았다. '나는 파트너잖아'라고 생각하다가도, '고작해야 학원 연습 파트너'라는 생각 쪽으로 마음이 기울었다. 내가 망설이는 동안, 오슬비는 5번이나 메시지를 보냈고 전화도 3번을 했다. 강유리는 아무런 답이 없었다. 결국 난 원장실로 가서 강유리한테 무슨 일이 있냐고 물었다. 원장 선생님은 얼굴을 팍 구기고는 한숨을 푹푹 쉬었다.

  "뒤늦게 사춘기라도 왔나 보지 뭐."

  한참 뒤에 나온 말은 고작 그런 거였다.

  "그런 거 말고요. 원장 선생님은 게네 아빠랑 직접 통화해 보셨을 거잖아요. 직접 들으신 게 있으면 얘기해 주세요."

"통화했지. 집에도 안 들어온다더라."

"네? 그러면 실종신고라도 해야 하는 거 아니에요?"

원장 선생님은 더욱 짜증스러운 표정을 했다.

"찜질방에서 지낸단다. 카드 결제가 다 찜질방이랑 그 근처 식당, PC방으로 찍힌다더라."

찜질방이라니. 고상한 발레 천재와 찜질방은 아무리 생각해도 어울리지가 않았다. 원장 선생님은 그냥 좀 기다려 주는 것도 필요할 것 같다고 했다. 내가 이해할 수 없다는 표정을 감추지 않고 쳐다보자 원장 선생님은 어깨를 으쓱했다.

"어쩌겠어."

"멀쩡한 집 놔두고 일주일이 넘게 찜질방에서 자는 이유가 있지 않을까요?"

"게네 집안도 좀 복잡하거든."

그 순간 나는 세게 맞은 흔적이 역력했던 그 애의 뺨과 아우디 뒤꽁무니에 손가락 욕을 하던 모습을 떠올렸다. 원장 선생님은 눈을 게슴츠레 떴다.

"근데… 네가 웬일로 다른 사람 일에 이렇게 관심이 많냐? 오슬비 아니고서는 사람 일에 관심 없잖아, 너."

생각지도 못한 지적이었다. 당황한 나머지 눈을 피했다. 나는 간신히 한 마디를 하고 원장실을 나왔다.

"거슬려서요."

강유리가 나한테 했던 말이었다.

강유리를 다시 보게 된 것은 그로부터 삼 일이 더 지난, 토요일의 늦은 밤이었다. 정규 레슨은 7시에 전부 끝나서 학원에는 아무도 없었다. 나도 주말만큼은 무리해서 연습하지 않는데, 요즘 집에 가면 계속 잡생각이 드는 탓에 학원에 오래 남아 있었다. 지젤 파드되를 집중적으로 연습했다. 혼자 추는 것이니, 파드되를 연습했다기보다는 솔로 배리에이션을 한 것이나 다름이 없었지만, 머릿속으로 계속 파트너의 움직임을 떠올리면서 지젤을 췄다.

지젤은 지독한 슬픔과 괴로움에 빠진 혼백이었다. 자기를 기만한 알브레히트가 밉지만 여전히 사랑했고, 죽이고 싶지 않지만 죽여야 했다. 그야말로 애처로운 소녀였다.

– 알브레히트, 알브레히트. 나의 거짓말쟁이 연인.
– 알브레히트, 왜 나를 속였나요.

춤을 추면서 지젤을 떠올리다 보면, 꼭 그 목소리가 들릴 것만 같았다.

– 알브레히트, 왜 나를 속였나요.
– 왜죠? 도대체 이유가 뭔가요, 알브레히트.

상상 속에서 마음껏 활개를 치는 지젤을 내버려두었다. 나의 몸짓은 상상 속의 지젤과 점점 비슷해졌는데, 이상하게도 깃털처럼 가벼워야 할 지젤이 몹시 무겁게 느껴졌다. 나의 팔과 다리도 같이 무거워졌다.
'원망하는 거야, 알브레히트를.'

땅에 눌러 붙듯이 무거운 지젤을 들여다보면서 비로소 알아챘다. 지젤의 원한이 영혼을 무겁게 짓누르고 있었다. 지젤은 점점 더 처절하게 춤을 췄다. 마치 절규하는 것 같았다. 지젤은 알브레히트를 구하고 싶은 게아니라, 정말로 죽이고 싶은 것처럼 보였다.

'아냐, 이러면 안 돼. 지젤은 알브레히트를 여전히 사랑한단 말이야.'

나는 지젤을 엉망으로 만들고 있었다. 황급히 춤을 멈추고, 두 다리로바닥을 단단히 지탱했다. 몸은 쓰러지지 않았고 상상도 그쳤지만 곧이라도 엄마의 환영이 몰려올 것 같았다. 급한 마음에 뺨을 찰싹, 때렸다. 얼얼한 통증에 정신이 맑아지는 것 같기도 했다. 다시 손을 올렸다.

"뭐 하냐."

강유리의 목소리였다. 설마 이젠 강유리의 환청을 듣나, 싶어서 고개를돌렸는데 스튜디오 문 앞에 정말 강유리가 서 있었다. 찜질방에서 지낸다더니 확실히 수척하고 까칠한 몰골이었다.

"지젤이 왜 그 모양이 된 거야?"

네가 없어서 그래. 네가 없어서 내 지젤이 이상해진 거라고. 너랑 같이만들어 가고 있었잖아. 그런 말들이 목구멍까지 올라왔으나 그게 얼마나미련한 억지이고 변명인지 잘 알고 있었다. 말해 봐야 내 꼴만 우스워질게 뻔했다. 강유리는 아무 대답도 하지 못하는 내 쪽으로 성큼성큼 다가왔다.

"중간부터 춤이 이상해지던데. 트라우마 비슷한 거라고 했던 거랑 관련 있어?"

거의 2주 만에, 그것도 자정이 다 되어 가는 이 한밤에 슬그머니 학원에 발을 들여놓고서도 자기에 대한 설명은 하지 않고, 다시 나에 대한 것을 파고든다. 기분이 상하면서도 나는 고분고분 대꾸했다.

"가끔 춤을 추다 보면 엄마의 환영을 봐. 무대에 서면 무조건 보고."

정말 별것 아닌 것처럼 말하고 싶었다. 강유리가 그러는 것처럼.

"지금도 엄마가 괴롭혀?"

"엄마는 8살 때 죽었어."

강유리는 아, 하고 짧게 반응했다가 머쓱한 투로 말을 덧붙였다.

"그래. 오슬비한테 들었던 것 같다. 저번에 정수기 앞에서 애들이 그렇게 떠들어 댔던 것 같기도 하고."

잠깐의 침묵 뒤에, 강유리는 "아빠는? 해외에서 일하시고?" 하고 물었다. 학원에는 그렇게 알려져 있었다.

"우리 엄마는 미혼모였어."

모스크바 국립음악극장의 무용수였던 엄마가 임신을 하는 바람에 2년 만에 한국에 돌아온 이야기를 꺼내자 강유리는 뭔가 알겠다는 듯 고개를 끄덕였다.

"〈블랙스완〉 여자 주인공 엄마가 생각나네."

"〈블랙스완〉?"

"그 영화 몰라? 나탈리 포트만 나오는 거. 여자 주인공 니나의 엄마가 니나를 임신하면서 발레리나의 꿈을 포기하거든. 그래서 니나에게 집착하고, 니나를 자기 소유물처럼 대하지. 한번 봐."

영화는 보고 싶기도 하고, 영영 보고 싶지 않기도 했다. 강유리는 피곤이 가득한 눈으로 스튜디오를 천천히 둘러보았다. 조금 야윈 것도 같은 뺨을 손으로 쓸어내리면서 마치 낯선 곳을 보듯이 그렇게 스튜디오 구석구석을 훑었다. 방해하면 안 될 것 같아 나는 숨을 죽이고 우두커니 서 있었다. 강유리는 한참 만에 몹시 지친 목소리로 툭 물었다.

"너는 발레를 왜 하는 거야?"

원장 선생님이 했던 것과 같은 질문이었고, 나는 또다시 대답할 말이 없었다.

"대체 왜 이러고 있는 거냐, 너는. 이까짓 거 그만둬 버리면 되는데."

'너는'이라고 했지만, 그건 꼭 자기 자신에게 하는 혼잣말같이 들렸다. 순간, 나도 모르게 '미안해' 하고 말할 뻔했다. 그랬다면 참 꼴이 우스웠을 것이다. 다행히 나는 더 적절한 말을 찾았다.

"그동안… 왜 안 나왔어?"

"문제가 좀 있어서."

"어디 다쳤어?"

다치지 않았다는 건 딱 봐도 안다. 그건 그냥 떠보는 질문이었고 아마 강유리도 알았을 것이다. 아우디 차량에서 내리다 나를 마주쳤던 게 기억났을지도 모른다.

"그런 건 아니고, 상황이 좀…."

강유리는 잠시 할 말을 고르다가 인상을 찌푸리면서 말했다.

"개 같았거든."

무엇이, 어떻게, 왜, 그리고 누가 개 같았는지 설명을 해 주면 좋을 텐데, 강유리는 전혀 설명할 마음이 없어 보였다. 딱 거기까지만 말하고, 몸을 풀었다. 팔을 쭉 뻗으며 본격적인 스트레칭 자세로 들어가던 강유리는 가만히 서 있는 나를 힐끗 보았다.

"계속 거기 있을 거야?"

묻고 싶은 말도 많았고, 따지고 싶기도 했지만 그냥 순순히 물러났다.

나오는 길은 마음도 몸도 무거웠다. 강유리는 나한테 애를 쓴다고 했다. 애를 쓰는 게 거슬려서 견딜 수 없어 했다. 하지만 그러는 강유리도 애를 쓰고 있었다.

#18

    다시 돌아온 강유리는 아무렇지 않게 학원에 녹아들었다. 원장 선생님이 원생들 앞에서 한 차례 크게 야단을 치기는 했지만 정작 당사자는 별타격이 없어 보였다. 무심한 얼굴로, 기계처럼 대답할 뿐이었다. 놀랍고도 얄미웠던 것은 2주 가까이 연습에 나오지 않았으니, 크게 무너졌어야할 실력이 의외로 건재하다는 거였다. 2주 전처럼 아름답지는 않아도 긴시간의 공백을 느낄 만큼 엉망인 것도 아니었다. 본인은 어떨지 모르겠으나 제3자가 보기에는 2주나 연습을 안 나온 것치고 그만하면 훌륭했다. 오슬비마저도 "사기캐네" 하고 혀를 내둘렀다. 어쨌건 강유리의 작은일탈은 그렇게 묻혔고, 나와 강유리의 나머지 연습도 이전처럼 이어졌다. 다만 나는 강유리가 말한 그 '개 같은 일'이 무엇인지 궁금했다. 그 생각을 하면, 의식하지 못하는 사이에 자꾸 강유리를 빤히 쳐다보게 되었다. 물론 강유리는 뻔뻔하게 웃으면서 "내가 좀 잘생기긴 했지" 하고 싱거운말을 해서 내 시선을 흐트러뜨렸다.

    그러던 와중에 학원 게시판에 서울국제무용콩쿠르 예선 1차 DVD 합격자 명단이 붙었다. 전공 A반에서는 나와 최재호가 예선 대상자였는데

(강유리는 참가하지 않았고, 오슬비는 작년 동아콩쿠르 1위 자격으로 예선이 면제된 상태였다.) 우리 둘 모두 합격했다. 일단 1차 DVD 심사는 무대에 설 필요가 없었기 때문에 내가 합격한 게 특별히 놀랄 만한 일은 아니었다. 문제는 바로 다음 주에 있을 예선 2차 무대 심사였다. 나는 틀림없이 또 기절을 할 테고, 쿠크다스라는 낯부끄러운 소리를 들으면서 탈락할 게 뻔했다. 예전에 한번 어떤 원생이 나더러 '저 언니는 맨날 깔아 주려고 콩쿠르에 나간다'라고 뒷담화를 한 적이 있었는데, 아무리 곱씹어 보아도 맞는 말이었다.

'정말⋯ 나는 이걸 왜 아직까지 하고 있는 걸까.'

발에 토싱을 하면서 곰곰이 생각해 보았다. 올해가 지나면 나도 19살이다. 이제까지 발레에 대한 애증과도 같은 마음으로 그저 붙들고 있었지만 시간이 지날수록 심경은 복잡해졌다. '너도 슬슬 진로에 대해서 진지하게 고민을 해 봐야 하지 않겠냐'고 하던 이모의 걱정 어린 목소리가 마음속에서 불쑥불쑥 올라왔다.

'이모 말이 맞을지도 몰라. 19살, 20살부터 입단해서 무용수가 되는 애들도 있는데.'

한국은 대학 무용과를 진학해서 졸업할 즈음에 무용단에 입단하는 경우가 많았지만, 외국은 조금 달랐다. 대학까지 가서 무용을 배우는 시스템보다는 20살 즈음에 입단해서 코르 드 발레부터 차근차근 직업 무용수로서의 인생을 살아가는 경우가 훨씬 많았다. (만약 강유리가 계속 모스크바 국립무용아카데미에 있었다면 1, 2년 내에 볼쇼이 발레단에 입단했을 것이다.) 나는 어차피 무용과에 진학하지도 못할 거고, 당연히 무용단에 입단할 수도 없을 텐데 이것만 붙들고 있을 수는 없었다.

143

– 원장 선생님, 저는 발레리나가 되고 싶은 건지 잘 모르겠어요.

예전에 내가 했던 말이 마치 족쇄처럼 나를 옭아맸다. 속 편하게 2차 예선을 준비하는 전공생들이 부러울 따름이었다.

원장 선생님은 수업 전에 먼저 엄중하게 말을 늘어놓았다.

"오슬비, 온두리, 최재호. 다음 주 금요일 2차 예선 빈틈없이 준비해. 지젤 배리에이션은 전공 반 수업 때 연습하면 되고, 다른 배리에이션들은 셋 모두 다르니까 그건 개인 레슨 때 하고."

2차 예선과 세미파이널까지는 솔로 배리에이션 두 개를 무대에서 보여 줘야 했다. 세미파이널을 통과하고 파이널에 진출해서는 세미파이널에서 보여 준 배리에이션 하나와 새로운 배리에이션, 그리고 컨템포러리(현대적인) 배리에이션을 보여 주면 되었다. 그러니까 이제부터는 총 네 개의 배리에이션을 죽어라 연습해야 했다.

"온두리는 예외적인 상황이니까 그렇다 치고, 그 외에 우리 학원에서 예선 탈락자가 나오는 건 수치야. 특히 전공 A반에서는 말이 안 된다는 거 알지?"

나는 당연히 탈락할 예정이었다. 원생들은 기운차게 '네!' 하고 대답했고, 나는 조용히 고개를 숙였다.

원장 선생님은 레슨이 끝나고 따로 나를 불렀다. 원장실에는 피스타치오가 가득 담긴 통이 있었는데, 주로 원생들을 격려하거나 타이르거나 위로할 때 그 통이 열렸다. 오늘은 내 손에 그게 몇 알 올라왔다. 우물우물 씹으니, 특유의 향이 입안을 가득 채워서 우울한 기분이 조금 가시는 듯했다.

"기분은 좀 어때?"

"괜찮아요."

"그래. 넌 늘 덤덤하지."

바로 그게 짜증 난다고 원장 선생님은 몇 번이나 얘기했었다.

"평소보다 심란해 보이는 건 내 기분 탓인가?"

"제가 그렇게 보이세요?"

모른 척 피스타치오를 씹었다. 원장 선생님의 눈썹이 올라갔다.

"그래. 그렇게 보였어. 2차 예선에서 기절할 걸 생각하니까 마음이 안 좋았니? 웬일로?"

대답하지 않았다. 피스타치오를 몽땅 털어 넣고 계속 우물거렸다. 원장 선생님은 이번엔 다른 말을 꺼냈다.

"너랑 강유리, 수업 끝나면 남아서 계속 파드되를 연습하는 것 같던데."

콩쿠르 준비 때문에 파드되 수업은 어영부영 맛만 보고 끝난 지가 이미 한 달이었다. 다만 나와 강유리는 그 이후로도 레슨이 끝나고 계속 파드되를 연습했다. 우리의 파드되가… 아니, 정확히는 나의 지젤이 더 괜찮아졌는지는 아직 누구에게도 검증받지 못했다.

"너는 그렇다 치고, 강유리가 의외로 네 일에 열심이네? 둘이 많이 친해졌나 보다?"

친하다, 나와 강유리의 관계를 그렇게 말해도 될까. 나는 그 애에 대해서 표면적인 것 외에는 잘 모르고, 그 애는 내게 자기의 이야기를 전혀 하지 않으니 친하다고 하는 것은 이상하다. 그런데 생각해 보면 강유리는 계속 나를 들여다보려고 했고, 짐작하려고 했다. 우리는 파드되를 하면서 자주 싸웠는데, 그건 서로의 경계선 너머를 궁금해하기 때문일지도 모른다.

"글쎄요…."

"또, 또 그 따위로 대답하지."

원장 선생님이 신경질적으로 책상을 팍 쳤다.

"강유리가 너 점점 나아질 거라고 장담을 하길래 나도 좀 기대를 했는데…. 너네들 연습하는 거 보면 뭐가 더 나아졌는지 잘 모르겠던데."

"제대로 보신 적 없잖아요."

발끈해서 말을 툭 내뱉긴 했는데 사실 나도 딱히 자신이 있지는 않았다. 원장 선생님은 천천히 나를 훑어 내리더니, 피스타치오를 하나 더 씹었다. 와작와작 씹히는 소리가 유난히 크게 들렸다.

"얼마 전에 얼핏 보니까 싸우기도 하더라 너네."

"자주 싸워요."

"그래?"

원장 선생님은 뭔가 생각하는 듯 눈을 내리깔았다. 잠시 후, 원장 선생님은 나를 지그시 바라보았다. 어째 탐색하는 눈빛 같다고 생각하는 순간에 원장 선생님은 가볍게 웃었다.

"너네는 비슷한 구석이 있어."

뭐가요, 반항적인 대꾸가 불쑥 튀어나올 뻔했다.

"어쨌건… 뭐 잘해 봐라."

나는 조용히 고개를 주억거리고 몸을 일으켰다. 원장 선생님은 갑자기 다시 "두리야" 하고 불렀다. 덕분에 엉거주춤한 자세로 멍청하게 서 있게 되었다. 원장 선생님은 바로 말하지 않고 잠시 나를 가만히 보다가 작게 한숨을 쉬었다.

"파드되 말이다. 누구와 하든 네가 그걸 제대로 하게 된다면 굉장한 경험이 될 거다. 누군가와 호흡을 맞추고, 감각을 맞추고, 마음을 맞추고, 서로 끌어 주고, 당겨 주고, 이해하고, 이해받고 하는 거… 엄청 기분 좋은 일이거든."

원장 선생님은 뭔가 안타까운 표정을 하고 있었는데, 좀처럼 보기 힘든 얼굴이었다. 나는 원장 선생님이 나의 불행한 유년시절을 떠올렸다는 걸 직감했다.

"우리가 살아가는 것도 그렇고…. 언젠가 네가 그걸 알게 되면, 그러면 비로소 무용수로 살아갈 수 있지 않을까 싶다 나는. 그러니까 죽이 되든, 밥이 되든 끝까지 해 봐."

이런 조언들을 얼마나 많이 들어 왔던가. 이모와 이모부로부터, 오슬비로부터, 선생님과 교수님들로부터, 그리고 우리 제인 원장 선생님으로부터. 이런 말들은 들을 때마다 몸 둘 바를 모르겠는 기분이 들었다. 나는 고개를 끄덕이고 원장실을 나왔다.

스튜디오에는 어쩐 일로 오슬비와 최재호도 남아 있었다. 강유리는 파드되 연습 때문에 매번 남아 있었지만 예고에서도 오랜 시간 실기를 하는 오슬비와 최재호는 학원에 남는 일이 거의 없었다. 오슬비와 최재호는 지젤이 아닌 제2배리에이션을 연습했다. 오슬비는 〈돈키호테〉의 키트리 배리에이션을 준비하고 있었고, 최재호는 〈돈키호테〉 바질 배리에이션을 준비했다.

〈돈키호테〉는 스페인 한 마을의 여관 주인의 딸 키트리와 가난한 이발사 바질과의 러브스토리다. 자칭 기사이지만 사실은 살짝 노망이 든 노인, 돈키호테와 그의 충복 산초 판자는 이 연인들의 이야기에 들러리 같은 역할을 한다. 여관 주인 로렌조는 딸 키트리를 부자 가마쉬와 결혼하도록 종용하고, 키트리는 연인 바질과 함께 사랑의 도피를 한다. 그러나 이들은 로렌조에게 발각되고, 바질은 자살소동을 벌인다. 바질이 진짜 죽은 것처럼 쓰러지자 키트리는 매우 비통해하면서 돈키호테를 향해 도와 달라는 신호를 보낸다. 돈키호테는 로렌조에게 창을 겨누고, 죽은 바질에 대한 책임을 지라고 다그친다. 로렌조가 마지못해 둘의 결혼을 허락하자 쓰러져 있던 바질이 일어난다. 둘은 이렇게 극적으로 사랑을 쟁취하고 결혼을 준비하며 아름다운 파드되를 보여 준다. 이 이야기에서 돈키호테는 여관 주인 로렌조를 성주, 그의 딸인 키트리를 공주라고 생각하면서 줄거리의 우스꽝스러운 포인트를 담당한다.

오슬비가 키트리 솔로 배리에이션 음악을 틀었다. 부드럽게 시작되는 음악과 함께 키트리가 등장한다. 부드러운 선율은 곧 통통 튀는 발랄한 느낌으로 바뀌고, 키트리는 부채를 흔들면서 마을에서 가장 사랑스럽고 발랄한 소녀의 춤을 보여 준다. 당차고 자신감 있는 춤과 표정은 오슬비와 딱이었다. 세미파이널에 오를 때는 더욱 완성도 높은 키트리가 되어 있을 것이다. (오슬비는 동아콩쿠르 1위로, 예선 무대는 면제였기 때문에 세미파이널에서 처음 춤을 출 예정이었다.) 저런 키트리라면 그랑프리도 바라볼 수 있을 것이다.

한숨이 나왔다. 나의 제2배리에이션은 이전부터 계속 연습했던 오딜이었는데, 오슬비의 키트리가 무대에서 빛날 운명이라면 나의 오딜은 고생한 보람도 없이 침몰할 운명이었다.

"얼굴 펴."

옆에 있던 강유리가 단호하게 말했다.

"남의 키트리 신경 쓸 시간 있으면 우리는 우리의 불쌍한 지젤이나 좀 어떻게 해 보자."

그 말을 들으니 심란함만 더해졌다. 내가 대답하지 않고 고개를 돌려 버리자 강유리도 더 말을 걸지 않았다. 우리는 벽에 기댄 채로 오슬비의 키트리를 구경했다. 마지막 동작이 끝나고 강유리가 짝짝 박수를 쳤다. 건너편의 최재호도 박수를 쳤다. 오슬비는 강유리에게로 다가갔다.

"어때?"

"좋아. 좀 도발적인 키트리이기는 하지만."

"그건 그거대로 매력 있지 않아?"

오슬비의 말대로였다. 매력 있었다. 그러나 오슬비는 그렇게 말해 놓고서도 본인의 부족한 부분을 궁금해했다.

"너라면 내 키트리에서 부족한 점 찾을 수 있지?"

그 애는 바로 몇 가지 포인트를 짚어 주었다. 어느 동작이 불안한지, 어디가 빈틈이 있는지, 설명하는 것마다 그럴듯하게 들렸다.

"확실해? 그걸 어떻게 다 봤어? 아니, 봤다 해도 어떻게 기억하는 거야?"

어느새 다가온 최재호가 믿을 수 없다는 듯 말했다. 강유리는 여유롭게 대답했다.

"다 봤고, 다 기억하는 걸 어떻게 설명해야 하는 거지?"

강유리의 말은 거기서 끝나지 않았다.

"온두리랑 비슷한 재주를 나도 갖고 있다고 말하면 설명이 좀 될까? 그래도 못 미더우면 아예 온두리더러 오슬비의 키트리를 그대로 춰 보라고

149

하든지. 자기 춤을 객관적으로 보면, 내가 한 지적이 다 맞다는 걸 알겠지."

강유리가 물고 늘어진 것은 나였다. 최재호도 내가 안무를 보면 영상을 머리에 저장하듯이 외울 수 있다는 걸 잘 알고 있었다. 최재호의 눈이 커졌다가 금방 찌푸려졌다. 잇새로 가볍게 '칫' 하는 소리가 새 나왔다.

"이 좁은 땅덩어리에 치트키 쓰는 놈들이 많기도 하네."

어떻게 들어도 빈정거리는 투였다. 난 죄도 없이 움츠러들었다. 우물쭈물 있자, 강유리는 내 어깨를 가볍게 툭 쳤다.

"다들 아는 거 맞지? 얘 한 번 보면 그대로 외워 버리는 거."

오슬비가 고개를 끄덕였다.

"잘 알지, 무대에 못 서는 게 안타까울 뿐이야."

그 순간 나는 몹시 부끄러워졌다. 무대에서 빛을 발할 키트리와 그대로 침잠해 버릴 오딜의 상반된 운명이 선명하게 느껴졌다. 오슬비는 내 뺨을 부드럽게 문질렀다. 그 애 손의 땀과, 내 얼굴에 맺힌 땀이 부딪혀 불쾌하게 미끈거렸다.

"내 키트리는 됐으니까 나중에 네 키트리나 보여 줘. 그게 더 궁금하니까."

손이 떨어지고, 오슬비는 바닥에 놓인 수건으로 목에 흐르는 땀을 닦았다. 수건은 내 거였고, 아직 쓰지 않아서 뽀송한 상태였다. 오슬비는 강유리를 쳐다보고 말했다.

"똑같이 따라 하는 건 물론 대단하지만, 자기 걸 만들어서 선보이는 게 더 어려운 거야."

오슬비는 자존심이 세고, 남한테 지는 걸 엄청나게 싫어하고, 감정을 숨기는 편이 아니었지만, 나한테까지 그렇게 행동하는 일은 많지 않았다. 내 당혹감이 사라지기도 전에 오슬비가 멀어졌다.

"뭐 아주 틀린 말은 아니지."

옆에서 강유리가 조용히 중얼거렸다. 갑자기 땅 밑으로 사라지고 싶은 기분이 들었다.

그 뒤로 연습을 좀 더 이어 가던 오슬비와 최재호는 나와 강유리보다 먼저 스튜디오를 나갔다. 이후에 나는 강유리와 늘 하던 만큼 연습하고 집으로 돌아왔지만 어떤 춤을 추었는지는 전혀 기억나지 않았다. 머릿속도, 마음속도 엉망이었기 때문이다.

방에 들어가자 오슬비가 있었다. 내 침대에 앉아서, 자기 옆 자리를 손으로 톡톡 쳤다. 옆에 엉덩이를 붙이고 앉자, 슬비가 내 어깨를 꽉 끌어안았다. 밀착된 귓가에 "아까 기분 나빴어?" 하고 속삭였다. 똑같이 따라 하는 건 대단하지만, 자기 걸 만드는 게 더 어렵다고 했던 오슬비의 말은 다시 곱씹어도 속이 상했다.

"별 뜻 없는 말인 거 알지? 그냥 콩쿠르 때문에 예민했어."

"응. 알아."

"네가 좀 이해해 줘. 내가 요즘 좀… 이것저것 신경이 많이 쓰여서."

그래, 하고 작게 대답했다.

오슬비는 우리가 좀 더 어릴 때의 이야기를 했다. 초등학교 3학년 때 강당에서 춤을 추다 쓰러진 나를 발견했던 이야기, 우리가 발레를 시작했을 때의 이야기, 내가 무대에서 처음 기절했을 때의 이야기 같은 것들…. 잠이 들려는 찰나, 오슬비의 목소리가 조금 멀리서 들리는 듯 할 즈음에 오슬비가 혼잣말처럼 중얼거렸다.

"난 네가 무대에 설 수 있게 되면 어떨지 늘 궁금했어."

나도 그래. 그렇게 대답한 것 같았는데, 실제로 입 밖으로 말을 꺼냈는지는 명확하지 않았다. 나는 곧 잠이 들었다.

#19

　서울국제무용콩쿠르 예선 당일은 몹시 분주했다. 오슬비가 일찌감치 나를 깨웠고, 나는 아침부터 몸을 풀고 데우는 일에 열중했다. 6월치고도 더운 날씨였지만 근육을 풀려면 몸이 따뜻할수록 좋았다. 견과류바와 두유, 두부로 아침을 먹고 오슬비와 함께 이모 차에 올랐다. 이모는 차로 태워다 주는 내내 초조해했다. 내가 또 기절하는 꼴을 보려니 벌써부터 스트레스를 받는다고 했다. 오슬비는 차에서 계속 내 손을 잡고 임산부들이 하는 심호흡을 시켰다. 이게 긴장을 푸는 데 도움이 된다면서. 기절을 안 할지도 모른다는 말 따위는 하지 않은 지 오래다. 사실 나는 이미 기절을 예견하고 있었기에 어떤 긴장도 하지 않았다.

　2차 예선이 열리는 아트센터 앞은 무용 전공생으로 추정되는 이들로 가득했다. 로비에는 돗자리를 펴고 앉은 가족들과 선생님들이 여럿 있었고, 분장을 마치고 나온 전공생들이 각자의 취약한 동작을 연습하고 있었다. 그들 틈에 우리 학원 무리도 보였다. 최재호를 포함해서 1차 예선을 통과한 우리 학원 원생들 4명과 강유리가 원장 선생님과 함께 자리를 차지하고 있었다. 오슬비가 강유리를 발견하고 반갑게 손을 흔들었다.

"너는 여기 어쩐 일이야?"

오슬비가 묻자, 강유리는 어깨를 으쓱하더니 "파트너 응원" 하고 손가락으로 날 가리켰다. 나는 그 손가락을 밀어서 치우고 원장 선생님 쪽을 쳐다봤다. 원장 선생님은 원래 오늘 같이 오기로 한 선생님이 갑자기 일이 생겨서 대신 강유리를 데려왔다고 했다. 이따가 정신없을 때 강유리가 애들 좀 챙길 수 있도록, 하고 덧붙였는데, 아마도 내가 기절할 것을 염두에 둔 말이었을 것이다.

"컨디션은 어때?"

"괜찮아요. 오면서 라마즈 호흡도 했어요. 임산부들이 하는 그거요."

원장 선생님은 이런 상황에 농담이 나오냐고 혀를 찼고, 강유리는 웃었다. 이 애는 정말 원장 선생님을 도와주러 왔을까. 내가 기절하는 장면을 보고 싶어서 따라왔을지도 모른다는 생각이 들었다.

내 차례가 가까워졌다. 대기실로 들어가기 전, 강유리는 복도 한 귀퉁이로 나를 데리고 갔다.

"온두리 너, 무대에 서면 엄마의 환영을 본다고 했지?"

"응."

"오늘은 어떻게든 극복해 봐. 나도 그동안 애쓴 보람 좀 느껴 보자."

말은 참 쉽다. 그게 마음먹어서 되는 일인가.

"또 너희 엄마가 보이면 그때는 E열 8번 좌석만 봐. 내가 그 자리에서 보고 있을 테니까."

"어?"

"네 과거에 나는 없었잖아. 네 현재에만 있는 나를 의식하게 되면 좀 나을까 싶어서."

덤덤하게 이어지는 말은 한 번에 이해가 되지 않았다. 멀뚱히 올려다보자 강유리는 어깨를 으쓱했다.

"네가 무대 위에 있는 순간은 현재의 시간이야. 어릴 때 괴로웠던 그 시간, 그 공간이 아니라."

그제야 이해가 되었다. 의미를 이해한 순간 왜인지 가슴이 저릿했다. 이게 무슨 감각일까. 가슴께로 손이 올라갔다.

"너네 거기서 뭐 해?"

갑자기 오슬비가 튀어나왔다.

"곧 네 차롄데 대기실에 없어서 찾으러 나왔어. 둘이 뭐… 중요한 얘기 했어?"

별거 아니야, 강유리가 그렇게 일축하고 손을 휘휘 저었다. 파리를 쫓을 때나 하는 동작이었다. 잠시 느껴졌던 가슴의 저릿함이 순식간에 사라졌다. 나는 가슴을 손으로 한번 꾹, 누르고 대기실로 걸음을 옮겼다.

"아, 강유리. 이따 원장 선생님한테 말 좀 전해 줘. 링거는 맞히지 말라고."

강유리는 무슨 말인지 못 알아듣는 눈치였다. 이따 내가 기절하면 비로소 무슨 의미인지 알게 될 거였다.

대기실에서는 무대에 오르기 전부터 수군거리는 소리가 들렸다.

- 쟤가 걔야. 쿠크다스.
- 또 나왔어? 아니 무대에서 맨날 기절하는데 왜 나오는 거야, 대체?
- 몰라, 쟤 나올 때마다 불안해 죽겠어. 저러다 언젠가 무대 위에서 죽지 싶어서.

내가 움직일 때마다 아닌 척하는 집요한 시선들이 엉겨 붙었다.

— 옆에는 오슬비 아니야?

— 오슬비? 2년 전에 베이징콩쿠르에서 2등 한 애? 작년에는 동아에서
1등 했지?

— 쉿. 쟤 성격 장난 아니래.

소곤소곤 들리는 소리를 못 들은 척하는 건 익숙한 일이었다. 이럴 때
는 나보다 오슬비가 더 폭탄이었다. 지금도 짜증이 번들번들한 눈으로
주변을 휙 둘러본다. 내 차례가 가깝지 않았다면 틀림없이 한 소리 했을
것이다. 나는 곧 무대 뒤쪽으로 이동했다. 내 앞 번호의 여자애가 몹시
긴장한 얼굴로 숨을 몰아쉬고 있었다. 나도 눈을 감고 천천히 이미지 트
레이닝을 했다. 배리에이션은 지젤이 먼저였다. 그러나 지젤이 먼저든, 오
딜이 먼저든 상관 없었다. 둘 다 보여 주지 못할 테니까. 끊임없이 몰려드
는 예측을 억지로 몰아내고 무대만 생각하려고 노력했다. 어쩌면 오늘은
기절을 안 할지도 몰라, 라고 스스로도 믿지 못할 기대를 주문처럼 중얼
거렸다. 내가 입고 있는 부드러운 로맨틱 뛰뛰를 느끼려고도 해 봤다. 놀
랍게도, 그 어느 때보다 집중이 되지 않았다.

— 참가번호 15번. 온두리.

전혀 준비되지 않은 상태로 무대 위로 나가야 하는 심정은 처참했다.
슈즈가 족쇄처럼 무겁게 느껴졌다. 그 와중에 지젤의 움직임은 깃털 같

아야 했다. 음악의 시작과 동시에 지젤을 추며 나갔다. 춤을 사랑하는 순박한 시골 아가씨 지젤을 어디까지 보여 줄 수 있을까. 만면에 미소를 지어 보였지만 등에서는 땀이 났다. 객석이 너무 잘 보였다. 다섯 번째 줄, E열에 원장 선생님과 강유리, 오슬비가 앉아 있었다. 다른 학원에서 온 원생들과 참가자들의 가족도 군데군데 보였다.

　- 어머, 걔잖아. 쿠크다스.

　객석과 무대의 거리는 멀었고, 음악은 컸다. 무대 중에는 누구도 입을 열지 않았다. 그런데도 들릴 리 없는 소리가 들렸다.

　- 엄마가 발레리나였대. 실패하기는 했지만.
　- 엄마가 자살했다던데?
　- 왜?

　보일 리 없는 시선이 느껴진다. 객석의 모두가 차가운 얼굴로 나를 쏘아보는 듯하다.

　- 쟤 때문에?
　- 쟤 때문에.

　정말로, 들릴 리 없는 소리였다. 숨이 급박하게 차올랐다. 내 지젤은 아직 초입이었다. 휙휙 돌아가는 시야 어디에도 사람의 얼굴이 있었다.

점 같았던 얼굴들은 점차 엄마의 모습과 비슷해졌다. 눈을 감아 버리고 싶었다. 하지만 무대 위에서는 통하지 않는다. 엄마는 감은 눈꺼풀을 뚫고 들어올 것이다. 실제로 파드되를 출 때도 가린 눈을 뚫고 엄마를 보았으니까.

다시 확 뒤집히는 시야 속에 강유리의 얼굴이 잡혔다. 틀림없이 흥미로운 표정을 하고 있을 거라고 생각했는데 의외로 심각해 보여서 내 춤이 그렇게 엉망인가 싶었다. 희미하게나마 아까 강유리가 했던 말이 생각나서 어떻게든 시선을, 의식을 그 애한테 고정시키려고 노력했다.

– 네가 무대 위에 있는 순간은 현재의 시간이야. 어릴 때 괴로웠던 그 시간, 그 공간이 아니라.

묘한 말이었다. 그런 말이 강유리의 입에서 나왔다는 것이 더 묘했다.
'강유리는 진짜 이상한 애야.'
곧 눈꺼풀이 떨렸다. 심장박동은 수 시간을 연습했을 때보다 빨랐다. 이제 곧 기절할 타이밍이다. 강유리가 벌떡 일어나는 게 보였다.

*

그즈음의 계절은 봄이었다. 볕은 따뜻했고, 꽃이 예쁘게 피었다. 황사가 없는 날이면 엄마는 종종 베란다 문을 열었다. 베란다 문을 열 때의 엄마는 기분이 좋은 상태였다. 1층이라서 화단의 벌레들이 곰실곰실 기어올랐지만 큰 문제는 아니었다. 벌레가 들어오더라도 베란다가 열리는 편이 좋았다.

그날도 엄마는 베란다 문을 열었다. 기분이 매우 좋아 보였다. 아마 조증의 증상이 올라오고 있던 거였겠지만 그때는 엄마가 기분이 좋으면 마냥 다행이라고 생각했다. 엄마는 예쁘고 하늘하늘한 노란색 쉬폰 원피스를 입고 화장을 했다. 오랜만에 치장하는 엄마를 멀찍이 떨어져 보면서 엄마가 아니라 유치원 선생님 같다고 생각했다. 그만큼 엄마는 어리고 여렸다. 엄마는 내게도 노란 원피스를 입혀 줬다. 새 옷을 입는 게 오랜만이었다.

엄마는 내 손을 아주 친근하게 꼭 잡았다. 엄마와 함께 도착한 곳은 벚꽃이 만개한 공원이었다.

– 정원아!! 여기야, 여기.

마르고 목이 긴, 사슴 같은 여자가 엄마를 향해 반갑게 손을 흔들었다. 엄마가 꽃처럼 웃으며 여자에게로 다가갔다. 거기엔 사슴 같은 여자 말고도 몇 명의 사람들이 더 있었다. 다 몸이 가늘고 길었다. 꼭 동물 책에서 본 기린들이 모여 있는 것 같다고 생각했다.

– 애가 개구나.
– 너무 귀엽다. 엄마 많이 닮았네.
– 이름이… 온두리라고 했지? 네 성을 땄어?

그때 아마도 엄마는 마지못해 고개를 끄덕이지 않았을까. 그 불편한

159

공기를 감지한 누군가가 더욱 밝은 투로 어서 자리를 잡자고 채근했다.

벚꽃이 눈처럼 떨어졌다. 난 엄마가 쥐어 줬는지, 아니면 엄마의 친구들이 쥐어 줬는지 모를 유부초밥을 우물우물 씹으면서 봄의 절경을 감상했다. 엄마의 높은 웃음소리, 모인 사람들의 떠드는 소리가 재밌는 영화의 배경음처럼 들렸다. 그리고 어느 즈음엔가, 공원에 설치된 스피커에서 진짜 음악이 들렸다. 그때는 그게 무슨 음악인지 몰랐으나 이제는 안다. 차이코프스키의 발레곡 중 〈잠자는 숲속의 미녀〉 1막 오로라 독무 부분의 음악이었다. 공원을 찾은 다른 방문객들에게 차이코프스키의 발레곡은 그냥 낯선 음악에 불과했을 테지만 엄마의 친구들에게는 아니었다. 엄마의 친구들은 장난스럽게 오로라 공주의 안무를 조금씩 따라 했다. 기분이 좋았던 엄마도 가느다란 팔을 우아하게 움직였다. 그때 엄마의 친구들은 엄마를 띄워 주려고 했는지, 박수를 치면서 부추기는 말을 했다.

 - 정원아, 일어나서 좀 해 봐.
 - 그래, 우리 중에 네가 제일 잘했잖아.
 - 로열에 있던 실력 좀 보여 줘.

무용을 하는 사람은 조금만 움직여도 티가 났다. 엄마와 친구들은 이미 몇몇 사람들의 시선을 끌고 있었다. 다들 젊었고, 예뻤고, 가늘었고, 동작은 우아했으니 당연한 일이었다. 엄마는 부끄러운 듯이, 그러나 오랜만의 관심이 싫지 않은 듯 웃으면서 자리에서 일어났다. 엄마의 친구들이 핸드폰을 꺼내 들었고, 엄마는 잠깐 포지션을 잡고 호흡을 정돈하더니, 음악에 맞춰 아주 가볍게 몸을 움직였다. 아름다운 오로라 공주였다. 사람들이 감탄하는 게 느껴졌다. 나는 엄마가 너무 낯설어서 당혹스러웠고, 너무 아름다워서 눈을 떼지 못했다. 실제로 엄마가 움직인 시간은 1분이 채 되지 않았을 것이다. 나에게는 그 짧은 시간이 60분짜리 무대로 느껴졌다. 엄마가 돌연 팔을 내리고, 턱을 숙이고, 세웠던 발끝을 다시 내렸을 때, 나는 작은 손으로 마구 박수를 쳤다. 주변에서도 마찬가지였다. 그러나 엄마는 멋진 춤을 춘 주인공이 아니라 꼭 무대를 망친 연극배우 같은 표정이었다. 엄마의 친구들이 먼저 그 어두운 낯빛을 알아보고 서로 눈치를 봤다. 엄마는 아무런 말 없이 자리에 앉았다.

그날, 집으로 돌아와서 엄마는 나를 때렸다. 이번에는 이유도 없었다. 그날, 통증보다 강렬했던 것은 엄마의 눈물이었다. 엄마는 맞는 나보다 서럽게 울었고, 괴롭힘은 더욱 악랄했고, 그러다 결국은 거실에 주저앉아 오열했다. 나는 무릎으로 기어가 엄마에게 잘못했다고 빌었다. 그때는 육체에 가해지는 폭력이 엄마의 눈물보다 견디기 쉬웠다.

#20

- 엄마, 잘못했어요. 제발 울지 마세요.

그렇게 빌었던가. 저 멀리 어디선가 어린아이의 목소리가 들리는 듯했다. 목소리는 점점 커져서 머리가 아플 정도였다. 이마를 꾹 누르며 눈을 번쩍 떴다. 익숙한 구도와 빛이 눈에 들어왔다. 기절을 하고 나서 깨어날 때마다 보던 그 광경이었다.

"링거 맞히지 말라니까…."

"사람이 그렇게 기절하는데 그럼 손 놓고 있냐."

옆을 보니, 머리가 헝클어지고 가뜩이나 하얀 얼굴이 어째 더 창백해진 강유리가 있었다.

"원장 선생님은?"

"콩쿠르. 구급차 부르고 나 태워서 보내셨어. 오슬비는 최재호 때문에 거기 남아 있고."

하긴, 원장 선생님이나 오슬비나 내 기절은 이미 이골이 날 정도로 봤으니까.

"밥 먹으러 가자."

간호사에게 링거를 뽑아 달라고 부탁했다. 약간의 두통 말고는 다 괜찮았다.

"나 원래 기절했다 깨어나면 바로 밥 먹어. 탄수화물 가득한 고칼로리로."

강유리는 미심쩍은 눈으로 날 봤지만, 어쨌건 내 말을 따라 주었다. 우리는 병원 근처의 칼국수집으로 갔다. 강유리는 계속 눈을 세모나게 뜨고 나를 봤는데, 정말 괜찮은 건지 가늠하려는 것 같았다. 그러거나 말거나 후루룩후루룩 칼국수를 먹었다. 반 그릇 가까이 비웠을 때에야 그 애가 허탈하게 웃었다.

"장렬하게 기절한 것치고는 뒤끝이 없다?"

"한두 번 겪는 게 아니니까. 너도 보다 보면 익숙해져."

강유리가 열무김치를 아삭아삭 씹었다.

"상상했던 것보다 끔찍하더라."

내가 기절하는 상황을 상상까지 했었나 보다. 그걸 내 앞에서 대놓고 이야기하는 이 애의 정신 상태도 확실히 정상은 아니지 싶었다. 나도 질세라 열무김치를 씹었다. 강유리는 열무김치 하나를 통째로 다 먹더니 한 마디 더 했다.

"화도 나고."

"뭐?"

"저러면서 기어코 무대에 선다는 게 화가 나더라고."

또 그 표정이었다. 뭔가 하나가 뒤틀린 표정. 예의를 다 집어치우고, 감췄던 속마음 하나를 끄집어낸 얼굴. 그러나 나를 향한 얼굴이라기보다는

꼭 자기 자신에게 비틀린 게 있는 것처럼 보이는 얼굴. 뭐라고 대답하면
좋을지 한참 말을 고르다가 입을 열었다.

"너… 혹시 나한테 화내는 거 맞아?"

"무슨 소리야?"

"내가 아니라… 꼭 너 스스로한테 화내는 것처럼 보여."

분주하던 강유리의 젓가락질이 잠시 멈췄다. 그 애가 천천히 등을 의
자에 붙이고, 굳어진 얼굴로 나를 쳐다봤다. 내 시선은 자연스럽게 바닥
으로 떨어졌다. 그 와중에도 나는 얼마 전부터 생각해 왔던 것을 말할까
말까 고민했다. 그걸 말해도 될까. 엄청 화를 낼지도 모르는데. 사실 방
금 전에 한 말도 엄청나게 용기를 내서 한 말이었다.

"계속 말해 봐."

그런 나를 부추긴 것은 강유리였다. 나는 속으로 진땀을 빼면서도 에
라 모르겠다, 질러 버렸다.

"너는 나더러 애를 쓰는 게 거슬러서 신경이 쓰인다고 했지만, 그게 아
닌 것 같아. 강유리 너, 나한테서 뭘 보고 있는 거야?"

강유리가 내 쪽으로 슥- 몸을 기울였다. 느릿하게 다가오는데도 입안
이 바짝 말랐다. 그 애가 다가오는 만큼 몸을 뒤로 물렸다. 강유리가 작
게 오, 하고 탄성을 내뱉었다.

"제법이다, 너."

무겁게 느껴지는 분위기와 달리 어조는 가벼웠다. 일부러 가볍게 말하
려고 한 게 아닐까. 강유리가 자신에 대해서 뭐라도 얘기해 줄지 모른다
는 생각이 들었다. 다시 한번 용기를 내서 식탁에 박아 두고 있던 시선을
슬그머니 올렸는데, 그때 드드득- 하고 진동이 울렸다. 수저통 옆에 둔

강유리의 핸드폰이었다. 액정에는 '한마음병원'이라고 떴다. 강유리는 잽싸게 전화를 받았다. 볼륨이 커서 상대의 소리가 새어 나왔다.

– 신수연 님 아드님 되시죠? 보호자로 등록되신 강현모 씨 연락이 안 되어서요. 최근에 어머님 상태가 안 좋아져서 가족 분들이랑 상담을 좀 해야 할 것 같습니다. 아버님께 말씀드려서 병원으로 전화 한번 달라고 얘기해 주세요.

심상치 않은 내용이었다. 강유리는 차분하게 '네, 네' 하고 대답했지만 전화를 끊고 작게 욕설을 중얼거렸다.

"나 잠깐 통화 좀 하고 올게. 먹고 있어라."

아버지와 통화를 하려는 것 같았다. 혼자 남아서 칼국수를 꾸역꾸역 입으로 밀어 넣으며, 한마음병원이 무슨 병원인지 생각했다. 왜인지 익숙한 이름이었다. 병원 이름이 원래 다 비슷비슷해서 그런가 싶었는데, 갑자기 번뜩 떠올랐다. 입원실도 있는 제법 규모가 큰 정신과 병원이었다. 한창 여기저기 심리치료를 받으러 다닐 때 나도 갔었던 곳이다. 아까 핸드폰 너머로 흘러나왔던 발신자의 목소리를 되짚어 보았다. '어머님' '상태가 안 좋아서' 등의 말들이 떠올랐다. 마른침이 꼴깍 넘어갔다. 목이 아팠다.

강유리는 한참이 지나고서야 들어왔다. 깨작깨작 먹었음에도 내 칼국수 그릇은 거의 비어 있었고, 맞은편의 그릇은 면이 통통 불어서 꼭 뇌가 한 덩어리 들어 있는 것 같았다.

"다 먹었으면 가자."

"더 안 먹어…?"

"저렇게 불었는데?"

그러나 강유리는 칼국수가 방금 나왔다고 해도 먹지 않았을 것이다. 버스 정류장까지 가는 동안, 우리는 한 마디도 하지 않았다. 나는 강유리의 눈치를 봤고, 강유리는 뭔가를 골똘히 생각하고 있었다. 아니면 잔뜩 화가 났는지도 모른다. 멀리서 정류장이 보이기 시작하자 초조해졌다. 오늘이 아니면 강유리의 입은 영영 열리지 않을지도 모른다. 그럼 나는 저 미스터리한 천재에 대해서 영영 제대로 알 기회가 없을 것이다. 그런 생각이 들자 걸음이 느려졌다.

'이상해. 다른 사람에 대해 관심도, 신경도 쓰인 적이 없는데, 왜 강유리만 이렇게 신경이 쓰일까.'

내가 뒤처지는 것도 모르고 여전히 생각에 잠긴 채로 자박자박 걸어가는 뒷모습을 바라보았다. 방금의 일 때문인지 힘들고 외롭게 보였다. 다시 보폭을 맞추었을 때, 문득 원장 선생님이 했던 말이 떠올랐다. 너네는 비슷한 구석이 있다는 말.

'얘랑 나랑?'

곁눈으로 힐끗 쳐다보았으나 역시 닮은 곳은 하나도 없었다. 우리는 겉모습도, 성격도 많이 달랐다. 대체 어디가 비슷하다는 걸까.

"뭘 자꾸 힐끔거려."

"어?"

"훔쳐봤잖아."

"아, 아니 훔쳐본 게 아니라… 그냥 우리가 좀 비슷한 데가 있나 해서."

당황하니까 이상한 말들이 쏟아진다. 저번에도 이런 비슷한 일이 있었다. 그리시코에 갔다가 서울숲에 들렀던 날이었다. 그때도 강유리는 내가 자꾸 힐끗거려서 할 말이 있는 줄 알았다며 나를 데리고 편의점에 갔었다. 얼굴이 화끈거렸다. 분명히 핀잔이 날아올 거라고 생각했는데, 의외로 강유리는 날 물끄러미 내려다보다가 픽 웃었다.

"그럴지도 모르겠다."

그리고 딱 그 타이밍에 버스 정류장에 도착했다. 바로 뒤쪽에서 우리 집으로 가는 버스가 오고 있었다. 강유리도 그걸 확인하고는 손으로 인사를 했다. 나는 그 버스를 타고 싶지 않았다. 뭐가 '그럴지도 모르겠다'는 것인지, 너한테 무슨 일이 있는 건지 이야기를 해 보고 싶었다.

"잘 가."

강유리가 아까보다 풀어진 얼굴로 잘 가라고 말하지 않았다면, 나는 나도 모르게 그 애를 붙잡았을 것이다. 카페라도 갈래, 물었을 것이다. 다만, 얼음장 같았던 그 애의 얼굴이 조금 녹아진 것, 그것이 좋아서 나도 조용히 손을 흔들었다.

'언젠가 물어볼 수 있겠지.'

한결 편해진 마음으로 핸드폰 화면을 켰다. 원장 선생님에게 부재중 전화가 10통이나 와 있었다. 카톡을 열어 보니, 왜 병원에 없냐, 어디냐, 강유리는 왜 통화 중이냐 류의 메시지도 잔뜩 와 있었다.

#21

　원장 선생님의 상심한 마음은 티가 났다. 나를 볼 때마다 어딘지 착잡한 표정으로 입맛만 다시다가 끝내 고개를 돌렸다. 원장 선생님은 이번에야말로 내가 기절하지 않을지도 모른다고 기대했던 것이다. 강유리와 내가 파드되를 연습하면서 변화가 있을 거라고 생각한 모양이었다. 원장 선생님은 실망한 만큼 체념한 듯했고, 나를 향해서 끈질기게 쏟던 열정을 오슬비에게로 돌린 것 같았다. 나와 오슬비를 대하는 태도에 미세한 온도차가 생겼다. 그게 몹시 섭섭하고 아팠다. 무대에 서지 못하는 것보다 그게 더 고통스러웠다. 그렇지만 달리 생각해 보면 당연한 것이기도 하고, 어쩔 수 없는 일이기도 했다. 나는 고통을 속으로 삼켰다. 그건 내가 잘하는 것 중에 하나였다.

　세미파이널을 준비하는 오슬비는 사람들의 시선을 끌었다. 최근에 눈에 띄게 실력이 좋아지고 있었다. 최재호는 오슬비가 학교 실기 시간에 독기를 품고 연습을 한다고 했다. 집중력도 훨씬 좋아졌고, 종종 강유리에게 말을 걸고 장난을 치던 모습도 사라졌다. 연습 중에는 최재호와도 거의 말을 하지 않았다. 연습량이 많은 무용수는 토슈즈를 2, 3일에 하나씩 갈기도 하는데, 최근의 오슬비가 그랬다. 최재호가 "국내 콩쿠르인데 그렇게까지 독기 품고 할 일이냐"고 농담처럼 말해도 오슬비는 묘한 표정만 짓고 대꾸하지 않았다.

늦게까지 연습을 하고 집에 들어갔을 때, 막 씻고 나오던 오슬비와 마주쳤다. 슬비는 머리의 물기를 꾹꾹 누르며 나를 지나쳤다. 라벤더 향이 났다.

"이제 씻었어?"

"응. 집에 와서 조금 더 했어."

"무슨 일이야, 요즘 유난히 열심이네."

조금이라도 심각한 느낌이 나지 않았으면 하는 마음에 일부러 장난스럽게 말했는데 말해 놓고 보니 이것도 왠지 이상하게 들렸다.

"두리 너 저번에 강유리랑 파드되 할 수 있다고 말했던 거 기억나?"

원장 선생님이 파드되 짝을 바꾸려고 했던 날을 말하고 있었다. 나도 모르게 "할 수 있는데요" 하고 불쑥 나섰던 그날도 오슬비는 내 침대로 기어 들어와서 이 일에 대해 이야기했었다.

오슬비는 선선하게 웃었지만 조금 차갑게 보였다. 어두운 조명 때문이었을 것이다.

"그때 이후로 마음이 근질거려서 가만히 있을 수가 없어."

나를 탓하는 게 아니었지만 꼭 탓하는 것처럼 들렸다. 저건 나한테 뭐라고 하는 게 아니야, 내가 그냥 그렇게 느끼는 것뿐이야. 과거의 경험이 내 사고를 왜곡하는 거라고. 마인드 컨트롤 하느라 대답을 하지 못했다. 오슬비는 한마디 더 덧붙였다.

"강유리가 나랑 파드되를 춰 보고 싶다고 생각했으면 좋겠어."

169

한 치의 망설임도 없는 솔직한 말이었다. 왜인지 복부가 바짝 조여 들었다. 나는 멍청하게 서 있었다. 오슬비는 갑자기 아하하, 하고 웃음을 터뜨렸다. 꼭 사탕 뺏긴 어린애 같은 표정을 하고 있다며 내 등을 찰싹찰싹 때렸다. 그 애를 따라서 나도 어색하게 웃었다. 속으로는, 만약 강유리가 같이 파드되를 추고 싶다는 마음이 들게 만든다면 그건 엄청난 일일 거라고 생각했다. 강유리는 발레에서 의미를 찾지 못하겠다고 말하는 애고, 어딘가가 비틀려 있는 애니까.

'할 수 있을까?'

오슬비의 도발적이고 매력적인 키트리는 점점 더 완성형이 되어 가고 있었다. 그 키트리를 볼 때면 나도 마음이 들썩거렸다. 그러니 강유리의 마음도 움직일 수 있을 법했다. 만약 오슬비의 춤이 강유리의 비틀린 마음을 풀어 내서 둘이 무대를 하게 된다면 틀림없이 아름다운 파드되가 나올 것이다. 강유리의 매끄럽고 정확한 몸짓과 오슬비의 매혹적인 몸짓이 호흡을 맞추면 관객들은 자기 의지와 상관없이 무대로 빨려 들 것이다. 춤을 추는 당사자들도 깊은 황홀감을 느끼지 않을까. 무대를 끝내고 나면, 강유리는 기분 좋게 웃음을 터뜨릴 것이다. 그 애가 이제껏 본 적 없는 시원한 웃음을 짓는 게 상상이 되었다.

"계속 거실에 있을 거야?"

오슬비가 계단을 오르며 물었다. 딱히 그럴 생각이 없었는데도 나는 고개를 끄덕였다. 오슬비가 제 방으로 올라가고, 나는 거실 소파에 몸을 파묻었다. 아까부터 몸에 열이 오르는 것 같았다.

'나는 어떨까…?'

강유리가 나와 함께 파드되를 추고 싶다는 열망을 가지게 만들 수 있을까. 지금처럼 뭔가가 거슬려서가 아니라, 정말 나와 무대를 만들어 보고 싶다는 마음을 느끼도록 할 수 있을까. 걔랑 그런 마음으로 같이 무대를 한다면 어떨까. 하나부터 열까지 마음이 통하고, 호흡이 통하는 그런 무대를 함께 해낸다면 틀림없이 엄청난 기분이 들겠지. 어디서도, 누구와도 해 보지 못한 경험일 거고, 나는 한 번도 들여다보지 못한 세계일 것이다.

'호흡을 맞추고, 감각을 맞추고, 마음을 맞추고, 서로 끌어 주고, 당겨 주고, 이해하고, 이해받고…'

얼마 전, 원장 선생님이 했던 말을 곱씹으며 소파에서 몸을 일으켰다. 2차 예선 무대 때 끝내 다 선보이지 못한 지젤의 포지션을 잡았다. 머릿속에서 잔잔하게 울리는 음악과 함께 몸을 움직였다. 그러나 몸은 곧 무거워졌다. 마음이 무거웠기 때문이다.

"나는… 그런 거 모르는데…"

호흡을 맞추고, 감각을 맞추고, 마음을 맞추고, 서로 끌어 주고, 당겨 주고, 이해하고, 이해받고… 나는 그게 무엇인지 모른다. 모르니까 할 수 없다. 내가 아는 것은 눈치를 보고, 참고, 도망치고, 묻어 두고, 견디고, 외면하는 것들뿐이다. 마음이 아팠다. 울음 같은 것이 가슴 밑바닥에서 울렁거리는 게 느껴졌다. 호흡도 가빠졌다. 무대 위가 아닌데도 자꾸 몸이 이상했다. 허리를 숙이고 숨을 편하게 쉬려고 헉헉거렸다. 그 와중에 2차 예선 무대 전, 강유리가 '또 엄마가 보이면 자기를 보라고' 했던 말이 떠올랐다. 너의 과거에는 내가 없으니, 내 현재의 기억에만 있는 자기를 보면 좀 낫지 않겠냐고 했던 그 말들이 나를 또 움직였다. 홀린 듯이 핸드폰을 집어 들고, 강유리에게 전화를 걸었다. 연습 때문에 간간히 카톡은 해 왔지만, 전화를 하는 건 처음이었다. 새벽 1시였다. 정신이 번쩍 들었다. 이게 웬 진상 짓인가. 후다닥 통화 종료 버튼을 누르려는 순간, 낮게 잠긴 목소리가 들렸다.

– 이 시간에 무슨 일이야.

힉, 하고 우스꽝스럽게 숨을 들이켰다. 들렸을까. 잠깐의 침묵 뒤에 부스럭거리는 소리가 들렸다.

– 어디 아프냐? 왜 또 숨이 그래?

머리가 하얘져서 아무런 말도 할 수가 없었다. 핸드폰 너머로 강유리 혼자 말을 이었다.

– 막 누웠는데 너 때문에 일어났어. 무슨 일인데?

방금의 부스럭거리는 소리는 몸을 일으키는 소리였나보다.

– 5초 안에 대답 안 하면 119에 신고하든, 오슬비한테 전화하든 한다.

– 아니, 아니야. 나 괜찮아.

– 괜찮은 거 맞아? 괜찮은데 갑자기 전화를 하냐? 그것도 이 시간에.

그러니까 말이다. 뭔가 이유가 있어야 이 이상한 짓에 대해서 설명을 하든, 변명을 하든 할 텐데 나도 왜 갑자기 냅다 전화를 걸었는지 알 수가 없었다. 대답하지 못하는 1초, 1초가 꼭 10분, 20분 같았다. 누가 보는 사람도 없는데 소파에 무릎을 꿇고 뻣뻣하게 앉아서 핸드폰을 붙잡고 있었다.

– 아니, 그… 다른 게 아니라…:

– 응, 뭐. 말해.

– 저, 저번에 네가 한 말이 생각나서. 기절할 것 같으면… 너를 보라고.

아아– 아아아– 당장이라도 핸드폰을 던져 버리고 싶다. 강유리는 아무런 대답이 없었다. 틀림없이 인상을 찌푸리고 있을 것이다. 갑자기 새벽 1시에 전화를 해서는 이따위 말을 하다니.

- 저, 저번에… 2차 예선 무대 전에… 엄마가 또 보이면 너를 보라고….

또 말꼬리가 늘어졌다. 결국 문장도 제대로 맺지 못하고 입을 다물었다. 그나마 다행인 건, 강유리가 눈앞에 없다는 거였다. 무릎을 꿇고 앉은 채로, 벌게진 얼굴을 수그리고, 어버버 거리고 있는 이 바보 머저리 같은 몰골을 강유리가 보지 못한다는 게 그나마 위안이었다.

- 응, 근데 그거 효과 없었잖아?

한참 만에 대답이 들렸는데. 목소리 끝에는 작은 웃음기가 실려 있었다. 덕분에 더욱 참담한 심정이 되었다.

- 으응… 근데, 방금 또 기절할 것 같아서… 갑자기 그 말이 생각나서….

결국 강유리가 웃는 소리가 들렸다. 낮은 목소리로 짧게 이어지던 웃음소리는 가벼운 숨과 함께 잦아들었다.

- 그래, 잘했네.

느릿한 말투는 기분이 좋은 것처럼 들렸다.

- 그래서 이번에는 효과가 좀 있어?

그때서야 기절의 전조 증상이 씻은 듯이 사라진 것을 깨달았다. 게다가 심장은 빠르지만 기분 좋게 콩콩 뛰고 있었다. 효과가 있다고 대답하자, 강유리는 한층 더 편안한 목소리로 다행이라고 했다. 그때부터 나도 긴장이 풀려서 우리는 자연스럽게 소소한 대화를 나눴다. 뭘 하고 있었는지, 내일은 뭘 할 건지, 요즘 넷플릭스에서 핫한 영화는 뭐가 있는지, 몸 컨디션이 어떤지 같은 것들을.

오슬비는 때때로 늦은 밤에 제 친구들과 통화를 하곤 했다. 그런 날에는 바로 옆에 있는 내 방에까지 통화 소리가 들렸다. 뭐 그렇게 할 말이 많고, 뭐 그렇게 재밌는 이야기가 많은지 갑자기 웃음을 터뜨리기도 하고, 별것 아닌 이야기를 조근조근 이어 가기도 했다. 저렇게 친구와 밤새워 조잘대는 것은 어떤 기분일까 궁금하기는 했다. 이제는 알겠다. 선선한 여름날에 그늘에서 시원한 바람을 맞는 것 같은 기분이었다.

#22

올해 서울국제무용콩쿠르 참가자들의 수준은 그 어느 때보다도 높았다. 그럼에도 오슬비는 세미파이널을 거뜬하게 통과하고 파이널 무대에서 그랑프리를 거머쥐었다. 최재호도 발레 주니어 남자 부문에서 1등을 했다. 시상식은 파이널 무대 다음 날에 열렸는데, 오슬비와 최재호가 호명되어 올라갈 때의 박수소리는 유난히 컸다. 오슬비는 꼭 고고한 여왕 같았다.

시상식이 끝난 뒤에는 리셉션이 있었다. 국제 발레단의 예술감독이나 자문위원, 국제 무용학교의 교장 등 프로페셔널한 이력의 심사위원들과 수상자들이 모여서 음식을 먹으며 이야기를 나눌 수 있는 자리였다. 원장 선생님과 나, 강유리도 함께 리셉션에 참석했는데, 내가 들어가자 케이터링된 음식을 오물오물 씹으며 오가던 대화의 흐름이 순간적으로 끊기는 게 보였다. 수상자들이 나를 힐끔거렸다. 고개가 저절로 수그러들었다. 발로 애꿎은 바닥만 문지르고 있는데, 강유리가 어? 하고 어리둥절한 소리를 냈다.

"심사위원 중에 저 사람이 있었어?"

강유리의 시선은 심사위원들 쪽에 박혀 있었다.

"어? 누구?"

"저기 저 남자. 젊고, 베이지색 정장 재킷 걸친 백인."

강유리가 가리킨 사람은 이번 콩쿠르 심사위원 중 한 명인 '세르게이 페도토프'였다. 현 ABT(American Ballet Theatre) 수석 무용수.

"ABT 수석 무용수잖아. 왜?"

"그래, 세르게이 페도토프. 아는 사람이야. 러시아에 있을 때, 마스터 클래스에서 만났었어."

강유리 말로는, 세르게이 페도토프는 그때도 이미 유명 발레단의 무용수였지만 마스터 클래스에서 다양한 무용수를 만나는 게 좋아서 가끔 그렇게 다닌 모양이었다. 강유리는 세르게이가 프로라는 걸 알았고, 세르게이도 단박에 강유리의 실력을 알아보았다. 둘은 한동안 마스터 클래스를 함께 다니면서 친해졌다고 한다.

"잠깐 나 인사 좀 하고 올게."

강유리는 훌쩍 가 버렸다. 원장 선생님이 옆에서 "이제야 쟤가 볼쇼이에서 왔다는 게 실감이 나네" 하고 중얼거렸다. 그건 나도 마찬가지였다. 늘 '볼쇼이 장학생'이라는 꼬리표를 인식하고 있기는 했으나 엄청나게 실감이 나지는 않았다. 이렇게 눈앞에서 ABT 수석 무용수이자 콩쿠르 심사위원과 친분이 있다는 걸 보고 나니까 좀 얼떨떨했다. 아마 오슬비와 최재호도 똑같은 마음이었을 것이다.

어벙벙하게 서 있던 우리 중에서 가장 먼저 움직인 것은 오슬비였다. 오슬비는 옷 매무새를 가다듬고, 머리를 매만지더니 당당한 걸음걸이로 강유리와 세르게이 페도토프가 있는 쪽으로 갔다. 최재호도 어어- 하면서 오슬비를 따라갔다. 옆에서 원장 선생님이 가만히 있는 나를 툭 쳤다.

"너는 안 가 볼 거야?"

"네?"

"ABT 발레단 수석 무용수에 콩쿠르 심사위원이야. 다른 심사위원도 많고. 한번 가 보지 그래?"

"제가 뭐 하러요."

말이 끝나기 무섭게 원장 선생님이 등을 후려갈겼다. 앗, 소리가 제법 크게 터져 나와서 주변의 애들이 나를 째려봤다.

"나는 네가 이전보다는 욕심 있는 애가 된 줄 알았는데 정말 아니야?"

욕심 있는 애. 욕심이라는 단어가 너무 낯설게 들렸다. 원장 선생님은 방금 때린 등을 이번엔 부드럽게 밀었다. 마침 강유리가 나를 보더니 오라고 손짓했다. 강유리 주변의 심사위원들의 눈동자가 모두 나를 향했다. 생각보다 먼저 발이 더듬더듬 움직였다. 내가 강유리 곁에 서자, 그 애 입에서 영어가 유창하게 흘러나왔다.

"기억하시죠? 예선에서 기절한 애요."

말을 해도 꼭 저렇게….

얼굴이 화끈거렸다. 강유리는 그 말만 던져 놓고는 치즈를 올린 크래커를 우물우물 씹었다. 먹느라 정신이 팔린 그 애가 더 이상 대화를 이어 가지 않자, 어색해서 발바닥에 땀이 날 지경이었다. 다행히 세르게이가 말을 걸어 주었다. 영어이기는 했지만 얼추 알아들을 수 있었다. '기절하기 전까지는 참 좋았다, 안타깝다.' 뭐 이런 내용인 것 같았다.

"아… 네. 어… 땡큐."

하지만 입에서 나오는 대답은 너무 형편없었다. 하기야 한국말도 많이

하는 편이 아닌데 영어로 자연스럽게 말할 수 있을 리가. 반면에 오슬비
는 무리 없이 세르게이와 대화를 이어 나갔다. 국제 대회에 출전하면서
영어의 필요성을 절실하게 느끼고 틈틈이 영어공부를 해 온 덕이었다.
오슬비는 세르게이와 다른 심사위원들에게 뵙게 되어서 정말 영광이라
는 뉘앙스의 말들을 했고, 심사위원들은 따뜻한 미소로 화답했다. 오슬
비의 춤에 대한 코멘트와 장래를 기대하는 말들이 오갔다. 최재호도 주
춤주춤 끼어들어서 몇 마디를 나누었다. 나는 그 틈에서 어색한 미소만
짓고 있었다. 역시 괜히 끼어들었다. 어떻게 다시 자연스럽게 빠져나갈
까. 생각 같아서는 이 리셉션 장에서 나가 버리고 싶었다. 다행인지 불행
인지, 내가 답을 찾기 전에 강유리가 크래커를 다 먹었고, (5, 6개는 먹은
것 같았다.) 세르게이에게 뭐라고 이야기를 건넸다. 이번에는 영어가 아니
라 러시아 말이었다. 중간에 나를 향해 손짓을 하는 걸로 봐서는 내 얘
기를 하는 것 같았다. 세르게이도 중간중간 나를 지그시 바라보았다.

'뭐야. 또 무슨 말을 하는 건데.'

내 고개는 점점 땅으로 떨어졌다. 내가 완전히 바닥을 보기 전에, 세르
게이가 한 걸음 가까이 다가왔다.

"원래는 실력이 아주 좋다면서? 노력도 많이 하고."

이번에는 영어였다.

"예에…?"

말의 내용으로 보아, 강유리가 세르게이에게 나를 칭찬한 모양이었다.
괜히 귀가 뜨거웠다. 또다시 시선이 바닥으로 떨어지려고 하는데, 세르게
이가 내 어깨를 툭툭 두드렸다.

"나중에 강유리 하고 ABT에 한번 놀러와. 아, 네 친구들도 같이."

그는 강유리와 오슬비, 최재호를 한 명 한 명 지그시 보았다.

"올해나 내년에는 이름 있는 콩쿠르에 참여해서 깊은 인상을 남길 수 있도록 해 봐. YAGP도 좋겠네."

"YAGP 좋지."

강유리가 무심하게 대꾸했다. 세르게이는 강유리의 어깨를 툭 쳤다.

"너도 아카데미에서 완전히 쫓겨나면 콩쿠르에 매진하는 수밖에 없을 테니까 남 일이라고 생각하지 말고 새겨들어. 아 물론 이미 모스크바 아카데미에서 웬 동양인 한 명이 건방을 떨다 쫓겨났다는 소문이 파다해서 처음부터 그랑프리에서는 제외될 수도 있겠지만."

농담인지 진담인지 모를 말을 던지고는 유쾌하게 웃는다. 강유리는 조금도 개의치 않는 얼굴로 크래커를 하나 더 집어 들었다. 세르게이는 마지막으로 다시 나를 쳐다보았다.

"너도 YAGP에 도전해 봐. 네가 기절하지 않고, 온전히 한 곡을 췄을 때 어떨지 궁금하거든."

그 말은 아주 아찔하게 들렸다.

'YAGP, 유스 아메리카 그랑프리…'

각 나라의 발레 인재들이 치열하게 경쟁하는 무대가 떠오른다. 여왕 같은 얼굴로 몸을 풀고 있는 오슬비나 긴장한 티를 안 내려고 괜히 툴툴거리는 최재호. 그리고 그 콩쿠르에서 누구보다 여유 있게 가장 아름다운 춤을 출 게 분명한 강유리. 그 틈에 이방인처럼 어정쩡하게 끼어 있는 나도. 심장이 쿵쾅거렸다.

"왜 또 그렇게 굳어 있어?"

현실 속의 강유리가 살짝 고개를 숙여서 눈을 마주쳐 왔다. 잠시 나를 들여다보다가 씩 웃는다.

"바짝 굳어 있길래 또 기절 증상이 오나 했네."

내가 괜찮다는 걸 확인한 강유리는 크래커를 하나 건넸다. 먹을 생각이 없었는데도 집어 들게 된다. 한입 물자, 바삭 하고 깔끔하게 부서졌다.

리셉션이 끝나고 원장 선생님은 나와 강유리, 오슬비와 최재호를 데리고 소고기집에 갔다. 다들 고생하기도 했고, 제자가 나란히 우수한 성적을 거두었으니 그냥 들여보낼 수 없다며 호기롭게 카드를 빼들었다.

"오늘만큼은 체중 생각하지 말고 먹어라."

하지만 정작 주문할 때는 탄산음료와 냉면은 금기 메뉴였다. 고기를 굽고, 먹고, 떠들면서 분위기가 한껏 무르익을 즈음이었다. 원장 선생님의 핸드폰이 울렸다. 원장 선생님은 고개를 갸우뚱하더니, 폰을 들고 밖으로 나갔다. 잠시 뒤에 다시 들어온 원장 선생님은 대뜸 강유리를 쳐다봤다.

"너 왜 아버지 연락 안 받아? 나한테 전화 왔잖아."

강유리의 표정이 순식간에 굳어졌다.

"여기 자리 파할 때쯤 데리러 오신대. 다른 데로 새지 말고 딱 있으라고 하네."

강유리는 원장 선생님의 말이 끝나기 무섭게 젓가락을 식탁 위에 내려놓았다. 그 애는 망설임 없이 자리에서 일어났다. 원장 선생님이 이게 뭐 하는 버르장머리냐고 꾸짖었지만 강유리는 꿈쩍도 하지 않았다.

"먼저 가 보겠습니다. 아빠한테는 제가 다시 연락드릴게요."

"강유리, 여긴 러시아가 아니라 한국이다. 저번에 무단결석 했을 때 이미 내 인내심은 바닥났으니까 신경 긁지 말고 앉아."

"죄송합니다. 가 보겠습니다."

강유리는 가볍게 목례를 하더니 식당을 나갔다. 원장 선생님은 야- 야- 하고 소리치다가 사람들이 쳐다보자 더 뭐라고 하지 못하고 씩씩거렸다. 방금까지 좋았던 분위기가 거짓말처럼 가라앉았다. 오슬비가 의자에 기댔던 등을 세웠다. 당장 쫓아 나갈 것 같은 기세였다.

"왜 저래? 내가 한번 따라…."

오슬비의 말이 끝나기 전에 내가 먼저 자리에서 일어났다.

"내가 가 볼게."

나는 허둥지둥 가게를 나왔다. 가까스로 저만치 한참을 걸어 나간 뒷모습을 발견했다. 이름을 부르면 도망칠까 봐 그냥 조용히 쫓아갔다. 강유리는 통화를 하고 있었다. 성난 목소리가 들렸다.

"엄마 집으로 갈 거니까 신경 꺼. 빈 집이 뭐가 어때서. 적어도 아빠랑 같이 있는 것보다는 나아!!"

타이밍이 거지 같았다. 뛰던 걸음을 늦추었다. 몇 걸음 떨어져 어찌 해야 할지 고민하는 사이, 강유리는 손을 들었다. 저만치서 택시가 오고 있었다. 나는 아까 가게에서 오슬비를 막아섰던 것처럼 강유리의 옷소매를 붙잡았다. 강유리는 나를 발견하고는 잠시 놀라더니 골치 아픈 듯 한숨을 쉬었다.

"뭐야."

"얘, 얘기 좀 해."

이럴 수가. 어쩜 이렇게 진부한…. 그사이에 택시가 지나가 버렸다. 강유리는 한층 더 언짢아진 표정으로 눈을 질끈 감았다. 낄 곳, 안 낄 곳을 구분 못 하는 머저리로 보이겠지. 하지만 정작 자기도 내 사정을 들쑤시지 않았던가. 그 애가 나를 거슬려 하는 것처럼 나도 강유리가 거슬렸다. 아니, 그보다는 그 애에 대해 알고 싶었다. 위로해 주고 싶은 마음도 있었다. 그건 왠지 나와는 어울리지 않는 말이었지만, 강유리에게는 그런 마음이 들었다.

"너는 나에 대해서 알지만, 나는 너에 대해서 모르잖아…."

"뭐?"

"그런 게 무슨 파트너야. 원장 선생님이 그랬단 말이야. 파드되는 마음을 맞추고, 이해하고, 이해받는 거라고."

강유리가 무슨 생각을 하고 있는지 알 수 있다면 얼마나 좋을까. 그 애는 입을 꾹 다물었다가 잠시 고민하듯 또 한숨을 쉬었다가, 진동이 울리는 핸드폰을 한번 봤다가 다시 나를 쳐다봤다.

"알겠으니까 길바닥에 이러지 말고, 어디든 가자 그럼."

강유리는 그렇게 말하고는 핸드폰을 꺼 버렸다. 쉬지 않고 울리는 핸드폰 때문에 성질이 나서 자포자기의 심정으로 수락한 것 같기도 했다.

우리는 길바닥 대신 근처 카페로 들어갔다. 강유리는 따뜻한 라테를, 나는 따뜻한 캐모마일 차를 시켰다. 테이블 위에 툭 던져 놓은 강유리의 핸드폰이 신경 쓰였다. 전원을 끈 뒤에도 이 애의 아버지는 몇 번 더 전화를 했겠지. 내 시선을 본 강유리가 핸드폰을 슥 가져가더니 주머니에 넣었다.

"뭐가 궁금한데?"

막상 이런 상황이 닥치니 무엇을 어떻게 물어야 할지 막막했다. 저번에 학원에 무단으로 결석했던 일? 아니면 칼국수 집에서 걸려 왔던 전화? 오늘의 일? 아이, 학원 앞에 마주쳤을 때 부어 있던 뺨에 대해서도 묻고 싶었다. 아니면 그보다 더 근본적인 질문을 해야 할지도 모른다. 너는 무대가, 발레가 별거 아닌 듯이 말했으면서 왜 여기서 이러고 있니. 너는 대체 왜 내가 거슬리니. 저번에도 물어봤지만, 나를 통해서 뭔가 다른 것을 보고 있지는 않니. 많은 질문들이 머릿속을 떠다녔다. 그중에 그 어떤 것도 쉽게 고를 수 없었다. 질문을 고르는 것이 이토록 고민스럽고 심지어 고통스럽기까지 하다니. 다른 사람과 부대끼고 사는 것에 익숙하지 못한 티는 이런 데서도 나는 모양이었다.

"그냥… 다."

"너도 참… 너다."

강유리는 그렇게 말하고는 픽 웃었다. 무엇을 어떻게 말할지 고민하는 것처럼 잠깐 책상을 톡톡 두드리다가 의자 등받이에 몸을 살짝 기댔다가 다시 자세를 바르게 고쳐 앉았다.

"사실 굳이 이런 이야기를 해야 하나, 싶지만 네 말대로 네 사정은 다 물어봐 놓고 나만 입 싹 닫고 있는 것도 뭔가 좀 치사하고…. 야생 고슴도치 같은 네가 사람한테 이렇게 다가오는 것 자체가 대단한 일이니까, 그냥 말해 줄게. 뭐 그렇게 대단한 사연도 아니고."

강유리는 제 가정에 대한 이야기부터 시작했다. 아버지에 대한 이야기가 제일 먼저 나올 줄 알았는데, 엄마에 대한 얘기를 먼저 했다.

"엄마가 중증 우울증으로 입원 중이야. 상태가 안 좋을 때 1, 2주 정도 입원했다가 좀 괜찮아지면 다시 퇴원하기를 반복하는데, 지금은 좀 안 좋은 상태지. 1년 전에 엄마가 우울증을 앓고 있다는 얘기를 듣긴 했는데, 그렇게 심각하게 생각 안 했었어. 요즘 워낙 많다며. 걱정은 됐지만,

이미 그전부터 아버지랑 사이도 좀 안 좋았고, 별거도 하고 있었고, 하나 있는 아들까지 오래 외국에 나가 있으니까 그럴 수도 있겠구나 생각했지. 아빠가 엄마 병원도 다니고, 약도 먹고 있다고 해서 그런가 보다 했다고. 우울증을 마음의 감기라고들 하니까 나도 가볍게 생각한 거지."

강유리는 라테를 한 모금 들이켜더니, 삐딱하게 웃었다.

"마음의 감기라니. 웃기는 소리야. 우울증, 그런 간단한 게 아니더라. 1년 동안 엄마 병은 더 심해져서 귀국하기 두어 달 전에는 자살 시도도 했어. 엄마랑 통화하는 중에, '엄마가 너무 힘들어서 약 먹고 죽으려고 했었는데, 그것도 그렇게 쉬운 일이 아니더라'라고 홀리듯이 말하는 걸 듣고 심장이 철렁하더라고. 엄마한테 자세히 물으면 따져 묻는 걸로 느낄까 봐 아빠한테 전화를 했지. 아빠는 오히려 짜증을 내더라. 그 여자가 너한테 그런 말까지 하더냐고. 타국에서 인생 걸고 공부하는 아들한테 어떻게 그런 말을 하냐고 화를 내더니, 나더러 쓸데없는 데 에너지 쏟지 말고 거기서 하던 거나 열심히 잘 하라고 못을 박더라. 그때 한국에 돌아와야겠다고 결심했어. 왜냐하면 엄마가 그 지경이 된 건, 나랑 아빠 때문이거든. 뭐, 아빠 탓이 7할이고, 내 탓이 3할 정도 되려나."

말투는 점점 더 차가워졌다. 그 말투만으로도 강유리가 느꼈던 분노와 상처가 고스란히 느껴졌다.

"아빠는… 발레밖에 모르는 사람이거든. 게다가 그 사람 밑에서 교육 받고 자란 나는 또 어떻고. 나도 발레에 미쳐 살았어. 그러니까 엄마가 그 지경이 되는 줄도 모르고 속 편하게 춤만 췄지."

나는 나의 엄마를 떠올렸다. 우리 엄마도 발레밖에 모르는 사람이었을 것이다. 내가 태어나면서 엄마는 그 소중한 발레를 잃었고, 인생이 망가졌다. 엄마를 떠올리면 항상 속이 매스꺼웠다. 나는 유리컵을 꽉 붙잡고 다른 것을 물었다.

"그때… 너 전에 뺨 맞고 온 거는…."

강유리는 잠깐 생각하다가 아, 하고 고개를 끄덕였다.

"전에 밤늦게 택시 타고 학원 앞에서 내린 날 말하는 거지? 내가 귀국한 지 얼마 안 됐고, 엄마 우울증도 조금 나아져서 통원 치료를 하고 있었어. 그런데 그날 저녁에 집에 들어가니까 엄마 상태가 너무 안 좋더라고. 이불을 뒤집어쓰고 소리를 지르다가 주먹으로 자기 머리를 때리길래 도저히 안 되겠다 싶었어. 엄마를 끌어안고, 제발 그만 하라고 소리를 질렀지. 나도 너무 힘드니까 제발 그만 하라고. 발레고 나발이고 다 던지고 엄마한테 오지 않았냐고. 그랬더니 엄마가 내 뺨을 때리더라. 자기가 그 지난한 세월을 어떻게 살았는지, 뭘 참으면서 살았는지 모르면서, 가서 너 하고 싶은 거 다 하면서 살다 와 놓고 어떻게 힘들다고 할 수 있냐고…. 네가 발레를 던지고 온 게 그렇게 대단하냐고 악을 쓰면서 따져 묻다가 그냥 죽어 버리겠다고 또 엎어져서 우는데 사람 돌아 버리겠더라. 당장 뛰쳐나오고 싶은데, 그랬다가 엄마가 혹시 나쁜 선택을 할까 봐 무서워서 엄마가 잠들 때까지 기다리다가 나왔지. 그리고 거기서 너를 마주친 거고."

그날 강유리는 쓸쓸하고 외로워 보였다. 이 시간에 여긴 어쩐 일이냐고 묻는 질문에 갈 데가 없어서- 라고 대답했었다. 그날 이 애는 얼마나 괴로웠을까. 심적으로 불안정한 엄마를 보는 것은 자식에게 몹시 괴로운 일이다. 익히 알고 있는 괴로움이었다. 어떤 말도 섣부르게 할 수가 없어서 침묵을 지켰다. 강유리는 많이 피곤해 보였다.

"온두리."

"응."

"너나 나나 왜 아직까지 발레를 붙잡고 이러고 있을까? 한심하게."

강유리는 갈 데가 없었던 그날, 결국 학원으로 온 자신을 깊이 탓했을 것이다. 그러나 그럼에도 그 애가 피할 수 있는 곳은 발레뿐이었을 것이다. 강유리같이 춤을 추는 애가 발레를 떠날 수 있을 리가 없다.

"정말… 왜일까."

강유리는 다시 한번 중얼거렸다. 나는 진심으로 그 말에 대답을 해 주고 싶었지만 그 무엇도 떠오르지 않았다. 우리는 한참을 가만히 앉아 있었다. 라테도, 차도 더 이상 마시지 않고, 그저 앉아 있었다. 이따금 내 핸드폰에서 진동이 울렸으나 우리 둘 다 그 소리를 무시했다. 한참 뒤에 강유리가 자리에서 일어났다. 따라 일어나려는 나를, 강유리는 제지했다.

"먼저 갈게."

강유리의 뒷모습은 덤덤했다. 나는 강유리가 아버지 집으로 갈지, 어머니 집으로 갈지, 아니면 이전에 무단결석을 했을 때처럼 찜질방으로 갈지 궁금했다. 그러다가 문득, 아직 묻지 못한 게 많다는 사실을 깨달았다. 허나 이제는 별로 중요하지 않다. 아니, 들려준다면 듣고 싶었지만 굳이 먼저 물어보고 싶지는 않았다. 그게 그 애를 아프게 할 것 같았다.

15분 뒤에 나도 자리에서 일어났다. 핸드폰에는 원장 선생님과 오슬비의 연락이 잔뜩 와 있었다. 나는 강유리처럼 핸드폰을 꺼 버리고 버스 정류장으로 갔다. 아마 강유리는 택시를 탔을 것이다. 정류장에 멀뚱히 앉아 있는데 찔끔 눈물이 났다. 원장 선생님이 나와 강유리가 비슷하다고 했던 이유를 조금 알 것 같았다. 그 애도, 나도 상처받은 사람들이다. 상처를 받아서 어딘가를 절고 있는 사람들인 것이다. 상처 없는 사람이 어디 있겠냐만은 그 애와 나의 아픔은 결이 비슷했다. 그래서 나는 강유리가 더욱 신경 쓰였던 것 같다. 사정은 몰라도, 상처는 티가 나니까. 강유리도 그래서 나를 유난히 거슬려 했을까. 나는, 나 같은 그 애가 아프지 않았으면 좋겠다고 간절히 바랐다. 그리고 나도 이제 아프지 않았으면 좋겠다. 묻어 두는 게 익숙한 탓에 구태여 내 아픔을 의식하지 않았는데 강유리 때문에 그 아픔이 헤집어진다.

'안 아팠으면 좋겠어. 진짜로 좀 괜찮아졌으면 좋겠어.'

진짜 괜찮아지려면 묻어 두는 것으로는 해결할 수 없다는 걸 나도 알고 있었다. 그걸 알아서 마음이 더욱 저렸다. 자꾸만 눈물이 났다.

#23

경연장 복도의 공기는 무거웠다. 스트레스와 긴장 때문에 몸이 차갑게 느껴졌다. 무용수들은 토시에 저지 같은 것을 두르고 체온을 유지하면서 몸을 풀었다. 다들 경쟁자들의 기에 눌리지 않으려고 일부러 다른 참가자들을 처다보지 않는다. 귀에는 이어폰을 꽂고 자신의 노래에 집중한다. 나도 그들 틈에서 똑같이 몸을 풀었다. 일본에서 온 여자애 한 명이 와앙 울음을 터뜨린다. 옆에서 백인 코치가 여자애를 달랜다.

– 미코 상, 괜찮아. 지금까지 잘해 왔잖아. 연습했던 대로만 하면 돼.

다른 참가자들의 눈이 미코에게 쏠렸다. 내 옆에서 몸을 풀던 오슬비가 인상을 우그러뜨린다.

– 저럴 거면서 국제 대회는 왜 나오냐? 다른 사람들 신경 쓰이게. 온두리, 괜한 데 시간 낭비하지 말고 너한테 집중해. 너 여기서도 기절하면 국제 망신이야.

여기서도? 여기가 어딘데?

난 그제서야 내가 있는 곳이 어딘지 생각해 본다. 주변을 빙글빙글 돌아보는데도 어딘지 모르겠다. 사람들이 나를 이상한 눈으로 쳐다본다. 오슬비가 내 팔을 움켜쥔다.

— 왜 이래? 어디 아파? 벌써 기절할 것 같아?

— 여기가 어딘데?

— 미쳤니, 너? 여기 미국이잖아. 곧 YAGP 세미파이널 무대라고.

YAGP? 속이 울렁거린다. 내가 입고 있는 로맨틱 뛰뛰가 지나치게 화려하게 느껴진다. 오슬비가 내 양 뺨을 꽉 잡는다.

— 정신 차려. 나야 그렇다 치더라도 너는 이게 마지막 기회야. 이번에도 기절하면 넌 앞으로 발레리나로서 가망이 없어.

심장박동이 빨라지는 게 느껴졌다. 다리가 부들부들 떨렸다. 마지막 기회라는 말이 발끝부터 정수리를 관통하는 듯했다.

'기절할 거야. 틀림없이 또 기절할 거야.'

엄마의 얼굴과 원장 선생님의 얼굴이 머리를 스쳤다. 바닥의 타일이 엉망으로 뒤섞였다. 그 틈으로 강유리의 얼굴이 희끄무레하게 떠올랐다.

— 기절할 것 같으면 나를 봐.

나는 문득 파드되라면 무대에서 무사히 해낼 수 있을지도 모른다는 생각을 했다. 그 순간 다리가 휘청였다.

꿈이었다. 실제로 다리가 저려서 한참 주무르고서야 일어날 수 있었다. '세르게이가 YAGP를 언급했던 게 꽤 인상 깊었던 모양이지.'

남 일처럼 생각하면서 화장실로 들어갔는데 거울에 비친 몰골이 심각했다.

어제 버스 정류장에서부터 찔끔찔끔 흘렸던 눈물은 오는 길에 잠시 멈췄으나 집에 와서 다시 터졌다. 오슬비는 심각해 보이는 내 얼굴을 보고 차마 화를 내지 못했고, 나도 내일 얘기하자고 하고 방으로 들어왔다. 씻고, 수분크림을 바르고, 핸드폰을 충전하고 침대에 누웠는데, 그때부터 다시 눈물이 터졌다. 그렇다고 세상 서럽게 엉엉 운 것은 아니었지만, 가랑비 같은 눈물이 질기게도 흘렀다. 역시 강유리의 마지막 질문에 대답하지 못한 게 가장 마음에 걸렸다. 그게 속상해서 한동안 또 눈물이 멈추지 않았다. 그렇게 청승을 떨다가 잠이 들었다.

찬물로 붓기를 좀 가라앉힌 뒤에 1층 거실로 내려갔다. 먼저 와서 아침을 먹고 있던(아침이래 봐야 두유와 달걀, 아보카도뿐이었지만) 오슬비의 눈이 대번에 뾰족해졌다. 당장에 잔소리를 퍼붓거나 어제의 일을 쏘아 대듯이 물을 것 같아서 선수를 쳤다.

"나 YAGP 출전하는 꿈 꿨다."

"뭐?"

날카로웠던 오슬비의 눈이 다시 동그래졌다. 예상했던 반응이 아니었다. 나는 오슬비가 웃으면서 농담을 하거나 아니면 얄팍한 수를 간파하고, '어림도 없지' 하면서 어제의 일을 따져 물을 거라고 생각했다. 그러나 오슬비는 갑자기 눈을 피하더니 제 그릇에 담긴 달걀과 아보카도를 뒤적거렸다.

"리셉션 때 세르게이가 한 말이 인상 깊었나 보다?"

말 어딘가에 날카로운 기색이 있었다.

"아, 뭐… 그랬나 봐."

"출전하게?"

"에이 내가 어떻게. 얼마 전에도 무대에서 기절했잖아."

오슬비는 흐음, 하고 한숨 비슷한 것을 내쉬었다.

"왜, 할 수 있지. 이번에야말로 괜찮을지도 모르잖아. 강유리가 도와주고 있기도 하고."

이번에도 말투에 뭔가 거슬리는 느낌이 있었는데, 그게 내 자의식이 빚어 낸 왜곡된 느낌인 건지 아니면 정말 오슬비가 그런 투로 말하고 있는 건지 헷갈렸다. 멈칫, 하는 사이에 대답할 타이밍이 지나갔다. 나는 조용히 아보카도를 입에 밀어 넣었다. 둘 다 음식을 씹느라 조용한 틈에, 달걀 껍데기를 까 주던 이모가 불쑥 끼어들었다.

"두리 너 전에 내가 말했던 건 좀 생각해 봤어? 진학 문제 말이야."

이모는 〈백조의 호수〉 공연장에 데려다 주면서 했던 말을 다시 끄집어내고 있었다. 내게 경영학과로의 진학과 이모부 회사로의 취직을 권했던 것 말이다.

"이제 슬슬 결단할 때도 되지 않았니? 이모가 그때 그랬지? 이성적으로 생각하라고."

하필이면 오늘 같은 날 이런 이야기를 하다니. 나이스 타이밍이었다.

계란을 찍었던 포크를 다시 그대로 내려놨다. 식욕이 떨어졌다.

"잘 먹었습니다. 저 오늘은 일찍 나갈게요."

"뭘 어쩌려고 그러니! 너 그거 병이야. 너희 엄마 때문에 집착하는 거라고!"

"엄마!!!"

내가 홱 돌아보는 순간, 오슬비가 지뢰를 밟은 것 같은 얼굴로 이모에게 소리를 질렀다. 이모도 아차 싶었는지, 눈을 질끈 감았다.

'괜찮아. 나도 했던 생각이잖아.'

그래, 나도 두어 번쯤 해 봤던 생각이다. 그러나 지금까지 나의 모든 인생이 엄마에게 휘둘려 왔다고 생각하면 참담해지는 것은 어쩔 수 없었다. '너는 왜 발레를 하니'에 대한 대답이 '엄마 때문에'가 되어서는 안 된다. 그건 나한테 너무 미안한 일이다. 약한 소리가 흘러나오지 않도록 입을 꾹 다물었다. 서둘러 가방을 메고 나가는 나를 이모도, 오슬비도 말리지 못했다.

학원에 도착하니 8시였다. 그 이른 시간에도 학원 문이 열려 있었다. 나 말고 이 시간에 와서 학원 문을 열 사람은 강유리뿐이다. (원장 선생님은 내가 아는 한, 단 한 번도 이 시간에 학원 문을 연 적이 없다.) 이 애는 또 무슨 일로 토요일 아침부터 학원에 나왔을까. 어제 일 때문에 집에 오래 있고 싶지 않았던 걸까. 아니, 어제 집에 가기는 했을까.

커다란 스튜디오에서 음악소리가 쩌렁쩌렁하게 흘러나오고 있었다. 가까이 다가가는 순간 알아차렸다. 음악은 〈스파르타쿠스〉의 일부였다. 〈스파르타쿠스〉는 남성 발레의 진수를 보여 주는 작품이다. 로마 제국의 노예 검투사 스파르타쿠스가 반란을 일으키지만 결국 실패로 돌아가고 만다는 내용으로 줄거리는 단순하다. 투박하고 단순한 줄거리에 비해 매우 화려하고 몰입감 있는 작품이기도 하다. 주인공이 노예 검투사이고, 주변의 인물도 거의 노예 검투사이다 보니, 상반신이 고스란히 보이는 의상에 안무 자체도 몹시 강렬했다. 관객들은 무대가 펼쳐지는 3막 내내 거칠고도 아름다운 춤에 정신없이 끌려가다가 마침내 무대가 끝나고 나면, 무용수들처럼 땀을 흘리기도 했다.

스튜디오 유리창으로 안을 들여다봤다. 사실 강유리는 노예 검투사의 이미지는 눈을 씻고 찾아봐도 없는, 귀족 같은 이미지였다. 그럼에도 스파르타쿠스를 추는 강유리는, 놀랄 만큼 거칠어 보였다. 춤은 점차 폭력적인 분위기를 냈다. 춤을 추는 강유리의 얼굴도 점점 더 일그러졌다. 야수같이 느껴질 정도로.

'대체 안무를 어디까지 할 수 있는 거야…'

하기야, 나에게 있는 능력이 그 애한테도 있다고 했다. 한 번 보고 외울 수 있다면, 게다가 강유리 같은 천재라면 마르지 않는 샘처럼 안무가 쏟아져 나오는 것도 조금은 납득이 갔다.

추고 있던 장면의 안무가 끝나 갈 무렵, 강유리는 제대로 끝을 맺지 않고 중간에 신경질적으로 바닥을 쾅 발로 찼다. 내 기억 속의 〈스파르타쿠스〉의 안무에는 저런 게 없었다. 애드리브도 아니었다. 강유리는 발로 바닥을 찬 뒤에 악, 소리를 내지르고 욕설을 내뱉었다. 그 모습을 보니, 어제 강유리가 어디에서 잤을지 더욱 궁금해졌다. 혹시 아버지 집에 간 것은 아닐까. 그래서 또 한바탕 싸우고, 오늘까지 기분이 엉망인 건 아닐까. 나는 강유리의 얼굴이나 몸에 맞은 흔적이 있는 건 아닌지 살폈다. 그러나 작은 유리창으로 그런 것까지 보이지는 않았다.

나는 들어가지도, 지나치지도 못하고 스튜디오 문 앞을 알짱거렸다. 그때 벌컥 문이 열렸다. 강유리였다. 강유리는 여전히 야수 같은 얼굴이었고 지쳐 보였다.

"일찍 왔네."

강유리는 갑자기 마주친 것에 놀라는 기색도 없이 말을 붙였다.

"응… 머리가 좀 복잡해서."

"나도."

너는 왜 아침부터 머리가 복잡했니. 난 다시 강유리의 얼굴을 살폈다. 어떤 흔적이라도 찾을까 싶었는데 다행히 흔적은 없었고, 〈스파르타쿠스〉를 출 때의 분노도 이미 다 감추어진 뒤였다.

"뭐가 또 궁금해?"

내가 자꾸 흘깃거리는 게 이제는 익숙한지, 아무렇지 않은 투였다. 반면, 나는 매번 시선을 들키는 게 여전히 당혹스러웠다. 어제 혹시 아버지 집으로 갔는지, 마음은 좀 괜찮은지 묻고 싶은 것을 그냥 꿀꺽 삼켰다. 대신 이렇게 말했다.

"나랑 파드되 추자."

호흡을 맞추는 것 속에서 느껴지는 것을 잡고 싶었다. 강유리와 내가 찾고자 하는 답이 무엇이든 그건 우리의 춤 안에서만 찾을 수 있을 거라는 생각이 들었다. 그리고 이제는 그걸 좀 붙잡아 보고 싶은 기력이 희미하게나마 생겼다. 지난 밤, 청승을 떨어 댄 결과였다.

강유리는 방금까지 〈스파르타쿠스〉를 췄으면서도 알겠다고 했다. 내가 웜업과 스트레칭을 하는 동안, 강유리는 퍼스트 포지션 자세로 서서 눈을 감고 쉬었다. 그러다가 갑자기 눈을 뜨더니 제안을 했다.

"〈로미오와 줄리엣〉 할래? 발코니 파드되."

나는 당연히 〈지젤〉을 할 거라고 생각했다. 아니면 〈백조의 호수〉. 뜬금없이 〈로미오와 줄리엣〉이라니. 게다가 〈로미오와 줄리엣〉 파드되는 현역 무용수들도 어려워했다. 그런데 조금 가슴이 설렜다. 나는 중학교 2학년 때, 볼쇼이 발레단의 〈로미오와 줄리엣〉에 푹 빠져 있었다. 들고, 메고, 올리고, 뛰고 하는 고난이도의 파드되였지만, 의식하지 못할 만큼 부드럽고 아름다웠다. 그때 난, 그 무대를 몇 번이고 돌려 보면서 '사랑이란 건 원래 저렇게 따뜻한 걸까'라는 생각을 했었다. 근육을 비틀고 혹사시키는 저 동작에서 고통은커녕 기쁨만 느껴질 만큼 사랑은 그런 것일까. 사람이 사람을 저렇게 사랑할 수도 있구나. 사춘기 소녀가 사랑에 대해 할 수 있는 모든 달콤한 생각들을 했었다.

강유리를 빤히 쳐다봤다. 방금 전까지 노예 검투사의 춤을 추다가 〈로미오와 줄리엣〉 파드되라니. 더구나 합도 한 번 맞춰 보지 않은 상태로 들고, 올리고 하는 고난이도의 리프트 동작을 흉내 낼 수는 없었다.

"발코니 파드되 안무 알아?"

강유리가 핸드폰을 스피커와 연결하면서 물었다.

"당연히 알지. 근데 한 번도 맞춰 보지 않고 갑자기 어떻게 해…"

"너 혼자 춰 본 적은 있어?"

사실 혼자서 수십 번을 연습했고, 머릿속에서 몇 번이고 안무를 떠올렸었다. 같이 연습할 파트너가 없어서 상상만으로 그쳐야 했지만.

"응. 볼쇼이 무대로 많이 연습했었어. 너는?"

"난 10살 때부터 로미오를 흉내 냈고, 볼쇼이에서 파드되도 여러 번 맞춰 봤으니까 걱정 마."

"10살 때부터? 이 작품, 엄청 좋아했구나?"

강유리는 첫 안무 포지션을 잡다가 주춤했다. 그 애는 씁쓸하게 입꼬리를 올렸다.

"아니, 내가 아니고… 엄마가 좋아했어. 우리 엄마는 발레에 대해 잘 모르고, 흥미도 없는데 〈로미오와 줄리엣〉은 좋아했어. 워낙 유명한 이야기니까 이해하기 쉽다고."

그렇게 말하면서 내게 수건을 던져 줬다. '파드되를 연습할 때는 눈을 가리고'가 우리의 규칙이었다. 나의 미숙함 때문에 생긴 규칙. 늘 그렇게 해 왔는데 지금은 왠지 망설이게 되었다. 강유리의 로미오를 제대로 보고 싶어서였다. 나는 수건을 그냥 옆에다 내려놓았다. 강유리는 어깨를 으쓱하고는 음악을 틀었다. 발코니 파드되의 선율이 시작되었다.

방금 전에 보았던 노예 검투사 스파르타쿠스는 오간 데 없고, 사랑에 빠진 귀족 청년이 서 있었다. 10살 때부터 흉내를 냈다는 강유리의 말이 거짓말이 아니라는 걸 확신할 수 있었다. 강유리는 매번 하는 클래스와 바워크도 작품처럼 보이게 하는 천재였다. 그 애가 추는 모든 안무는 기계처럼 정확했다. 그중에서도 로미오는 최고였다. 방금까지 격렬한 노예 검투사를 췄으면서도 전혀 지친 기색 없이 사랑의 기쁨을 표현한다. 예전에 혼자 연습할 때마다 머리로 그렸던 로미오가 눈앞에 있었다. 순간 나는 파드되를 춘다거나 발레를 하고 있다는 의식 없이 몸을 움직였다. 움직인다는 의식조차 없었던 것 같기도 하다. 나는 그저 내 앞의 한 사람이 사랑의 기쁨으로 충만한 것과 그 사랑이 나를 향하고 있다는 것만 알수 있었다. 엄마에게서도 받아 본 적 없는 애정이었다.

그 순간 머리가 지끈 아팠다. 내가 어찌 할 새도 없이, 엄마에 대한 생각이 머리에 그물을 쳤다. 타이밍이 안 좋았다. 마침 강유리가 고난이도의 리프트 동작에 들어갈 때였다. 내 호흡이 흐트러지는 게 그 애의 손과 호흡에 고스란히 전달될 거였다. 강유리의 집중력도 같이 균열이 가는 게 느껴졌다. 내 몸이 통나무처럼 굳어 감과 동시에 굳건하고 단단하게 받쳐 주던 강유리의 몸도 휘청거렸다. 앗, 하는 순간에 무너졌다. 우리는 둔중한 소리와 함께 바닥에 나뒹굴었다. 강유리가 작게 신음을 흘렸다. 나도 등과 엉덩이가 몹시 아팠지만, 만약 다쳤다면 강유리의 부상이 훨씬 심할 것이다. 나는 황급히 강유리의 몸을 살폈다.

"괜찮아?!! 어디로 넘어졌어?"

강유리는 다리를 이리저리 비틀어 움직였다. 이상이 없음을 확인하고 천천히 몸의 다른 곳도 살폈다. 다행히 크게 다친 데는 없었다. 서로가 괜찮다는 것을 확인하고 나자 급격한 피로감이 몰려들었다. 우리는 말없이 그대로 누워 있었다. 스튜디오 안에는 거칠었다가 잦아드는 숨소리만 들렸다. 땀이 조금 식어 갈 즈음이었다.

"너 뭔가 평소랑 달랐어."

강유리가 불쑥 말했다.

"오늘 잘했어."

리프트에서 형편없이 무너졌는데 그게 무슨 말이지. 애써 위로할 필요 없다고 하려다가 문득 강유리가 다른 데 포인트를 두고 칭찬한 것이라는 걸 깨달았다. 움직인다는 의식도 없이 춤을 추었던 짧은 순간. 사랑받음에 충만했던 줄리엣의 감각이 지나갔던 순간이 떠올랐다. 그래, 그건 확실히 좋았다. 처음 느껴 보는 감각이었다.

"아, 고마워."

대답이 너무 짧은가. 나도 뭔가 화답을 해 주어야 하나. 여러 가지 미사여구를 떠올렸지만 무엇도 적절하지 않은 느낌이었다. 결국 "너도" 하고 덧붙였다. 강유리가 웃었다. 땀에 젖은 그 애의 머리카락이 이리저리 흔들렸다.

"당연하지. 10살 때부터 로미오를 연습했다니까. 눈 감고도 춰, 이건."

현역 무용수들이 들으면 역정을 낼 만한 말이었다.

"그… 엄마는… 〈로미오와 줄리엣〉을 아직도 좋아하셔?"

강유리는 내가 바닥에 내려놓았던 수건을 제 눈 위에 올리고 고개를 천천히 저었다. 머리카락이 다시 흔들렸다. 강유리의 머리카락은 풍성해서 춤을 출 때도 머리카락 한 올 한 올까지 다 춤을 추고 있는 것처럼 보이곤 했다. 나는 잠깐 그 움직임에 시선을 빼앗겼다.

"아니, 지금은 발레라면 치를 떨지."

어제 강유리는 엄마가 우울증을 앓게 된 것의 7할은 아빠 탓, 3할은 자기 탓이라고 했다. 그건 결국 발레와도 관련이 있다는 말이었던 것 같다. 강유리가 내 쪽으로 몸을 돌렸다. 눈 위에 덮은 수건이 옆으로 툭 떨어졌다. 마주친 눈에 쓸쓸한 기색이 있었다.

"두리야, 사람이 사람을 상처 입히는 건 참 쉬워."

갑자기 영문을 알 수 없는 말을 하네, 싶었지만 곧 고개를 끄덕였다. 나의 엄마가 떠올랐기 때문이다. 그렇다. 사람이 사람을 상처 입히는 건 너무 쉽다.

"배고프다. 점심 먹으러 가자, 온두리."

강유리가 먼저 일어났다. 나도 따라서 몸을 일으키다가 방금 전에 강유리가 나를 '두리야-' 하고 불렀다는 걸 깨달았다. 점심을 먹으러 가자고 하기 전에 말이다. 그 말은 꼭 새털같이 부드러운 느낌이었다. 나는 다시 한 번 나를 '두리야-'라고 불러 주면 좋겠다고 생각하면서 그 애를 쫓아갔다.

#24

샌드위치를 먹으면서 강유리는 부모님 이야기를 더 들려주었다. 강유리의 어머니는 오르골에 박힌 발레리나 인형같이 생겼지만 사실은 발레를 잘 모르는 사람이라고 했다. 전공은 식품영양학이었고, 주변에 무용과 관련 있는 사람도 없었다. 강유리의 어머니는 지금의 남편인 강현모 교수님을 만나기 전까지는 무용에 대해서 완전 문외한이었던 것이다. 강유리의 어머니와 아버지는 어느 여름날 저녁, 강릉의 바닷가에서 만났다.

"엄마가 먼저 아빠를 봤다고 했어. 늘씬하고 우아해 보이는 사람들끼리 모여 있는 게 신기해서 쳐다봤는데, 그중에서 우리 아빠가 유난히 눈에 띄었대. 남자가 어쩌면 저렇게 반듯하게 서 있을까, 신기해서 시선이 갔다고 하더라. 여튼, 엄마가 먼저 아빠를 자꾸 쳐다봤고, 아빠도 엄마의 시선을 의식하고 있었어. 먼저 쳐다본 건 엄마였지만, 먼저 말을 건 건 아빠였어. 그 당시에 우리 아빠는 로열에서 12년을 무용수로 활약하다가 들어와서 국내 발레단 부단장을 맡고 있었는데, 엄마한테 그 자리에서 공연 티켓을 줬대. 전화번호를 적어서."

그리고 강유리의 어머니는 공연을 보러 갔던 것이다. 인생의 모든 것이 발레였던 강현모 교수님은 발레를 모르는 여자가 신기하고 흥미로웠는지, 언젠가 강유리에게 "너희 엄마는 발레를 모르는 게 매력이었어. 내 주변의 모든 게 발레였는데 딱 하나, 너희 엄마만 아니었거든" 하고 말한 적이 있다고 했다. 반대로 강유리의 어머니는 모든 게 발레인 남자가 신선했을 것이다. 자기 일에 열정적이고, 경력도 화려하고, 십수 년 무용으로 단련한 육체는 또 얼마나 시선을 끌었을까. 지금의 강유리를 놓고 상상해 보면 강현모 교수님에게 충분히 끌렸을 법했다. 그래서인지 두 사람은 6개월 만에 결혼을 결정했다고 한다. 문제는 바로 거기에 있었다. 모든 게 발레인 남자와 발레에 조금의 흥미도 없었던 여자가 급하게 결혼을 결정한 것.

"우리 아빠의 일상은 발레 그 자체였어. 일터, 동료, 친구, 관심사, 여가 생활… 모든 게 다. 엄마도 발레에 흥미를 붙여 보려고 무던히 노력했지만 잘 안 됐지. 사실 사람마다 취향도 기질도 다 다르잖아. 엄마는 공연을 보는 것보다는 친구랑 수다를 떨거나 여행 가는 걸 더 좋아하는 사람이고, 예술보다는 관계 맺는 데 흥미가 더 많은 사람이었어. 엄마는 아빠한테 맞추는 게 힘들었고, 아빠의 우선순위는 늘 발레였지. 그러니까 엄마는 오래전부터 조금씩 지쳐 갔을 거야. 생각해 보면, 엄마가 아빠랑 싸울 때마다 '자기는 결혼은 발레랑 하고 나는 가정부로 둔 것 같아' 하고 소리를 질렀거든."

강유리가 태어나고 나서 두 분의 관계는 잠깐 좋아졌다가 곧 다시 더 악화되었다고 한다. 강유리가 4살쯤 되었을 때, 강유리의 아버지가 아들의 재능을 발견했던 것이다.

"나는 4살 때부터인가 아빠가 틀어 준 발레 동영상을 보고 동작을 곧 잘 흉내 냈어."

　강현모 교수님은 5살 때부터 본격적으로 아들에게 발레를 가르치기 시작했다. 주에 3일은 출근할 때 아이를 데리고 발레단에 갔다. 발레를 숨 쉬듯이 자연스럽게 경험했으면 했기 때문이다. 매일 그렇게 하고 싶어 했지만, 강유리의 어머니가 유치원도 안 보낼 작정이냐고 반대한 탓에 양보한 것이 주 3일이었다. 강유리의 어머니는 아이가 친구들과 놀이터와 운동장을 누비며 뛰어 놀기를 바랐지만 아버지는 아이가 발레의 세계에서 놀기를 바랐다. 부부는 모든 게 맞지 않았다.

　"더구나 우리 아빠는 직업 특성상 단원들이랑 보내는 시간이 집에서 보내는 시간보다 훨씬 더 많았거든. 거기에는 당연히 여자 단원들이 수두룩했고, 아빠가 제일 아끼던 프리마 발레리나 이모는 아빠가 '뮤즈'라고 부르면서 입이 닳도록 칭찬했던 사람이었어. 나도 그 이모를 좋아했는데, 가끔 부모님이 그 이모 때문에 싸운다는 것도 알고 있었지. 두 분은 방에 들어가서 문을 닫고 싸웠지만, 소리는 항상 밖으로 새 나왔어. 다른 건 기억이 안 나는데, 아빠가 '너는 발레를 잘 모르잖아'라는 말로 엄마를 눌렀던 건 생각이 나. 그런 것 하나하나가 엄마한테는 스트레스였을 거야. 엄마가 우울증을 앓기 전까지는 나도 잘 몰랐지만."

　이 모든 게 쌓여서 1차로 폭발한 것은 강유리가 러시아로 유학을 간 직후였다. 강유리의 엄마는 어린 아들이 러시아라는 낯선 곳에서 살아야 하는 것이 못마땅했고, 아버지는 아들의 천재성을 당신의 무지로 망칠 생각이냐고 윽박질렀다. 강유리의 엄마는 마지못해 아들을 러시아로 보냈지만, 공허하고 외로웠을 것이다. 발레에 아들까지 뺏긴 기분 아니었을까.

"그즈음에 부모님이 별거를 시작했지. 나는 별거 사실도 한참 지나서, 방학에 한국에 왔을 때 알았는데, 그 뒤로 또 2년이 지나서 엄마가 우울증이라는 얘기를 들었고, 또 두어 달 전에는 자살 시도까지 했다는 사실을 알게 된 거야. 이번에 내가 한국으로 돌아오는 비행기 안에서 제일 많이 한 생각이 뭔 줄 알아? '발레, 이까짓 게 뭐라고.'"

강유리를 만난 지 얼마 안 되었을 때, 강유리는 '솔직히 무대가 뭐 그렇게 대단한가, 하는 생각을 한다'고 말했다. 왜 그런 말을 했는지 이제 비로소 이해가 되었다.

"그런데 그러면서도 발레를 내던질 수가 없어. 그게 안 돼. 아카데미에서 나올 때도 자퇴가 아니라 머저리처럼 굴어서 잠시 쫓겨난 거야. 한국에 와서도 여전히 발레를 붙들고 있어 나는. 이따위가 다 뭐라고."

말을 마친 강유리는 마지막 남은 샌드위치를 입에 밀어 넣고 뭔가를 견디는 사람처럼 오래 씹었다. 강유리가 아무리 능숙하게 춤을 춘다고 해도 미성년이었다. 그 애나 나나 혼돈 속에 덩그러니 남겨진 18살이었다. 나는 강유리가 이렇게 많은 것을 털어놓아도 괜찮은지 알고 싶었다.

"지금… 마음이 어때?"

강유리는 음- 하고 잠깐 뜸을 들이더니 고개를 끄덕였다.

"누군가한테 털어놓는 거, 생각보다… 괜찮네."

강유리는 의외로 선선하게 웃었다.

"좋다, 파트너라는 거."

아, 정말이지 예상하지 못한 문장이다. 부드럽게 올라간 강유리의 입꼬리와 차분하게 휘어졌던 눈매가 다시 원래대로 돌아오는 것을 가만히 지켜보았다. 그러나 역시 그 끝에는 조금 쓸쓸하고 무거운 그림자가 스쳐 지나가서 내 마음도 조금 저릿했다.

　우리는 다시 학원으로 돌아왔다. 주말반 애들이 몇 명 와 있었다. 그중에는 주말반이 아닌 오슬비도 있었다. 오슬비도 가끔 개인 연습을 하러 주말에 학원에 오기는 했지만, 콩쿠르가 막 끝난 뒤에는 거의 오는 법이 없었기 때문에 어쩐 일인가 싶었다. 오슬비는 아침에 내가 그렇게 나간 게 걱정돼서 왔다고 했다.

　"근데, 너희 어디 갔다가 오는 거야?"

　별것 아닌 질문이었는데 괜히 뜨끔하는 기분이 들었다. 대답할 타이밍을 놓쳤다. 분위기가 묘해지려는 찰나에 강유리가 "내가 아침을 안 먹어서 아점으로 샌드위치 먹고 왔어" 하고 대답했다. 오슬비는 왜인지 나를 조금 길게 쳐다보다가 휙 돌아섰다. 그리고는 곧장 퉁명스러운 소리를 했다.

　"뭐야, 괜히 나왔네."

　걱정돼서 나왔는데 내가 너무 멀쩡하니까 도리어 심통이 났나 싶었다.

　'콩쿠르도 끝났는데, 예민하네.'

　나는 그 정도로만 생각했다.

#25

이후로 별다를 것 없는 일상을 보냈다. 강유리는 기대했던 것보다 깊은 이야기들을 내게 해 주었고, 나는 강유리에 대해 많은 것을 알게 되었지만 크게 달라진 것은 없었다. 우리는 여전히 '왜 발레를 붙잡고 있는가'에 대한 답을 찾지 못했고, 나는 여전히 춤을 출 때 엄마의 환영에 방해를 받았다. 당연히 무대는 엄두도 낼 수 없었다. 그나마 몇 가지 달라진 것은 강유리와 나의 친밀도였다. 이전에는 우리 사이에 보이지 않는 벽 같은 것이 있었는데, 지금은 아니다. 나는 그 애를 보면 기분이 좋았고, 강유리는 나를 볼 때 이전보다 자연스럽게 웃었다. 그래서 혹시 강유리가 자기 이야기를 한 것만으로 상처에서 벗어난 것은 아닐까 하는 착각이 들기도 했다. 물론 그럴 리 없다는 건 잘 알고 있었다. 그날도 웃기는 했지만 그 끝에는 그림자가 느껴졌으니까.

또 하나 변화가 생긴 것은 내 마음이었다. 강유리와 부딪치면서 헤집어졌던 마음에 뭔가 새로운 것이 올라오는 게 느껴졌다. 뭐가 됐든 답을 찾아내고 싶은 마음이 들었다. 이대로 아무렇지 않은 척 묻어 놓고, 언제까지 엄마의 환영에 쫓기면서 살 수는 없다고 생각하게 된 것이다. 이전에는 그 순간을 무작정 견디고, 체념했지만 이제는 조금이라도 꿈틀거려 보겠다는 마음이 움텄다.

그런 상태를 인식했을 때, 실어증에서 벗어났던 일이 떠올랐다. 실어증을 앓던 시절의 나는 하고 싶은 말이 가슴에서 흩어지는 것을 막으려는 의지조차 없었다. 그냥 그대로 있고 싶었다. 할 수만 있다면 아무 생각도 할 수 없는 돌이 되고 싶었던 것 같기도 하다. 그러던 중에 갑자기 엄마가 추던 춤을 만났다. 그 순간 강렬한 에너지가 솟구쳤고, 자연스럽게 말이 나왔다. 지금 나는 꼭 그때와 같다. 원장 선생님에게 면담을 신청한 것도 이런 심경의 변화 때문이었다.

원장 선생님은 나를 이상한 눈으로 쳐다봤다. 네가 무슨 일로 자발적으로 면담을 신청하고, 자발적으로 원장실엘 다 오냐는 의구심이 가득한 눈초리였다.

"뭔데."

심지어 등을 뒤로 물려서 우리 사이의 거리까지 벌려 두었다.

"여쭤 보고 싶은 게 있어요."

"그러니까 갑자기 왜? 뭐가?"

"저번에 저 원장실로 불러서 파드되에 대해서 말씀하셨잖아요. 그거 한번 더 말씀해 주세요."

"내가 뭐라고 했는데?"

정말 기억이 안 난다는 투라서 당황스러웠다. 나야말로 예? 하고 다시 반문하고 싶은 심정이었다. 사실, 말의 내용이 기억이 안 나서 물은 게 아니라, 그 말을 원장 선생님의 입으로 다시 들으면서 대화의 물꼬를 트고 싶었던 것이다. 원장 선생님은 눈을 찌푸리고 곰곰이 기억을 되짚으면서 천천히 말했다.

"흠, 파드되를 제대로 하게 되면 아주… 좋을 거라고… 했나? 그래, 그 랬던 것 같다. 파드되는 말이야. 관객에게도 무대의 꽃이지만, 무용수에 게도 클라이맥스거든. 상대의 호흡, 느낌, 동작, 마음, 중심을 이해하고, 존중하고, 맞춰 가야만 그 정수를 느낄 수 있지. 크기가 다른 두 개의 톱 니가 정확히 맞아 돌아가는 그 기쁨! 환희! 상대가 나를 온전히 이해하 고, 나도 그를 이해하고, 나만 빛나려고 하는 게 아니라 상대방과 함께 빛나려고 하는 그 파트너링! 거기서 오는 애정! 이게 춤을 더 아름답게 만드는 거거든."

중간부터 목소리가 점점 더 확신에 찼다. 마지막에 원장 선생님은 과장 되게 팔을 쫙 펼쳐 보이면서 '짜잔-' 하는 제스처까지 했다.

"아… 그렇게 되려면 어떻게 해야 해요?"

"당연히 같이 미친 듯이 연습하면서 합을 맞춰야지."

원장 선생님은 물을 한 모금 마셨다.

"그리고 그것보다 중요한 건, 파트너를 소중하게 생각하는 거야."

소중하게. 단어가 입안에서 조용히 굴러갔다. 소중하게. 소리 없이 몇 번을 웅얼거렸다. 원장 선생님은 천천히 내게로 몸을 기울이더니 손을 살짝 건드렸다. 원장 선생님은 아주 느릿하고 부드럽게 내 손등을 원장 선생님의 손으로 덮었다.

"이렇게 소중하게 여기는 거지."

"…네?"

"두리야. 내가 왜 그렇게 너를 무대에 세우고 싶어 하는지 아니?"

그야, 원장 선생님의 제자고, 발레를 하면서 무대에 서지 못한다는 거는 말이 안 되니까요. 그리고 원장 선생님의 표현대로라면 저는 쓰레기통에 처박아 두기엔 너무 아까운 재능을 가졌고… 또… 아, 원장 선생님은 저더러 빨리 유명해져서 매스컴에서 원장 선생님을 칭송하라고 하셨잖아요. 제가 유명해지면 학원 광고 모델로 쓸 거라는 말도 하셨고요. 이런저런 이유를 떠올리고 있는데, 원장 선생님이 덮었던 손등을 손가락으로 툭툭 두드렸다.

"지금 네가 생각하고 있는 이유들이 뭔지는 모르겠지만 다 맞을 거야. 그런데 가장 큰 이유는 네가 행복했으면 좋겠다는 거, 그거야. 나는 그냥 네가 행복했으면 좋겠어. 과거에서 벗어나서 이제 너의 인생을 살아 봤으면 좋겠어. 이 세상에는 상처만 있는 게 아냐. 어제의 고통에 매여서 오늘을 날리는 건 너무 아깝잖아."

원장 선생님은 말을 상냥하게 하는 타입이 아니었다. 다정다감한 말을 듣는 건 1년에 몇 번 없는 일이었고, 그마저도 퉁명스럽게 '요즘 연습 열심히 하나 보네. 잘했어' 정도가 고작이었다. 원장 선생님과 닿아 있는 손등이 간지러웠다. 슬그머니 손을 뺐다. 원장 선생님은 굳이 붙잡지 않았다.

"뭐, 말 몇 마디로 될 일이 아니라는 건 알지만 내 진심은 그렇다고."

원장 선생님은 그렇게 말하고는 이 상황을 본인이 못 견디겠다는 듯 팔을 벅벅 긁었다.

"안 하던 짓을 하니까 두드러기가 나는 것 같다. 얼른 나가."

원장실을 나올 때까지도 손등은 간지러웠다. 긁어 보았으나 피부 속이 가려운 것처럼 간지러움은 가시지 않았다. 아까 마지막 수업이 끝난 1번 스튜디오 안에서 음악 〈바뜨망 퐁뒤〉가 흘러나왔다. 수업은 끝났는데, 애들이 남아서 바운동을 하고 있었다. 문을 열자마자 강유리가 보였다. 그 애는 항상 눈에 띄었다.

'내가 행복했으면 좋겠다고?'

강유리도 나를 봤다. 슬쩍 웃으면서 고갯짓으로 자신의 옆을 가리킨다. 나는 강유리 옆에 가서 서면서 생각했다. 파트너를 소중하게. 서로가 서로를 소중하게. 간지러움이 명치 쪽으로 옮겨 왔는지, 그 부분이 간질거렸다.

*

"아-!!"

전공 반 수업이 끝나고, 각자 개인 연습을 하고 있었다. 오슬비가 신경질을 내면서 수건을 팍 내던졌다. 강유리와 지젤 파드되를 맞춰 보고 있던 내 옆으로 수건이 떨어졌다. 콩쿠르에서 그랑프리를 따 놓고도 오슬비는 예민했다. 자기 생각대로 연습이 되지 않으면 스트레스를 많이 받긴 했지만 요즘 그게 더 심해졌다. 연습량도 더 늘었다. 무리를 하는 건 아닐까 걱정이 되어서 쉬엄쉬엄 하라고 했는데, 오슬비는 그 말도 고깝게 듣고 "너나 잘 해" 하고 대꾸할 정도로 신경이 예민했다. 초조한 것 같기도 했다. 나로서는 오슬비 정도 되는 애가 대체 왜 초조한지 알 수 없다. 그냥 입시가 가까워져서 그런가, 짐작할 뿐이었다.

"짜증 나."

결국 오슬비는 바닥에 철퍼덕 주저앉았다. 땀으로 젖은 얼굴은 얼마나 치열하게 연습하고 있는지를 보여 주었다. 괜히 내가 다 눈치가 보였다. 강유리는 내 집중력이 흐트러지는 걸 귀신같이 눈치채고는 "어허" 하고 엄중한 소리를 냈다.

"집중해. 이래 가지고 YAGP 가겠냐."

리셉션에서 세르게이를 만난 이후로 강유리는 가끔 YAGP 이야기를 꺼내면서 나를 놀렸다. 그럴 때면 나는 참을 수 없이 민망해지곤 했다.

"그런 말 좀 하지 마…. 아직 무대에도 못 서는데…."

"강유리."

뜬금없이 강유리를 부른 것은 오슬비였다. 오슬비는 짜증이 고스란히 드러난 얼굴로 나와 강유리를 쳐다봤다.

"잠깐 나 포인 좀 봐 줘. 평소보다 무거운 느낌이야."

강유리는 나한테 잠깐 쉬라고 하고 오슬비에게 포인을 해 보라고 했다. 오슬비는 자리에서 포인 동작을 여러 번 반복했다.

"음… 확실하게 조여 주지 못하는 것 같은데… 너 발 아픈 거 아니야?"

"그런 건 아닌데… 아무래도 좀 무리했나."

오슬비가 다시 바닥에 앉았다. 신경질적으로 슈즈를 벗고, 한 발을 어루만졌다. 나무뿌리 같은 발은 평소보다 부어 보였다. 몇 번 발을 쥐었다 폈다 하던 오슬비는 이번에는 나를 불렀다.

"온두리."

내가 멀뚱히 쳐다보자 오슬비는 돌연 내 쪽으로 발을 쭉 뻗었다.

"나 발 좀 만져 줘."

빨갛게 부은 발을 내 앞에서 흔들었다. 오슬비와 나는 종종 서로의 발을 마사지해 주곤 했기 때문에 그리 이상한 부탁은 아니었다. 다만, 보통은 하루 일과를 마친 저녁에 집에서 서로 근육을 풀어 주는 식이었고, 가끔 쥐가 나면 꾹꾹 눌러 주는 정도였다. 이렇게 학원에서, 누가 보는 앞에서 마치 종 부리듯이 이런 부탁을 한 적은 없었다. 심지어 지금의 태도는 부탁도 아니고 꼭 명령하는 것 같았다.

"쥐 났어?"

오슬비가 픽 웃었다.

"아니."

나는 슬비의 발을 양손으로 잡았다. 손에 차는 뜨끈한 열기가 얼굴까지 올라오는 것 같았다. 엄지발가락 밑의 볼록한 발바닥부터 부드럽게 매만졌다. 강하게, 부드럽게 누르는 손길마다 오슬비는 콧노래를 부르듯이 한숨을 쉬었다.

"정말, 나는 온두리 없으면 어떻게 살지."

고개를 뒤로 꺾고, 마사지를 음미하는 오슬비에게서 고압적인 분위기가 느껴졌다. 내가 과하게 받아들이나, 싶은 순간에 화장실을 다녀오던 최재호가 "너는 온두리한테 왜 그런 걸 시키냐" 하고 말했다. 오슬비는 꺾은 고개를 들지 않은 채로 차분하게 중얼거렸다.

"온두리가 마사지를 얼마나 잘하는데. 부러우면 너도 해 달라고 하든가."

"야!"

강유리였다. 그러나 그 전에 나도 모르게 손에 힘이 들어갔다. 오슬비가 "아!" 하고 조금 새된 소리를 내며 고개를 확 들었다. 나는 오슬비보다 강유리를 쳐다봤다. 반사적으로 나온 행동이었다. 강유리는 인상을 쓰고 있었다. 모멸감이 치솟았다. 오슬비의 발을 던져 버리고 싶었지만 차마 그렇게는 못 하고 가만히 바닥으로 내려놨다.

"오슬비. 다친 데 없는 거면 스트레칭을 하는 게 나을 것 같다."

모멸감을 간신히 누르고 애들을 지나쳐 스튜디오를 나왔다. 강유리가 내 이름을 불렀지만, 돌아볼 마음이 들지 않았다. 오히려 붙잡힐까 봐 후다닥 뛰었다. 탈의실 캐비넷에서 허벅지까지 덮는 점퍼를 걸치고 무작정 학원 밖으로 나왔다.

"엄마, 저 언니 신발 좀 봐."

곁을 지나가던 작은 여자아이가 종알댄다. 토슈즈를 신고 나왔다는 걸 그제야 알았다. 레오타드 위에 달랑 점퍼 하나를 걸친 모양새인 것도 창피한데 토슈즈라니. 느린 걸음이 완전히 멈췄다. 슈즈 안의 발가락들이 부끄러움을 타는 것처럼 곰실거렸다. 그 위로 불쑥 커다란 그림자가 드리웠다.

"여태 여기까지밖에 못 갔어?"

강유리였다. 레오타드가 아닌 연습용 팬츠에 검은 티를 입고 나온 강유리는 어쨌거나 나보다는 몰골이 나았다. 물론 신발도 제대로 신고 나왔다.

나는 마트에서 5천 원짜리 슬리퍼를 하나 사서 갈아 신었다. 나와 강유리는 슬렁슬렁 걸어서 근처 호수공원까지 갔다. 학원을 나올 때부터 이미 어두워지고 있었고, 호수공원에 도착할 즈음에는 해가 완전히 떨어진 상태였다. 공원 중앙에는 무대라고 하기에는 민망한 작은 단상 같은 것이 있었다. 간혹 싱어송라이터들이 공연을 하는 곳이었다. 밤에는 10대들의 아지트가 되기도 했고, 20대들이 술판을 벌이기도 했다. 그러나 최근에는 벌레가 많아진데다가 주변에 만화카페, 술집, 햄버거 가게 같은 것들이 잔뜩 들어서서 이곳에서 굳이 쉬어 가는 사람은 없었다. 오늘도 이곳은 비어 있었다. 강유리와 나는 거기에 앉았다. 우리는 별말을 하지 않았다. 나는 방금 내가 겪은 일이 아직 채 다 정리가 되지 않아서 머리가 복잡했고, 강유리는 내가 말을 하지 않으니 말을 할 수 없었을 것이다. 그나마 다행인 것은 침묵이 불편하지는 않았다는 것이다. 오히려 묻지 않고, 말하지 않는 것이 지금 상황에서는 더 나은 것 같기도 했다. 그렇게 멀뚱히 앉아만 있은 지 15분쯤 되었을까. 강유리가 내 토슈즈를 단상 중앙으로 툭 던졌다. 토슈즈의 딱딱한 곳이 단상에 닿아서 '퉁'과 '탁'의 중간쯤으로 들리는 소리가 났다.

"다 쉬었으면 아까 하던 거 마저 한번 해 봐."

"뭘?"

"지젤."

이건 또 무슨 맥락이지. 내가 대꾸도 안 하고 고개를 돌리자 강유리는 내 대신 옆에서 스트레칭을 했다.

"넌 억울하지도 않냐?"

"뭐가?"

"오슬비가 너한테 그러는 거. 나 같으면 그게 짜증 나서라도 어떻게든 무대에 선다."

이렇게 아무렇지 않게 돌직구를 던지다니. 이 직설 화법은 언제 마주해도 당황스러웠다.

아까의 일을 포함해서 오슬비의 태도가 최근 좀 껄끄럽게 변한 것은 사실이었다. 하지만 대체 왜? 은근하게 신경을 긁는 그 태도들은 정말 무대 중압감이나 입시 스트레스 때문인 것일까. 강유리도 그렇고 나도 그렇고 오슬비도 그렇고 뭔가 다 혼란에 빠져 있는 듯했다.

내가 또 골똘히 나만의 세계로 빠져들려는 순간, 강유리가 갑자기 명령조로 말했다.

"얼른 몸 풀어. 사람 없을 때가 기회다."

춤출 생각이 전혀 없었는데도 주변을 둘러보았던 것은 순전히 그 말투 때문이었다. 강유리는 정말 이 순간이 무슨 대단한 기회라도 되는 것처럼 말했던 것이다. 더럽고 낡은 무대 바닥을 손으로 가만히 쓸어 보았다. 금속 합판이나 나무는 아닌 듯했다. 객석이 없으니 단상은 무대인 듯싶으면서도 그냥 별 볼 일 없는 구조물 같기도 했다. 슬리퍼를 벗고 맨발로 무대를 걸어 보았다. 지저분하긴 해도 상태가 나쁘지는 않았다. 미끄러운 재질일까 싶었는데 그렇지도 않았다. 강유리가 부추기듯이 내 앞에서 가볍게 몸을 움직였다. 기어코 턴립까지 선보이는 순간, 나는 널브러진 나의 토슈즈를 집어 들었다. 슈즈를 신고, 단상 가장자리에 섰다. 객석이 없으니 춤을 출 수 있을 것 같았다.

'투투원… 투투원…'

왈츠 리듬을 머리로 떠올리면서 발로 바닥을 밀었다. 발랑쎄(왈츠 리듬으로 흔드는 스텝)를 몇 번 반복하자 단상 바닥이 고스란히 느껴졌다. 이 정도면 바닥은 괜찮았다.

'지젤을 춰 보라고?'

서울국제무용콩쿠르에서 실패했던 나의 지젤.

도입부의 데벨로페-팡세를 살짝 시도해 본다. 눈을 감고 잠시 음악을 떠올린다. 실낱같이 흐르기 시작한 음악을 붙잡고 눈을 떴다. 여전히 시야에는 객석도 없고, 관객도 없다. 그저 희미한 가로등 한 개가 간신히 켜져 있는, 관리가 잘 되지 않는 후미진 공원이었다. 어쩌면 이곳이야말로 지젤에게 가장 어울리는 곳일지도 모른다. 알브레히트에게 약혼자가 있다는 사실을 알게 된 지젤은 스스로 목숨을 끊고 어두운 숲에서 청년들을 홀려, 죽을 때까지 춤을 추게 만드는 혼백 윌리가 되고 마니까. 생각할수록 그럴듯했다. 시작된 춤은 물 흐르듯이 자연스럽게 이어졌다.

간혹 춤을 추다 보면 생각하지 않아도, 근육을 쥐어짜지 않아도, 표정이나 마임을 신경 쓰지 않아도 모든 것이 완벽하게 돌아가는 때가 있다. 그럴 때는 마치 태엽을 감은 발레리나 인형이 된 것 같다. 몸 어딘가에 박혀 있는 태엽이 돌아가면서 그냥 춤이 흘러나오는 느낌이다. 그런 순간이 찾아오면 심장이 떨린다. 예술은 신의 창조성을 이어받은 인간만이 할 수 있는 것이라는데, 정말 신에게 선물 받은 가느다란 기쁨 같은 게 영혼 속에서 울리는 기분이다. 지금이 그랬다. 코를 스치는 풀냄새나 피부에 닿는 공원의 습기, 저녁의 바람… 모든 것이 지젤에 어울렸고, 감각은 평소보다 훨씬 예민했다. 춤은 콩쿠르 무대에서 기절했던 여한을 풀기라도 하는 것처럼 자연스러웠다.

솔로 배리에이션의 끝자락 즈음이었다. 단상 아래 어두운 저편 어딘가에서 문득 속삭이는 소리가 들리는 듯했다. 바람이 스치는 소리인가 싶었는데 그다음 순간 명확한 사람의 속삭임이 귀에 꽂혔다.

"와 대박… 발레리나인가 봐."

"어려 보이는데 대단하다."

사람이 있다.

번쩍 고개를 쳐들었다. 겁먹은 부엉이 같을 게 분명한 표정으로 단상 아래의 어두운 편을 바라보았다. 이 공간에 단 하나 있는 가로등은 의도적으로 단상에 집중되어 있었으므로, 저 멀리 떨어진 공간은 어두워서 잘 보이지 않았다. 인상을 찌푸리고 그대로 멈춰 서서 바라보고서야 희미한 실루엣이 눈에 들어왔다.

'하나, 둘, 셋…'

꽤 많았다. 사람을 의식한 순간 손끝이 저렸다. 단상은 갑자기 무대가 되었다. 어두운 저 어딘가에 엄마도 있는 게 아닐까. 더 춤을 출 수 없었다. 그대로 굳어 있자 사람들이 소곤거리는 소리가 한층 더 선명하게 들렸다. 머리로 붙잡고 있던 음악이 끊겼다. 그러나 이상하게도 귀로는 계속 음악이 들렸다. 강유리였다. 그 애가 핸드폰으로 음악을 틀어 둔 것이다. 앰프가 없으니 저곳까지 음악이 들릴 리 없고 사람들은 침묵 속에서 내 춤을 보았을 테지만, 내 귀에는 음악이 선명하게 들렸다. 음악은 나를 재촉했다. 춤 없이 음악만 흘렀다. 윌리가 된 지젤이 알브레히트를 원망하고 유혹하는 장면이었다. 그러나 꼼짝도 할 수 없었다. 엄마가 아직 보이지 않는데도 숨은 빠르게 가빠졌다. 방금까지의 집중력은 한순간의 꿈이었나. 멈추어 경직된 손끝이 떨렸다. 춤이 무너지고 있었다.

'엄마의 환영은 아직 나타나지도 않았는데…'

목구멍이 화끈했다. 꼴사납게 울음이 터지려는 순간이었다. 그때 흔들리기 시작한 나의 양팔을 아주 살포시 받치는 힘이 느껴졌다. 강유리의 손이었다. 그 애의 손가락이 부드럽게 팔꿈치를 쓰다듬었다. 나의 팔은 그 애에 의해서 정말 혼백이 된 것처럼 너울거렸다. 뒤를 돌아봤다. 마주친 짙은 적갈색 눈동자는 언젠가 다큐멘터리에서 보았던 오래된 마호가니 나무 같았다. 마호가니 나무는 아름답고 단단해서 가구를 만드는 데 많이 쓰인다. 강유리의 눈동자가 그랬다. 아름답고 단단해서 내 마음을 옭아맸다.

"나를 봐."

강유리는 콩쿠르 2차 예선 때처럼 말했다. 순간, 굳어 있던 손끝이 움찔, 움직였다. 가까이에서 마주친 적갈색 마호가니 눈동자의 단단함이 머리를 채웠다. 다른 것은 생각나지 않았다.

#26

- 무대는 과연 무엇일까?

어릴 때는 답을 얻고 싶은 갈망보다는 호기심 때문에 던져 보던 질문
이었다. 내가 가질 수 없는 것. 내가 엄마에게서 빼앗은 것. 엄마가 그토
록 열망하고 그리워했던 것. 난 발레의 고통과 환희는 알았지만 무대에
는 무지했다. 그래도 상관없었다. 나는 엄마가 그토록 열망했던 춤이 궁
금했고, 그 춤에 끌렸다. 나는 그걸로 족했다. 내가 왜 발레를 하는지도
그다지 중요하지 않았다. 엄마의 춤이라는 사실과 흥미. 그 두 가지면 되
었다.

무대에 대한 궁금함이 갈망이 될 것 같으면 재빨리 외면했다. 언제부턴
가 나는 무대에 오르지 못하는 것을 엄마의 저주이자 내가 치러야 할 대
가일지 모른다고 생각했다. 오슬비가 콩쿠르 무대를 하나하나 격파하고,
크고 작은 무대에서 이런저런 역할을 경험하는 동안 나는 그 애의 동정
을 당연한 것으로 받아들였고, 그 이상을 쳐다보지 않으려고 했다. 그런
내 삶에 금이 가기 시작한 것은, 모든 것을 얕보고 있는 듯한 냉소적인

천재를 만난 순간부터였다. 발레 천재가 '이게 뭐 그렇게 대단한데?'라고 했을 때부터, 그 애가 나의 약점을 은근하게 건드리고 참견하기 시작했을 때부터 나는 심상치 않은 뭔가를 느끼고 있었다.

'이상한 일이야.'

내가 무대를 하고 있다니. 아니, 그보다 이상한 것은 이 순간의 모든 것이었다. 우주에 부유한 듯한 이 느낌. 몸과 마음에 일체의 무게감도 느껴지지 않았다. 말 그대로 유령이 된 것 같았다. 열병에 걸린 사람처럼 머리는 멍했고, 시간의 흐름조차 멈춘 것 같았다. 이 세상에 나와 강유리, 춤과 음악만 남은 것 같았다. 기묘한 감각은 지젤 2막 아다지오가 끝나가면서 서서히 사라졌다. 마치 신이 잠시 열어 둔 전지전능의 세계가 다시 슬그머니 닫히는 느낌이었다.

이 파드되는 사랑과 헌신으로 알브레히트의 목숨을 구하고 다시 무덤 속으로 돌아가는 지젤과, 그런 지젤을 붙잡지 못하고 슬퍼하는 알브레히트의 모습으로 끝난다. 나의 마지막 안무를 마치는 순간, 다리가 무대에 박힌 나무뿌리가 된 듯했다. 공기 중에 부유하고 있는 듯한 느낌이 서서히 사라지기 시작했다. 다리와 손끝, 팔, 어깨, 목… 차례로 무게감이 돌아왔다. 현실의 감각들이 온전해졌다.

"어…?"

나도 모르게 새어 나온 어리둥절한 탄성은, 방금까지의 일이 정말로 꿈이나 환상같이 느껴진 탓이었다. 그러나 이마에서 흘러, 코끝과 턱 끝을 지나 무대로 톡 떨어지는 땀방울은 현실이었다. 나는 천천히 정면을 쳐다보았다. 어두운 저편은 고요했고, 그 어떤 미동도 없었다. 아까까지 있던 사람들은 모두 돌아갔나. 좀 더 자세히 보려고 인상을 찌푸렸다. 실루엣이 흐릿하게 잡힌다 싶은 순간에 저편에서 '짝, 짝' 하는 박수 소리가 들렸다. 서너 번 천천히 반복되던 소리는 점차 늘어났다.

"어…?"

다시 얼빠진 소리가 흘러나왔다. 그제야 사람들이 제대로 보였다. 20명 정도 될까. 내가 우두커니 서 있자, 강유리가 옆으로 다가와서 가볍게 고개를 숙였다. 얼떨결에 나도 따라서 고개를 숙였다. 다시 고개를 들자 사람들의 얼굴이 보였다. 관객의 얼굴이었다. 그 순간 나는 가슴이 벅차서 견딜 수가 없었다. 심장은 마치 내가 여기 있다고 주장하는 것처럼 크게 뛰었다. 손이 저절로 가슴으로 올라갔다. 슬쩍 누르자, 쿵쾅거리는 박동이 손끝에서부터 온몸으로 퍼졌다. 머리까지 울리는 기분이었다. 조금 전 지젤을 추고 있을 때만큼 기이한 감각이었다. 그 어느 때보다 나의 존재가 선명하게 느껴졌다. 정확히는 나 자신의 생명력이 느껴졌다. 심장 소리는 내가 여기 있다고 애타게 소리치는 목소리처럼 들렸다.

"어어…?"

다리가 후들거렸다. 뭔가가 머리를 번뜩 스쳤다.

– 온두리, 너 왜 발레를 시작했니?

원장 선생님이 했던 질문이다. 나는 다시 가슴을 꾹 눌렀다. 놀랍도록 확실한 생명력이 여전히 힘차게 느껴졌다. '나'라는 존재가 이렇게 실감나게 느껴진 적이 또 있었던가. 스스로의 거센 박동으로부터 전해져 오는 게 있었다.

"괜찮아?"

등에 따뜻한 온기가 닿았다. 강유리가 등을 부드럽게 쓰다듬었다. 지나치게 따뜻하고, 과하게 부드러워서 눈물이 났다. 원장 선생님은 좋은 파트너가 되려면 서로를 소중하게 생각해야 한다고 했다. 내 손 위로 원장 선생님의 손을 겹쳤었다. 그때도 따뜻했다.

그 순간에 내가 오래도록 발레를 붙잡았던 이유를 깨달았다. 뉴턴이 중력을 발견했을 때처럼, 헬렌 켈러가 물이라는 단어를 온몸으로 깨달았을 때처럼 갑작스럽고 번뜩이는 직감이었다.

'나였어.'

엄마를 붙잡은 게 아니었다. 나는 나를 붙잡았던 것이다.

발레는… 혼란 속에 덩그러니 남겨진 내가 나를 포기하지 않으려고 발버둥친 증거였다.

#27

새벽 2시 즈음, 눈이 떠졌다. 허기 때문인지 아니면 최근에 일어난 급격한 변화 때문인지 알 수 없었다. 전자라면 일어나서 두유라도 마시는 게 숙면에 좋을 것이고, 후자라면 억지로 다시 잠을 청하는 것이 나았다. 배를 만져 보았다. 쑥 들어간 뱃가죽을 더듬다가 천천히 손을 위로 올려 갈비뼈를 만졌다. 공원에서의 밤 이후로 나는 가끔 나를 만져 보았다. 나의 살아 있음이 새삼스러웠다. 손을 가슴까지 올려서 다시 한번 나의 심장을 느꼈다.

그날, 공원에서 관중들이 하나, 둘 사라지고 강유리와 나 둘만 남게 되었을 때 나는 강유리에게 나의 심장에 대해서 이야기했다. 그 힘찬 박동과 오래도록 외롭게 버텨 온 생명력에 대해서 말했다. 발레에 몰두함으로써 잠시라도 잊을 수 있었던 고통과 허무에 대해서, 텅 비어 있던 마음을 발레로 채우고 버텼던 시간에 대해서. 결국 발레는 내가 나를 지키는 방법이었다는 이야기를 강유리는 진지하게 들어 주었다.

'그날 말을 한 것은 나뿐이었지.'

묵묵히 들어 주는 태도와 마음이 고마웠다. 다만, 자리를 털고 일어날

222

즈음엔 강유리가 겪고 있는 혼란도 의식하지 않을 수 없었다. 나는 강유리에게 네가 이대로 계속 발레에 머물러 있으면 좋겠다고 했다. 탐탁지 않아도, 네가 답을 찾을 곳은 결국 발레가 아니겠냐고 했다. 강유리는 잠자코 듣고만 있었다.

'안 되겠다. 두유라도 마시고 와야지.'

점점 더 잠이 달아나는 것은 아무래도 허기보다는 마음 때문인 것 같았지만 일단 몸을 일으켰다. 거실에 내려갔을 때, 나는 곧 두유를 마시러 온 결정을 후회했다. 오슬비가 거실에 있었다. 그 애도 냉장고에서 두유를 꺼내고 있었는데, 아무래도 스트레스와 허기 때문에 아예 잠에 들지 못한 것 같았다. 식단과 식습관은 물론, 생활 패턴도 비슷하니 생체 리듬도 같아지는 모양이었다. 오슬비도 이미 나를 발견했다. 내가 느끼는 불편함을 똑같이 느낄 터였다. 스튜디오에서 종 부리듯 내게로 발을 뻗었던 그 일을 우리는 해결하지 못하고 어물쩍 넘어가 버렸다. 오슬비가 두유를 하나 꺼내서 건네 주었다. 받을 때 손이 닿았다. 그 순간 오슬비는 빠르게 손을 거둬들이며 눈썹을 찡그렸다. 그러나 의식하고 한 행동은 아니었는지 아, 하고 당황스러워했다.

"요즘 손이 좀 아파서."

서툰 변명을 믿어 주는 수밖에는 없었다.

*

"어? 이거 온두리 언니랑 유리 오빠 아니야?"

수업 후, 환기를 하느라 활짝 열어 놓은 스튜디오 문 안으로 원생의 목

223

소리가 들렸다. 내 이름과 강유리 이름이 나와서 웝업을 멈추고 문 밖으로 빼꼼, 고개를 내밀었다. 전공 C반 애들 서너 명이 모여서 핸드폰으로 뭔가를 보고 있었다.

"뭔데?"

내가 묻자 애들은 놀라서 퍼뜩 고개를 들고는 서로 눈치를 봤다. 다시 뭔데 그러냐고 물으려는 순간에 오슬비가 다가왔다.

"이리 가져와 봐."

핸드폰을 들고 있던 애가 머뭇거리면서 폰을 가져왔다. 강유리와 최재호도 끼어들었다. 원생은 작아진 목소리로 "이거 아무리 봐도 두리 언니랑 유리 오빠 같아서요…" 하고 중얼거렸다.

화면은 처음에 몹시 흔들렸고, 주변은 어두웠고, 영상을 찍은 사람이 계속 "헐, 대박" 하고 중얼거리는 탓에 무슨 영상인지 알아보기가 힘들었다. 그러나 30초 즈음이 지난 뒤부터는, 카메라가 초점을 잡기 시작했다. 희끄무레했다가 점차 선명해지는 대상은… 그래, 나와 강유리였다. 며칠 전 공원 낡은 무대 위에서 췄던 파드되였다. 음악 대신 주변의 웅성거리는 소리만 들리는 영상에서, 나와 강유리는 느릿하고 부드럽게 움직이고 있었다.

"두리 언니랑 유리 오빠 맞죠? 인스타에 올라왔어요."

그때 누가 동영상을 찍고 있었던 모양이다. 귓가로 뜨끈하게 열이 몰렸다.

"뭐 하는데 그렇게 옹기종기 모여 있어?"

구석에서 마사지 볼을 정리하던 원장 선생님도 끼어들었다. 영상에 나오는 것이 나와 강유리라는 것을 알아보았는지, 나를 힐끔 보았다가 다시 영상으로 시선을 옮겼다. 발끝이 오그라드는 것 같았다. 영상이 다 끝나고, 원장 선생님은 아무 말도 하지 않았다. 뭔가를 곰곰이 생각하는 눈치였다. 원장 선생님이 그렇게 가만히 있는 탓에, 분위기는 점점 무거워졌다. 가슴이 짓눌리는 기분이 들었다. 원장 선생님의 미간에 주름이 잡혔다.

"온두리, 다시 가서 춰도 저렇게 출 수 있어?"

그건 대답할 수 없는 질문이었고, 원장 선생님은 대답을 종용하지 않았다. 대신에 단호한 어투로 명령하다시피 말했다.

"앞으로 두리랑 유리는 저기서 연습해라."

"네?"

아무 맥락도 없이 이게 무슨 말이지. 원장 선생님은 귀찮다는 듯이 손을 휘휘 저으면서 긴말할 것 없고, 하라는 대로 하라고 일축하고는 스튜디오를 나갔다.

"네가 무대에 설 수 있을지도 모른다고 생각하시나 본데?"

강유리가 중얼거리듯이 말했고, 반문한 것은 오슬비였다.

"뭐?"

나보다 더 놀란 것처럼 보였다. 그러나 곧 "아, 그래, 그럴 수도 있겠다"라면서 석연치 않은 미소를 지었다. 나는 새벽에 두유를 건네주던 일을 기억했다. 그때 닿았던 손과, 순식간에 생긴 거리감과 갑자기 확 찌푸렸던 눈 같은 것들을.

"넌 또 무슨 생각 하는 건데."

강유리가 나를 툭 쳤다. 그 덕에 생각이 흩어졌다.

다음 날, 원장 선생님은 스튜디오에서 바워크를 하는 나와 강유리를 보더니, 우리를 내쫓다시피 했다. 원장 선생님의 행태가 도저히 이해가 되지 않았지만 일단 호수공원으로 갔다. 밝을 때 보니 단상은 기억보다 형편없었고 그날의 무대는 더욱 꿈처럼 느껴졌다. 정말 나는 그때처럼 할 수 있을까. 그날, 내가 느꼈던 모든 감각과 생각했던 모든 것들은 다 황홀했지만 그렇다고 갑자기 무대를 할 수 있게 되리라고는 생각하지 않았다. 그건 또 전혀 다른 문제였다.

나도 모르게 한 걸음 물러나는 것을 뒤에서 강유리가 막았다. 고개를 돌려 올려다보자, 고갯짓으로 무대를 가리킨다. 마지못해 슬그머니 무대 중앙에 발을 디뎠다. 무슨 의미가 있는 건지는 모르겠지만, 우리의 그 요상한 공원 연습은 그렇게 시작되었다.

길어야 일주일이면 끝날 거라고 생각했던 공원 특훈은 2주 가까이 이어졌다. 원장 선생님은 가끔 마실 나오듯이 들러서 감시 아닌 감시를 했다. 그즈음이 되자 나와 강유리도 공원이 익숙해지기 시작했다. 처음에는 모든 것이 부끄럽고 어색했는데 시간이 지나면서 조금씩 익숙해졌다. 물론 기절의 전조나 환영이 찾아올 때도 있었다. 그럴 때는 강유리가 내 주의를 환기시키면서 완급 조절을 했고, 탁 트인 곳에서의 연습이 그렇게 이상하게 느껴지지 않으면서부터는 기절이나 환영을 느끼는 순간도 많이 줄었다. 나는 이러다 정말 무대에서 기절하는 게 고쳐지는 건 아닐까, 하고 작은 기대를 하기도 했다. 그리고 바로 딱 그 무렵에 오슬비가 뜻밖의 제안을 해 왔다.

"나 구경하러 가도 괜찮지?"

사실 제안이라고 하기에는 무리가 좀 있었다. 일단 허락을 구하는 투가 아니었고, 내가 싫다고 해도 올 기세였다. 더구나 우리는 몇 가지 일들이 겹쳐서 쌓인 서먹함과 오해를 아직까지도 그대로 두고 있었다. 마주치면 간단한 인사나 일상적인 이야기만 몇 마디 나눌 뿐, 서로 장벽 같은 것을 느끼고 있었다.

오슬비가 자기중심적인 성격이라는 걸 잘 알고 있었지만, 이렇게까지 독불장군이었던 때는 또 드물었다. 어찌 대답을 해야 하나, 하고 어물거리는 사이, 오슬비는 "뭐 공원 전세 낸 거 아니잖아?" 하고는 바로 다음날 공원에 찾아왔다.

해가 질 무렵이었다. 나와 강유리는 지젤을 맞춰 보고 있었다. 단상 주변에는 몇몇 사람들이 걸음을 멈추고 호기심 어린 시선으로 우리를 구경하고 있었다. 그 사람들 중에 오슬비가 끼어 있었다. 강유리가 먼저 오슬비를 발견하고, 잠시 동작을 멈췄다.

"어 뭐야. 쟤가 어쩐 일이야?"

강유리의 말에 나도 오슬비가 온 것을 알았다. 어제 전세 운운할 때부터 어째 불안했었다.

"아, 구경하고 싶대."

"구경?"

뭐가 궁금해서 구경까지, 하고 강유리는 장난스럽게 중얼거렸다. 오슬비가 우리를 향해 가볍게 손을 흔들었다. 연습에 끼어들고 싶은 생각은 없는지, 더 다가오지 않고 단상에서 좀 떨어진 공원 바닥에 쪼그려 앉는다. 빤히 쳐다보는 그 눈길을 무시할 수 있을 만큼의 무신경함이 내겐 없었다.

'아니 대체 왜 구경이 하고 싶은 거야.'

그 애의 시선이 살갗에 느껴지는 듯했다. 시선. 역시 그 시선이 문제였다. 그게 한번 의식이 되자 모여 앉은 얼마 되지 않는 사람의 시선도 가슴에 꽂히듯이 느껴졌다. 최근에 많이 찾아들었던 그 감각이 스멀스멀 올라왔다.

무대를 보고 있는 사람이 10명이 채 되지 않았는데도 숨이 가빴다. 너무 의식한 탓일 것이다. 어릴 적에도 이랬다. 나를 보는 엄마의 눈빛이 언제 얼음장처럼 차가워질지 몰라 항상 눈치를 살폈다. 오금이 저리도록 긴장하던 그때로 다시 돌아가고 있었다.

강유리가 나의 이상을 눈치채고, 안무를 멈췄다. 차분하게 단상 위를 응시하던 오슬비가 자리에서 벌떡 일어나는 게 보였다. 오슬비는 내가 비틀거리자 인상을 구기면서 단상 위로 달려왔다.

"야, 야- 온두리-!! 내 목소리 들리지?!"

오슬비의 다급한 목소리는 도리어 나를 안정시켰다. 내가 잘 알고 있는 오슬비였다.

"괜찮아, 여기 무대 아니야. 숨 쉬어."

그 애는 내 숨이 천천히 원래대로 돌아오는 것을 살피면서 팔을 주물렀다. 세심한 손길이었다. 증상이 천천히 나아지는 것을 느끼면서 나는 내심 우리의 기묘한 냉전이 끝나겠구나, 하고 생각했다. 오슬비가 굳이 공원 연습을 구경하겠다고 한 것도 이런 순간을 바라서였을 수도 있다.

"아… 이제… 괜찮아."

5분쯤 지나자 컨디션이 돌아왔다. 수그렸던 고개를 들었다. 오슬비에게 웃으며 고맙다고 말할 작정이었다. 이제까지의 그 영문을 알 수 없는 조용한 싸움을 이 일을 계기로 그냥 없던 셈 치려고 했다. 그러나 오슬비는 단 한 번도 보지 못했던 얼굴로 나를 노려보고 있었다. 방금 전에 놀라서 헐레벌떡 뛰어온 사람이라고는 생각할 수 없을 만큼 형형한 눈빛이었다.

"너 진짜 짜증 난다."

대체 뭐가. 왜 화를 내는 건데. 그 이유가 짐작조차 가지 않았다. 가까스로 다스린 호흡이 다시 뒤집힐 것만 같았다.

"갑자기 왜 그래?"

정말 영문을 알 수 없어서 묻자, 오슬비의 얼굴이 꼭 모욕을 당한 사람처럼 창백해진다. 오슬비는 새치름하게 올라간 눈꼬리를 더욱 치켜세우고 몇 초간 나를 노려보더니 쿵쾅쿵쾅 자리를 떠났다.

"뭐야 왜 저래?"

황당하기는 강유리도 마찬가지였다. 나는 허겁지겁 오슬비를 쫓아갔다. 뛰어가서 그 애의 팔을 잡았다. 고집스럽게 내치면 어떡하나 걱정을 했는데, 다행히 순순히 돌아선다. 다만, 뾰족한 눈빛은 그대로였다.

"왜 그러는데. 뭐가 문제야?"

혹시 나도 모르는 사이에 내가 뭔가 엄청난 잘못을 저지른 게 아닐까. 아니라는 걸 알면서도 자꾸 의심했다. 그만큼 오슬비의 태도는 확신에 차 있었다. 확신에 찬 분노였다.

그러면서도 바로 뭐가 문제라고 말을 하지 않아서, 애가 타는 쪽은 나였다.

"요즘 너 계속 이상했어. 왜 그러는 건데. 시원하게 얘기를 좀 해 보자 우리."

한 번 더 채근하듯이 물었다. 오슬비는 얼굴을 더 찡그렸다. 그러더니 더 이상 참지 못하겠다는 듯, 말을 쏟아내기 시작했다.

"가끔 너는 아무렇지도 않은 얼굴로 사람 속을 뒤집어."

첫 마디부터 사람을 얼어붙게 만든다. 오슬비는 아까보다도 한층 더 모난 얼굴을 하고 있었다.

"순진한 얼굴로 신경을 건드린다고. 일부러 그러는 거면 귀엽다 하겠는데, 정말 몰라서 그러니까 더 짜증이 나."

"무슨 소리야, 그게."

"너 정말 모르겠어?"

이제는 대놓고 힐난하는 듯한 눈초리다.

"그 잘난 재능을 가지고도 발레리나가 되고 싶은지 잘 모르겠다느니, 무대에 서지 못해도 상관없다고 지껄였잖아. 옆에서 걱정하면서 지켜보는 사람들은 생각 안 하지. 꼴 우습게 만든다고."

추호도 예상하지 못했던 말이었다. 방심하고 있다가 카운터펀치를 맞은 복서처럼 머리가 띵했다.

"귀신 같은 재주를 타고났으면서 그걸 아무렇지 않게… 길가에 돌멩이만도 못하게 생각해 너는. 무대에 못 서도 상관 없다고? 발레를 왜 하는지 모르겠다고? 그런 말을 들을 때마다 화가 치밀어. 차라리 악착같이 덤비지 그랬어. 차라리 발레에 미쳐서 살지 그랬어. 그랬으면 이렇게 화가 나지는 않았을 거야. 그 잘난 재능이 가야 할 애한테 갔구나, 했을 거라고."

정신이 아득해지는 와중에 오슬비와 함께 제인 원장 선생님의 학원에 처음 갔던 날이 떠올랐다. 10살, 어렸던 날이었다. 넓은 스튜디오. 선녀처럼 하늘하늘한 언니들. 종이 한 장 들어갈 여유도 없이 들러붙는 레오타드의 묘한 아름다움, 일사분란하게 움직이는… 마치 아름다운 군대를 보는 듯했던 바워크. 오슬비는 단번에 그 모든 것에 반한 눈빛이었다. 오슬비의 욕망은 이미 그때부터 시작됐다.

"네가 모든 안무를 너무나 쉽게, 그것도 기계처럼 정교하게 해내고서도 덤덤한 얼굴을 할 때, 그 좋은 실력을 무대에서 펼쳐 보지도 못하고 기절하는데도 '별수 없지' 정도로 넘겨 버리는 널 볼 때마다 내 머릿속에서는 비린내가 나. 밤마다 천장을 멍하니 쳐다보면서 '왜 나는 온두리 같은 재능이 없을까' '그런 초능력이 왜 나한테는 없는 걸까. 심지어 그 애는 딱히 발레리나가 되고 싶은 것도 아닌데' 이런 비참한 생각을 하다가 잠드는 게 얼마나 고역인지 너는 모르겠지."

나는 두 가지 이유로 혼란스러웠는데, 하나는 오슬비가 지금껏 그런 내색을 한 적이 없기 때문이고, 다른 하나는 어떻게 오슬비가 나한테 그런 마음을 품을 수 있는가에 대한 거였다. 다른 사람은 몰라도 오슬비는 나한테 그럴 수 없었다. 내가 무엇을 잃었는지 아는 저 아이가 이럴 수는 없는 거였다. 나는 엄마한테서 발레를 빼앗았고, 발레는 나에게서 엄마를 빼앗았다. 그건 내 모든 것이었다. 내가 나를 위한 발버둥으로 발레를 붙잡은 것도 맞고, 그건 꽤 괜찮은 일이었지만 그전에 발레에 모든 것을 빼앗긴 것도 사실이었다. 그 모든 사연과 함께 해 온 사람이 바로 오슬비였다. '네가 어떻게 나한테-' 하는 마음이 들지 않을 수 없는 것이다. 오슬비는 충격 받은 나를 보고도 아랑곳하지 않았다.

"그래도 참을 수 있었어. 너의 그 어중간하고 무심한 태도가 너무 짜증났지만, 네가 무대에 오를 수 없다는 것도 사실이니까. 그걸 생각하면서 그냥 널 불쌍하게 여길 수 있었다고. 그런데 이제 얘기가 달라졌지."

이어지는 말은 강유리가 학원에 나타난 이후에 대한 것이었다. 그 애를 만나고 나서부터 내게 생긴 변화를 오슬비는 나보다 더 극적으로 느끼고 있었다. 그 변화가 어떨 때는 기쁘고 다행이다 싶었지만, 많은 순간 불쾌했음을 거리낌 없이 털어놓았다.

"여태 발레도, 무대도, 그 잘난 재능도 별거 아닌 것처럼 대해 놓고는 이제 와서 어중간하게 무대에 곁눈질하는 거 솔직히 좋게 안 보여. 차라리 진작 그러지 그랬어, 온두리. 그랬다면 내 마음도 이렇게 모나지는 않았을 거야."

조용히 "슬비야" 하고 그 애를 불렀다. 그 애가 놓치고 있는 것을 알려 줄 요량이었다,

"너는 발레 때문에 소중한 걸 잃어 본 적 없잖아."

오슬비는 잠시 나를 가만히 보다가 짜증스럽게 대꾸했다.

"그게 발레 때문이니? 사람이 문제인 거지."

그리고 그 애는 돌아섰다. 나는 더 이상 오슬비를 쫓지 않았다. '사람이 문제인 거지'라는 말을 속으로 오랫동안 곱씹었다. 뒤에서 발자국 소리가 들렸다. 익숙한 걸음 소리였다. 몸을 돌리니, 강유리가 서 있었다. 너무 안 와서 찾으러 왔다고 했다. 갑작스럽게 눈물이 솟았다.

나와 타인의 거리감이 너무 크게 느껴졌다. 여태 가족으로 지내 왔고, 실제로도 그러한데 나의 아픔을 이해하지 못하는 오슬비와 그런 오슬비의 마음을 단 한 번도 짐작해 보지 못한 나. 필연적으로, 또 엄마가 떠오른다. 기어코 눈물이 투둑 떨어졌다. 강유리가 한숨을 쉬었다.

"그래서 말했잖아. 사람이 사람을 상처 입히는 건 참 쉽다고."

그 말에 담긴 아픔을 더듬어 만진다. 강유리가 아빠로부터 받은 상처

또한 더듬어지는 듯했다. 오슬비의 말이 맞다. 어떻게 발레가 문제일까. 나의 엄마와 이 애의 아빠. 부족하고 연약하고 악한 사람의 문제였던 것이다.

#28

　이틀 동안 심하게 아팠다. 이모는 무대에서 기절하는 것을 다시 끄집어내며 마음에 병이 들어 그렇다고 했지만, 나는 최근 계속 야외에서 연습을 했기 때문일 거라고 짐작했다. 물론, 오슬비로 인한 스트레스도 일조를 했을 것이다. 전형적인 독감 증상이었다.

　호수공원에서 몹시 화를 냈던 오슬비는 내가 고열에 시달리며 앓는 것을 보고는 겁에 질렸다. 죄책감에 시달리는 것 같기도 했다. 최근에 은근하게 못되게 굴었던 것과 공원에서 살쾡이가 달려들 듯이 쏘아붙였던 것을 생각해 보면 일견 꽤씸하기도 한 모습이었다. 나는 그 애가 겁에 질린 것을 알고 조금 안심했다. 잠깐 열이 내리고, 비몽사몽 헤매는 동안 오슬비가 내 방에 들어왔었다. 내 이마를 몇 번 쓰다듬더니 울 듯이 한숨을 쉬었다. 열감 때문인지 오슬비의 얼굴은 꼭 8살 아이처럼 보였다. 나를 지키는 언니 노릇을 시작했던 그때의 모습이었다.

　"내가 말이 너무 심했어."

　그 말을 들으면서 웃었던가 아니면 나도 한숨을 쉬었던가. 어쨌거나 나는 그대로 눈을 감았다.

앓는 동안 계속 꿈을 꿨다. 현실이 아닌, 정신과 마음의 세계에서 5살의 나를 만났다. 어린 나는 엄마의 주변을 마치 위성처럼 멀찍이서 맴돌고 있었고, 한가운데에 있는 엄마는 찰흙덩어리 같은 몰골로 아라베스크 자세를 하고 있었다. 같은 자리를 크게 맴돌던 아이는, 내 다리에 이마를 콩 부딪치고서야 멈췄다. 나를 올려다보는 아이의 눈가가 붉었다. 마음이 찢기는 듯해서 급히 아이를 안았다. 그 순간 엄마가 움직였다. 사실 사람이라기보다 정말로 찰흙을 뭉친 것 같은 모양이었는데 어쨌거나 그건 엄마였다. 엄마는 철퍽철퍽 둔중한 소리를 내면서 나에게로 달려왔다. 나는 아이를 안고 도망쳤다. 끝도 없는 어둠 속에서 내가 달리는 곳은 무대였다. 숨이 턱까지 차오르기 시작했을 때, 품의 아이는 무게를 더해 갔다. 나중에는 쌀 한 포대를 안고 있는 것처럼 무거웠다. 바짝 쫓아온 엄마에게 당장이라도 붙잡힐 것 같았고, 아이는 품에서 떨어지려고 했다.

'아, 안 돼!'

아이를 놓치려는 순간이었다. 나를 바짝 끌어안는 품이 느껴졌다. 단단한 팔과 손이 나와 아이를 함께 안았다. 앗, 소리를 지르며 고개를 쳐들었다. 나를 안은 사람은 제인 원장 선생님이었다. 원장 선생님은 엄중하고도 짜증스러운 얼굴로 나와 아이를 번갈아 보더니, 엄마를 노려보았다.

– 이 애가 자기 인생을 살게 내버려 둘 순 없어?

원장 선생님의 일갈에 엄마는 주춤 물러났다. 믿을 수 없어서 나는 몇 번이나 눈을 깜빡였다. 그러자 나를 안은 사람은 이모가 되었고, 그다음 순간에는 이모부가 되었고, 또 그다음은 오슬비였다.

– 누가 감히 내 동생을 건드리는 거야!

잘난 척하듯이 말하면서, 그 애는 사슴 다리처럼 가느다란 팔로 나와 아이를 끌어안았다. 어, 뭔가 이상하다 생각하는 순간에 또 모습이 바뀌었다. 팔은 두꺼워졌고, 더욱 단단해졌다.

– 나를 봐.

강유리였다.

✳

실컷 앓고 일어나니, 몸이 깃털처럼 가벼웠다. 아프면서 실제로 살이 좀 빠진 탓도 있을 것이다. 정신도 맑아진 것 같았다. 열이 대체 얼마나 올랐다가 떨어진 것인지 이마에 들러붙은 머리카락은 여전히 땀에 젖어 축축했다. 일으켜 세운 등도 땀이 채 다 마르지 않은 상태였다.

창밖은 어슴푸레했고, 아침 빛깔도 섞여 있었다. 해가 저무는 중인지, 뜨는 중인지 알 수 없었다. 머리맡의 핸드폰은 방전이 되어 있었다. 나는 한동안 침대에 멍하니 앉아 있었다. 그러다가 문득 춤을 추고 싶다는 생각이 들었다. 몸이 너무 가벼웠기 때문이다. 뭐든 할 수 있을 것 같았다. 열 때문에 수분이 잔뜩 빠지면서 혹시 몸 안의 장기도 하나쯤 같이 빠져버린 건 아닐까. 그렇지 않고서야 이렇게 몸이 가벼울 리가.

바닥에 발을 디디고 서는 순간, 살짝 휘청했지만 곧바로 몸을 세웠다.

퍼스트 포지션부터 5번 포지션까지 물 흐르듯이 맞춰 본다. 숨을 쉬는 것보다 매끄러웠다. 천천히 같은 동작을 반복했다. 이마와 목과 가슴에서 식었던 땀이 다시 송골송골 올라왔다.

'기분 좋아.'

조금만 더 하면 콧노래도 부를 수 있을 것 같았다. 흐음- 하고 낮은 소리가 나오는 순간, 방문이 살짝 열렸다. 오슬비가 들어오려다가 놀라서 그대로 멈췄다.

"…아침부터 뭐 해?"

그제야 나는 해가 뜨는 중이라는 걸 알았다. 퍼스트 포지션으로 다시 돌아가서 동작을 멈췄다. 묘한 얼굴을 하고 있는 오슬비를 보자, 앓기 직전의 일이 떠올랐다. 서슬퍼런 얼굴로 노려보던 그 표정과 비난의 말투 같은 것들. 또, 올라간 눈초리를 잔뜩 누그러뜨리면서 말이 심했다고 자책하던 모습과 꿈속에서 나를 끌어안던 사슴 다리 같던 팔도. 모든 것이 순식간에 스쳐 지나갔다. 문득 이상하다는 생각이 들었다. 오슬비에게 호된 말을 들은 직후에 꾼 꿈이 어째서 그런 내용이었을까.

"발레."

소곤거리듯 한 목소리를 용케 알아듣고 고개를 끄덕인다. 오슬비는 조용히 방문을 닫아 주었다. 계속해서 몸을 움직였다. 땀은 맺히고, 떨어지고, 다시 맺혔다. 몸에 수분이 한 방울도 남지 않은 것 같은 순간에 이르고서야 나는 동작을 멈췄다.

1층 주방에서는 나흘 전보다 더 수척해 보이는 이모가 죽을 끓이고 있었다. 이모는 날 보자마자 속이 저미는 사람의 표정이 되었다. 말만 안 했지 애물단지를 보는 눈빛이었다. 그러나 나는 꿈에서 나를 지키려 하던 이모의 모습을 겹쳐 보지 않을 수 없었다.

"슬비는요?"

"학원 갔다."

"오늘 토요일이에요?"

"그래. 그러니까 침대에 꼼짝 말고 누워 있어. 아니면 병원 갈래?"

나는 학원에 가고 싶었다. 그러나 그 말을 했다가는 이모가 정말 내가 죽을 때가 되었다고 생각할 것 같아서 잠자코 다시 내 방으로 올라왔다. 핸드폰 전원을 켰다. 앓는 이틀 동안 연락을 한 사람은 두 명이었다. 제인 원장 선생님과 강유리.

- 원장 선생님 : 반푼이 무용수가 아플 시간이 어디 있냐. 두 다리로 설 만하면 나와서 연습해라.
- 강유리 : 살아 있어?
- 강유리 : 오슬비가 그러던데, 너 열이 심하다고. 좀 나으면 연락 줘.
- 강유리 : 약은 먹었냐?

푸스스 웃음이 나왔다. 나는 나의 생존을 알리고, 이모가 가져다 준 죽을 한 그릇 다 비우고, 다시 깊은 잠에 빠져들었다. 먼저 꾸었던 꿈을 한번 더 꾸었다. 다시 꾼 꿈속에서 엄마는 찰흙 인형 같은 형체마저도 뭉그러진 진흙 덩어리가 되어 있었다. 데굴데굴 굴러서 나를 쫓아오는 그 진흙 덩어리를 이리저리 피했다. 내 품에는 조금 더 커진 어린 내가 안겨 있었다. 꿈의 디테일은 약간 달라졌지만 마지막 장면은 똑같았다. 오슬비와 강유리만큼은 표정도 대사도 먼저 번의 꿈 그대로였다.

#29

월요일에 체중을 재 보니 2킬로그램이나 줄어 있었다. 줄어든 것은 수분과 근육일 텐데, 희한하게도 머리가 가뿐했다.

'지금 같은 컨디션이면 〈라 실피드〉를 춰도, 〈지젤〉을 춰도 다 엄청난 게 나올 것 같다.'

무엇이든 해낼 수 있을 것 같은 낯선 느낌이 몸속 어디선가 휘몰아치고 있었다. 교복까지 챙겨 입고 나와서 학교로 가지 않은 것은 처음 겪는 바로 그 느낌 때문이었다. 당장 춤을 추고 싶었다.

'열 때문에 머리가 이상해진 건 아니겠지.'

아침 8시. 보안을 해제하고, 학원 문을 열었다. 수년간 드나들던 곳이지만 월요일 아침부터 온 것은 이번이 처음이었다. 내 집처럼 익숙한 학원 문턱인데 어쩐지 오늘만큼은 묘하게 낯설었다.

가장 큰 스튜디오의 문을 열었다. 커다란 창문도 활짝 다 열었다. 발에 토싱을 하고, 교복 그대로 토슈즈를 신었다. 스트레칭과 바워크를 시작한 순간부터 머릿속에서는 〈그노시엔느 3번〉 곡이 흐르고 있었다. 땀이 너무 흘러서 교복 셔츠와 치마를 훌렁 벗어 버렸다. 거추장스러웠다.

얇은 셔츠 한 장과 속바지 한 장을 입고, 30분가량 더 바워크에 집중했다. 머릿속의 곡은 자연스럽게 〈지젤〉의 곡으로 흘러갔다. 강유리와 지겹도록 연습했던 파드되 부분이었다. 나는 공원에서의 연습과 무대를 떠올렸다. 곧 그마저도 머릿속에서 지워지고 음악과 춤만 남았다. 엄마도, 과거도, 복잡한 생각들도 다 날아가는 그 순간이 한차례 지나가고, 나는 잠시 멈춰서 숨을 골랐다. 스튜디오 문 앞에 원장 선생님이 서 있었다.

"어? 언제부터 계셨어요?"

원장 선생님은 대답 없이 그대로 서서 날 바라보고만 있었다. 꿈에서 진흙 덩어리의 모습을 한 엄마에게 버럭 소리치던 원장 선생님의 모습이 머리를 스쳤다.

"언제부터 이러고 있었니? 몸은 좀 괜찮고?"

꿈을 설명할까 하다가 그만두었다. 원장 선생님은 낯선 시선으로 나를 쭉 훑어보았다.

"네가 이 시간에 학교도 안 가고, 그런 차림으로 여기서 춤을 추고 있는 걸 내가 어떻게 해석해야 할지 모르겠는데 말이지."

"아, 그게… 어쩌다 보니…"

"너희 이모한테 너 열이 펄펄 끓는다고 연락이 왔어. 2주씩이나 야외에서 연습을 시키는 게 말이 되냐고 얼마나 화를 냈는지 모르지? 애를 먹었다고 내가. 그런데 지금 널 보니까 이모가 화를 낼 만했구나 싶네…. 열 때문에 뇌세포가 너무 많이 죽은 건 아닌지 걱정이 되거든. 월요일 이 시간에 여기서 이러고 있는 게 상당히… 이상해."

원장 선생님은 농담인지 진담인지 모를 말을 하면서 가까이 다가왔다. 살이 빠졌구나, 하고 중얼거리더니 마치 관찰하듯이 나를 둘러본 뒤에,

짧게 한마디 했다.

"방금 거 아주 좋았어."

들어본 지 참 오래된 칭찬이었다. 입꼬리가 씰룩거렸다.

"공원에서 했던 것처럼 파드되 출 수 있어? 그 영상에서처럼 가능해?"

그거야 해 봐야 알 일이었다. 그런데도 나는 곧바로 고개를 끄덕였다. 불가항력의 직감 같은 거였다. 원장 선생님은 씩 웃더니, 강유리에게 전화를 했다. 어차피 그 앤 한국에서 학교를 다니지 않았다.

"네 파트너 온다니까 준비해."

갑자기 이게 무슨 상황인가 싶으면서도 일단 나는 옷부터 갈아입었다. 강유리는 1시간쯤 뒤에 학원에 도착했다. 아까 원장 선생님을 마주했을 때처럼 이번에도 역시, 꿈에서 나를 지키던 그 애의 모습과 말이 떠올랐다. 괜히 민망해서 시선을 똑바로 마주치지 못했다. 강유리는 픽 웃으면서 "아팠다더니 더 이상해졌네" 하고 신경에 거슬리는 소리를 했다.

바로 〈지젤〉 파드되를 췄다. 추는 중에도 알 수 있었다. 우리는 파드되를 완성시켰다. 마지막 안무까지 끝내고, 강유리는 순수하게 감탄했다. 아프면서 전설의 명약이라도 먹고 온 거냐며 농담을 했다. 원장 선생님의 눈은 비장한 기운을 담고 있었다. 입술을 잘근잘근 씹으면서 나를 거의 뚫을 기세로 쳐다보던 원장 선생님은 손뼉을 짝- 마주쳤다. 갑자기 결의에 찬 이유를 도무지 짐작할 수 없었다.

"국제 콩쿠르 남은 게 있어, 두리야."

원장 선생님은 단어 하나하나에 힘을 주어 한 번 더 말했다.

"국제 콩쿠르 남아 있다고."

나는 한 박자 뒤에야 비로소 그 말의 저의를 깨달았다. YAGP가 남아 있었고, 원장 선생님은 기회를 얘기하고 있었다. 내가 무대에 설 수 있는 기회, 발레리나로의 인생을 계획해 볼 기회, 또 엄마의 그림자, 과거의 그림자에서 벗어나 행복할 수 있는 기회를.

"무대에서 기절 안 할 수 있겠어?"

나는 대답하지 못했다. 원장 선생님은 다시 물었다.

"네 엄마로부터 떨어져 나올 수 있겠니?"

여전히 대답할 수 없었다. 방금까지 잔뜩 차올라 있던 자신감이 뚝뚝 깎여 나갔다. 나도 모르게 고개를 저었다. 아니, 저으려고 했다. 고개를 옆으로 돌렸을 때, 강유리와 눈이 마주쳤다. 내가 도움을 청하는 것처럼 보였을지도 모르겠다. 강유리는 나지막이 말했다.

"저번에 공원에서 우리가 처음 파드되 제대로 해냈을 때, 네가 했던 말 기억나? 발레는 결국 네가 너를 지키는 방법이었다는 말. 그러니까 이번에도 너를 위해서 결정해."

그러더니 마치 격려하듯이 선선하게 웃었다. 그 미소는 일전에 '좋네, 파트너라는 거'라고 했던 날과 같았다. 내 시선을 빼앗았던 그 미소였다.

"네 인생이잖아."

그 말이 내 뒤통수를 꽉 짓눌렀다. 다음 순간에 나는 고개를 젓는 것이 아니라, 끄덕이고 있었다.

#30

　이모에게 YAGP 콩쿠르 이야기를 꺼냈다. 이모는 당황한 기색이 역력했다. 나 역시 내가 무대 위에 서는 것을 전혀 상상할 수 없었으니까.

　이모는 돈 얘기부터 꺼냈다.

　"제정신이니? 국제 콩쿠르가 돈이 얼마나 드는데. 네가 가면 슬비도 나간다고 할 거야. 네가 안 가도 걔는 하겠다고 할 거고."

　그러고는 오해의 소지가 있다고 생각했는지 빠르게 덧붙였다.

　"네가 정말 기절하지 않는다면 무리해서라도 보내 줄 수야 있겠지. 그런데 8년 동안 모든 무대에서 기절하던 게 갑자기 괜찮아질 리가 있니? 요즘 좀 나아졌다고 해도 고작해야 그 공원 한정이잖아."

　이모는 머리가 아픈지, 이마를 꾹꾹 눌렀다. 마지막에는 타이르는 모드가 되었다.

　"8년이면 할 만큼 했다. 나도 너도 할 만큼 한 거야. 그냥 편한 길 가자 두리야. 기절할 정도로 끔찍한 기억에 얽혀 드는 길을 왜 굳이 가려고 하니. 이제 너도 네 인생 살아야지. 자그마치 8년이야, 8년. 춤에 매달려서 그렇게 허송세월 보냈으면 이제 그냥 피해 가는 게 현명한 거야."

243

8년. 그 시간 동안 이모도 많이 늙어 있었다. 이모의 얼굴에서 8년의 피로감이 읽혔다. '할 만큼 했다'는 이모의 말에서 이모가 나를 돌보아 준 세월을, 이모가 나를 걱정하고, 책임지고, 나름의 애정을 다했던 날들이 떠올랐다.

이모가 소파 앞 탁자 위에서 꼼지락거리는 내 손을 꽉 잡았다.

"네 인생 살아야지, 두리야."

강유리도 비슷한 말을 했었다. '네 인생이잖아' 하고. 같은 말이지만 의미는 달랐다. 내게 맞는 것은 무엇일까. 머리가 뒤죽박죽으로 엉키려는 순간에 덜그럭거리는 소리가 들렸다. 언제 내려온 것인지 오슬비가 주방 냉장고에서 두유를 꺼내고 있었다.

"아, 배가 고파서."

이모가 인상을 팍 쓰면서 빨리 올라가라고 손짓했다. 오슬비는 아랑곳하지 않고 서서 두유를 쪽쪽 빨았다. 이모가 혼잣말로 "이놈이고 저놈이고 말을 안 들어 먹지" 하고 중얼거렸다. 오슬비는 단숨에 두유 한 곽을 비우고서 기어코 한마디 했다.

"엄마, 쟤가 스스로 뭔가에 도전해 보겠다고 말한 거, 손에 꼽아. 인생 통달한 사람처럼 살던 온두리가 국제 콩쿠르 얘기를 꺼낸 게 어떤 의미겠어."

그 말을 던져 놓고서는 다시 2층으로 올라간다.

"어… 저도 이만 올라가 볼게요."

잡혀 있던 손을 비틀어 빼내고 도망치듯 위로 올라왔다. 어영부영 끝낸 대화보다는 도무지 알 수 없는 태도의 오슬비가 더 신경 쓰였다. 그애의 진심은 뭘까. 나를 응원하는 건가 미워하는 건가. 오랜만에 오슬비의 방문을 열었다. 나는 용건이나 할 말을 생각하지 못한 채였다. 뒤늦게 후회가 됐다.

"마침 줄 거 있었어. 책상 위에 둔 봉투 가져가. 네 거야."

쫓아온 건 나인데 오히려 오슬비가 용건을 말했다. 그 애 말대로 봉투가 있었다. 발레 공연 티켓이었다. 이건 오슬비 식의 화해 신청이었다. 싸우거나 나에게 위로가 필요한 상황일 때 오슬비는 이런 식으로 뭔가를 선물하곤 했다.

"쁘띠빠 발레 하이라이트(고전 발레의 창시자로 불리는 프랑스 안무가 '마리우스 쁘띠빠'의 안무작 중 몇 가지 작품의 하이라이트를 선보이는 공연) 공연한대. 표 두 장 들었으니까 강유리랑 보고 오든지."

"아… 응. 고마워."

이제 나가면 되는 건가. 그럴 타이밍인가. 충동에 쫓겨서 무작정 따라 들어왔지만 이렇게 나가면 안 될 것 같다. 슬금슬금 문고리를 잡는 순간이었다.

"저번 일은 미안해."

어쩐지 기운이 없는 목소리였다.

"그렇게 말하면 안 되는 거였어."

쿵쾅쿵쾅 심장이 뛰었다. 이렇게 갑자기 사과를 할 줄은 몰랐다. 나는 오슬비가 준 봉투의 모서리를 손으로 가만가만 긁었다. 한 가지 질문이 머리를 맴돌았다.

"그때 그 말들… 진심이었어?"

오슬비는 입술을 달싹거리다가 말했다. 곤혹스러워하는 것이 느껴졌다. 원래 거짓말을 잘하지 못하는 애였다. 아니. 애초에 자기가 거짓말을 해야 하는 것 자체를 자존심 상해 하곤 했다. 내가 왜 남 비위를 맞추려고 거짓말을 해야 하느냐는 게 이 녀석의 지론이었다. 그러고 보면, 그동안 나에게 그 속내를 표현하지 않은 것 자체가 대단한 일이다. 오슬비는 인상을 우그러뜨렸지만 고개를 끄덕이지는 않았다. 나는 다른 걸 물었다.

"내가 미워?"

"…미울 때가 있었지."

"그럼, 좋을 때는?"

"그걸 말이라고 하냐?"

처음보다 더욱 얼굴이 구겨진다. 하마터면 분위기에 안 맞게 웃음이 터질 뻔했다. 기껏 화해의 기류를 타고 있는 분위기를 망칠 필요는 없었다. 큼, 큼 웃음을 삼키고 돌아섰다. 문을 나서려는데, 오슬비가 나직하게 말했다.

"YAGP, 나도 갈 거야."

나는 혹시 그 말이 2차전을 예고하는 선전포고는 아닐지 긴장했다. 머리가 띵했다.

"오해하지 마. 네가 너를 위해서 결단을 내린 것처럼 나도 그런 거니까. 그리고 너랑 제대로 붙어 보고 싶기도 하고…"

오슬비의 선언은 선전포고이기도 했고, 자신을 위한 걸음이기도 했다. 어쨌건 이전과 같은 골치 아픈 싸움은 아니었다. 방문을 닫고 나오면서 직감했다. 무언가가 정리되어 가고 있다. 차근차근.

공원에서 강유리를 만났을 때, 오슬비도 YAGP를 준비하기로 했다고 알려 주었다. 강유리는 장난스럽게 "둘이 원수가 되기로 한 거냐"고 물었다. 내가 "YAGP가 뭐라고 친구이자 가족이 원수가 되겠냐"고 받아치자,

강유리는 전에 본인이 "무대가 뭐 그렇게 대단하냐"고 말했던 것을 흉내 냈다는 걸 눈치챘는지 하하 웃었다. 나는 그 타이밍에 오슬비가 준 티켓을 꺼내 들었다. 공원에 오기 전부터 벼르고 있었다.

"이거 보러 갈래?"

"뭐?"

"쁘띠빠 발레 하이라이트 공연."

강유리는 바로 대답하지 않았다. 몇 번 눈을 끔뻑거리더니 고개를 갸웃했다. 내가 할 법한 제안이 아니라고 생각하는 눈치였다. 사실 그랬다. 내가 먼저 누군가에게 뭘 같이 하자고 말하는 것 자체가 별로 없는 일이었다. 그 사실을 깨닫고 나자, 얼굴로 열이 확 몰렸다. 티켓을 든 손이 살짝 떨렸다. 강유리가 티켓을 스윽 가져갔다.

"그게 그렇게 떨면서 할 말이냐? 티켓은 언제 산 거야?"

"…오슬비가 줬어."

"너네 관계도 참 희한해."

공연 날짜를 확인하며 여유롭게 웃는 걸 보니, 원장 선생님이랑 보러 갈 걸 그랬다는 후회가 살짝 됐다.

#31

늘 입던 대로 편한 레깅스에 품이 넉넉한 맨투맨 셔츠를 걸치고 에코
백을 멨다. 그냥저냥 무던하고 깔끔해 보였다. 집을 나서려는데, 목욕을
하고 나온 오슬비가 나를 붙잡았다.

"학원 가?"

"어? 공연 보러 가는데?"

오슬비는 눈을 질끈 감고 짜증이 가득한 한숨을 쉬었다.

"너 진짜 왜 그래?"

"…뭐가…."

"강유리랑 보러 가는 거 아니야?"

"맞아."

"근데 꼴이 왜 그러냐고."

그럼 뭐 대체 어떤 꼴을 하고 가야 하는 건데? 소리 내어 되묻지는 못
했지만, 대충 그런 시선으로 쳐다보았다. 오슬비는 정말 마음에 안 든다
는 눈초리로 나를 여러 번 훑었다.

"아, 몰라. 그냥 가라 가."

휘휘 젓는 손짓에마저 짜증이 담겨 있었다.

세종문화회관 앞에는 강유리가 먼저 도착해 있었다. 강유리는 밖에서도 눈에 띄었다. 체형이 너무 완벽해서 누가 보아도 무용을 하는 사람이려니 짐작할 만했다. 발을 바깥쪽으로 돌려 부채꼴 모양을 하고 선 자세마저도 올곧았다.

강유리는 오슬비만큼 노골적이지는 않았지만, 그 비슷한 눈초리로 나를 훑어봤다. 그러더니 하핫, 하고 웃었다.

"왜 사람을 보자마자 웃어?"

"아니, 뭐 기대를 안 하기는 했는데… 이건 진짜 너다운 것 같다."

"무슨 말이야?"

"뭘 또 그렇게 날카로워. 평소에는 무던하다 못해 답답한 애가."

그 말도 놀리는 것처럼 들렸다. 강유리는 자연스럽게 말을 돌렸다.

"점심은 뭐 먹을까?"

공연 시간이 좀 애매해서 점심을 먹고 들어가기로 했었다. 우리는 근처 브런치 카페로 들어갔다. 호밀빵과 아보카도, 소시지와 계란프라이가 같이 나오는 브런치 메뉴와 연어 샐러드를 먹으면서 YAGP에 대해 이야기했다. 접수는 이미 시작해서 다음 달 말에 마감이었다. YAGP를 노리고 있던 전공생들 모두가 분주했다. 이모는 여전히 나의 참가를 탐탁지 않아 했지만, 조금씩 포기하는 눈치였다. 나는 시니어 솔로와 파드되 중에 참가 부분을 고민하고 있었다. 솔로보다는 파드되가 무대에서 기절할 가능성이 적을 것 같아서 무조건 파드되 부분으로 참가하고 싶었다. 문제는 파트너였다. 파드되를 한다면 역시 파트너는 강유리여야 했다. 나는 이참에 그 얘기를 꺼냈다.

"같이 하자."

샐러드를 하나 추가할까, 중얼거리면서 메뉴판을 보던 강유리가 고개를 들었다,

"뭘?"

"유스 아메리카 그랑프리. 파드되로 출전하고 싶어."

강유리는 쓸데없는 말을 들은 것마냥, 픽 웃고는 다시 고개를 숙여서 메뉴판을 봤다.

"같이… 해 줄 거지?"

"두리야."

나를 이렇게 부른 게 두 번째던가. 성을 빼고 부를 때의 다정한 어감이 좋았다. 그러나 이어지는 말은 단호한 거절이었다.

"나는 무대에 서고 싶지 않아."

듣고서도 믿을 수 없었다. 이 애는 무대를 떠나서는 행복할 수 없다. 강유리의 혼돈과 고민을 이해하지만, 이건 어느 누구에게도 영리하지 못한 선택이었다.

'내 등을 떠밀어 놓고 정작 너는 왜 그 혼돈의 자리에 그대로 있니.'

강유리가 구운 가지 샐러드와 닭가슴살 샐러드 중에 뭘 추가하면 좋겠냐고 물었으나 나는 어느 것도 고르지 못했다. 강유리는 내 심정을 모르는 것처럼 태연하게, 구운 가지 샐러드를 주문했다. 그 애의 모른 척이 야속해지려는 찰나, 강유리는 한숨을 쉬었다.

"거울 좀 볼래? 너 세상이 멸망한 표정을 하고 있어."

그게 어떤 표정이지. 나도 모르게 손으로 얼굴을 만졌다.

"두리야, 나는 너를 응원하고, 네가 멋지게 무대를 해냈으면 좋겠어. 그

리고 네가 생각하는 것보다 나는 너를 좋아해. 거슬리는 열심도, 아픈데 어디가 어떻게 아픈지 정확히 모르고 있던 그 애처로움도, 너의 재능도, 답답하기까지 한 조심스러움도 전부 좋아. 그런데 무대를 하고 싶지는 않아. 연습은 괜찮지만 무대는 아니야. 내가 다시 무대를 하면 우리 아빠나… 네 엄마 같은 사람이 되어 버릴 것 같아."

좋아해, 라는 단어가 너무 강력해서 그 뒤의 말들을 허투루 듣지 않도록 많은 노력을 해야 했다. 강유리가 말한 '좋아해'가 인간에 대한 애정의 표현일 거라고 마음을 가라앉히는 노력도 해야 했다. 조금 시간이 지나고서야 차분하고 확신 있게 말을 할 수 있었다.

"너는 그런 사람이 되지 않을 거야."

강유리는 나의 엄마나 그 애의 아빠 같은 사람은 되지 않을 것이다. 그렇게 믿어 주는 사람이 있으니까 그렇게 되지 않을 것이다. 그러나 강유리가 어떻게 확신하느냐고 물으면 상당히 곤란해질 터였다. 나는 면전에 대고 '내가 널 믿으니까' '내가 있으니까'라는 말을 할 수 있는 사람이 아니었다. 다행히 강유리는 잠깐 나를 쳐다보았을 뿐 근거를 대라고 하지는 않았다.

"여기 샐러드 잘하네."

오히려 그 말을 못 들은 것처럼 갑자기 샐러드를 뒤적거렸다. 예상치 못한 반응에 입술이 삐죽 나올 것 같았는데 문득 강유리의 귀가 보였다. 그 애의 양 귀 끝이 살짝 발갛게 물들어 있었다. 피부가 하얘서 그런지 빨개지는 게 선명하게 보였다. 괜히 나도 귀가 뜨거웠다. 우리는 둘 다 바보처럼 애꿎은 샐러드만 뒤적거렸다. 하도 포크로 짓이겨서 양상추에서 진물이 나올 즈음 문득 하고 싶은 말이 떠올랐다.

"유리야 그럼… 그 앞에 '아직'이라는 말만 좀 붙여 줄래?"

"뭐?"

"아까 무대에 서고 싶지 않다고 했잖아. 당장 YAGP에 같이 나가지 않아도 좋으니까 그냥 그 말 앞에 '아직'이라는 말만 좀 붙여 줘."

귀 끝에서 시작된 붉음이 결국 강유리의 양 뺨으로까지 퍼져 나갔다. 강유리는 하지 않을 것처럼 굴었으나 결국 작은 목소리로 "아직은 무대에 서고 싶지 않아" 하고 말해 주었다.

공연이 시작되었다. 공연은 쁘띠빠의 작품 중 〈레이몬다〉〈해적〉〈돈키호테〉〈할리퀸아드〉의 하이라이트를 차례로 보여 주었다. 무대 위에서 펼쳐지는 환상적인 이야기와 그 이야기를 들려주는 춤의 정교한 기술, 아름다운 규칙은 몇 번을 보아도 질리지 않았고, 볼 때마다 새로운 감정이 들었다. 무대의 시작과 끝은 그야말로 황홀한 꿈의 세계였다. 그러니 이렇게 무대를 볼 때마다 가슴이 저미는 것은 당연한 일이었다. 손으로 가슴께를 꾸욱 누르면서 옆자리를 흘깃 보았다. 어두운 중에 비치는 조명만으로도 티가 날만큼 상기된 뺨, 집중하느라 느릿해진 호흡, 무대를 담느라 정신없는 눈. 강유리는 완전히 무대에 빠져들어 있었다. 나도 좌석에 등을 붙이고 다시 무대로 눈을 돌렸다. 〈해적〉 그랑파드되의 절정이 펼쳐지고 있었다.

공연은 〈돈키호테〉 그랑파드되로 마무리되었다. 막이 내려가자 관객들이 빠르게 빠져나갔다. 객석은 금방 텅 비었다. 남아 있는 사람은 나와 강유리뿐이었다. 우리는 나가자는 말을 꺼내지 않고, 꽤 오래 가만히 앉아 있었다. 어쩌면 우리 둘 다 직원이 나가 달라고 말하러 오기를 기다리

252

고 있었던 걸지도 모른다. 시간이 제법 흐르고 나서도 직원은 오지 않았다. 결국 강유리가 먼저 몸을 일으켰다.

"갈까?"

꿈에서 깨어난 사람처럼 건조한 어투였다. 공연을 볼 때의 그 얼빠진 듯한 표정, 순진해 보이기까지 했던 모습은 완전히 자취를 감춘 뒤였다. 강유리는 자기가 공연을 볼 때 그런 모습이라는 걸 알고 있을까. 나도 자리에서 일어났다. 그러나 문으로 가지 않고, 무대 쪽으로 걸어갔다.

"뭐야, 왜 거기로 가?"

"무대 해 보자."

"뭐?"

"YAGP 말하는 거 아니야. 지금, 지금 한번 해 보자고. 연습은 괜찮다고 했잖아."

대답도 듣지 않고 무대 위로 올라갔다. 강유리는 우두커니 서서 나를 지켜보다가 느릿하게 무대 위로 따라 올라왔다. 마뜩찮아하는 게 훤히 보였다. 그래도 일단은 내가 원하는 대로 해 준다.

"이러다 직원 온다."

"오면 나가지 뭐."

"너 전에 예술의 전당에서도 그런 똥배짱으로 무대 위에 올라갔던 거야?"

강유리는 우리가 처음 마주쳤던 날을 이야기하고 있었다.

"그때는… 무슨 생각을 하고 올라간 게 아니라서… 지금도 그렇고…."

대답하면서 빈 객석을 휙 둘러보았다. 컨디션이 안 좋을 때는 이렇게 좌석들을 훑어보기만 해도, 엄마의 환영을 보는 것 같은 착각이 들곤 했다. 지금은 괜찮았다.

"뭘 해 보고 싶은데?"

"〈로미오와 줄리엣〉?"

강유리는 잠깐 멈칫했으나 "좋을 대로 해" 하고 대꾸했다. 제 엄마가 제일 좋아하는 작품이라는 걸 생각했는지도 모른다. 우리는 가볍게 스트레칭을 하고, 무대 구석에 섰다. 텅 빈 홀, 고요한 객석, 높은 천장에서 쏟아져 내리는 불빛과 등 뒤에서 들리는 강유리의 호흡소리, 기척… 감각 하나하나가 날카로워졌다.

"기절 안 할 수 있겠어?"

나는 다시 객석을 봤다. 좌측 맨 앞 구석부터 우측 맨 끝 구석과 이층의 객석까지 모두 훑었다. 아직 어디에도 엄마의 그림자는 보이지 않았다. 심장은 평소보다 빨리 뛰고 있었지만 호흡은 가쁘지 않았다.

"응."

"몸 제대로 풀고 하는 것도 아니고, 토슈즈를 신은 것도 아니니까 욕심 내지 말고 적당히 해. 흉내만 내는 거야. 어디 삐끗하기라도 하면 YAGP는 도전도 못 해 보고 끝나는 거라고."

"응. 조심할게."

"그렇다고 또 자세를 대충 하지는 말고. 그게 더 위험해."

도대체 어쩌라는 거야, 싶은 순간에 강유리가 내 어깨에 손을 올렸다.

"열 번 두드리면 시작이야."

톡, 톡. 어깨를 가볍게 누르는 손끝을 느끼면서 눈을 감았다. 손가락이 다섯 번 닿았을 때, 머릿속에서 음악이 선명하게 떠올랐다. 손가락이 열 번째 닿았을 때, 눈을 떴다. 몸이 거의 반사적으로 움직였다. 부드럽고 빠르게 무대를 가로질렀다. 하나, 둘, 셋, 넷… 박자를 세면서 반대편에 도달한 다음 고개를 돌려 강유리를 쳐다봤다. 그 애는 처음 그 자리에 그대로 서서 애타는 로미오의 눈빛으로 나를 바라보고 있었다. 눈이 마주치는 순간, 감각이 기묘해졌다.

'어… 왜 이렇게 가볍지?'

몸이 붕 뜬 느낌이 들었다. 시간은 느리게 흘러가는 것 같았고, 머릿속에 잡아 둔 선율은 마치 스테레오로 틀어놓은 것처럼 왕왕 울렸다. 공원에서 처음 무대를 했을 때와 비슷하면서도 다른 감각이었다.

'아무럼 어때.'

생각을 멈췄다. 안무대로 다시 반대편으로 느릿하게 뛰어갔다. 중간에서 로미오와 줄리엣이 만나는 안무였다. 우리는 서로를 부드럽게 끌어안았다가 눈을 마주 보았다. 강유리도 같은 감각을 느끼고 있을까. 눈이 깊었다.

고난이도의 리프트 동작에서도 모든 호흡이 맞아떨어졌다. 나와 강유리의 몸은 꼭 하나 같았다. 전에 한번 잠깐 맞춰 본 게 다였는데도 물 흐르듯이 안무가 이어졌다. 춤을 출수록 몸은 가벼워졌다. 뛰어야 할 지점까지 뛰는 게 전혀 어렵지 않았고, 손과 발은 뻗는 대로 정확한 위치로 향했다. 우리는 퍼즐 조각이 딸깍 하고 들어맞는 소리가 들릴 것 같은 파드되를 추고 있었다.

정말로 내가 줄리엣이 된 것 같았다. 무대는 이탈리아 베로나 캐플렛 저택의 발코니처럼 느껴졌다. 심지어 줄리엣의 드레스 자락이 사락거리는 소리가 들리는 것도 같았다.

'어?'

그리고 그 황홀한 지점에서 불현듯 눈에 스쳐 지나가는 것이 있었다.

'어어?'

무대 한구석에서 움칠거리는 진흙 덩어리였다. 처음에는 저게 뭐지, 싶었으나 몇 번 더 눈에 밟힌 뒤로는 그게 엄마의 환영이라는 것을 직감했다. 아팠던 날의 꿈에서 보았던 그 환영이었다. 그 사실을 알아차리자 심장이 쿵 울렸다. 지금 내가 또다시 악몽을 꾸고 있는 건가. 진흙 덩어리는 계속해서 꾸물거리면서 사람의 형체를 만들어 가려고 애썼다. 지금까지 깃털처럼 가벼웠던 몸에 무게감이 돌아오기 시작했다. 역시, 아직은 역부족인가 하고 절망적인 마음이 드는 순간이었다. 이마에 콱 하고 무언가가 부딪혔다.

"아–!!"

약간의 통증과 함께 코 앞에 눈동자가 보였다. 마호가니 나무색 눈동자가 거기 있었다. 내 이마에 닿은 것은 강유리의 이마였다. 내 이상기류를 눈치채고, 일부러 이마를 콱 박은 거였다. (정말이지 과격하고 무식한 방법이다.)

'뭔데, 어디에 정신이 가 있는 건데 지금.'

반 뼘보다도 좁은 거리에서 바라본 강유리의 눈은 그렇게 말하고 있는 것 같았다. 혼란했던 정신이 다시 선명해지는 듯했다. 그 증거로, 급속히 쿵쾅거렸던 심장은 다시 안정을 찾기 시작했다. 나는 계속 파드되를 췄다. 진흙 덩어리는 그 자리에서 계속 꾸물거렸다. 파드되의 클라이맥스가 지나고 끝부분에 도달했는데 진흙 덩어리는 사람의 형체가 되지 못했다. 돌하르방 같은 모습이 만들어지다가 곧 허물어졌다. 진흙 덩어리는 포기할 법도 한데, 고집스럽게 계속 꾸물럭거린다. 그걸 보고 있자니 명치 쪽이 불구덩이 끓는 것처럼 뜨겁게 부글거렸다.

  – 엄마. 이제 우리 그만해요.

  속엣말을 듣기라도 한 것인지 진흙 덩어리의 움직임이 멈췄다. 그 순간
에 강유리가 나를 번쩍 들었다. 내 몸의 근육들이 바짝 긴장하는 것이
느껴졌다. 들어 올려지는 바로 그때에 나는 다시 황홀감을 되찾았다. 명
치 부근은 여전히 불을 삼킨 것처럼 뜨거웠으나 내가 보는 환영이 일순
간, 별것 아닌 것으로 느껴졌다.

  – 나는 당신을 사랑하고 또 두려워하고, 원망하고, 동정했어요.
  어쨌거나 당신은 나한테 참 나쁜 사람이었어요. 저는 나빴던 당신한테
계속 끌려다녔고요. 그래서 제 주변의 다른 사람들을 제대로 보지 못했
나 봐요. 심지어는 나 자신도요. 나는 내가 그렇게 애를 쓰고 있는지 몰
랐거든요.

  움직임을 멈춘 덩어리는 조금씩 바닥으로 가라앉았다. 파드되는 어느
새 마지막 장면에 다다랐다. 나는 시선을 강유리에게 고정했다. 익숙한
얼굴을 보자 마음이 편해졌다.

  – 이제 엄마가 아닌 다른 것들을 보면서 살아 보려고요.
  나랑 내 주변의 많은 것들이요. 이제야 그게 좀 될 것 같아요.
  안녕, 엄마.

속으로 그 말을 할 때, 엄마에 대한 기억들이 스쳐 지나갔다. 어느 때는 사랑했으나 대부분은 나를 미워했던 여자와 관련된 일화들이 책장 넘기듯이 후루룩 넘어갔다. 그 뒤에 남은 것은 여운이었다. 파드되의 여운인지, 다른 것에 대한 여운인지는 분간할 수 없었지만 마음은 고요했다. 진흙 덩어리의 환영은 부스러기조차 남기지 않고 사라져 있었다. 정리되지 않은 호흡 소리가 들렸다. 나와 강유리는 쓰러지듯이 바닥에 누웠다.

"아까 뭐 봤어?"

강유리가 물었다. 역시 내가 집중력이 흐트러졌던 순간을 알아차리고 있었다.

"응. 엄마."

"이번엔 기절 안 했네."

그게 제 덕분이라는 걸 알고 있을까. 통증이 있었던 이마를 문질렀다. 손이 닿자 다시 찌릿, 아팠다.

"파드되를 하다가 박치기를 하는 사람이 어딨니."

강유리는 푸스스 웃었다.

"도와주려고 그런 거잖아."

"아 진짜, 웃지 마."

그러자 그 애는 더 크게 웃었다.

강유리는 사람이 사람을 참 쉽게 상처 입힌다고 했다. 그 말은 틀리지 않았다. 정말로, 사람은 사람을 상처 입히는 데 탁월하다. 때로는 가장 가까운 사람이 영혼을 갈가리 찢어 놓기도 한다. 나의 엄마가 내게 그랬던 것처럼.

"나 YAGP 제대로 해낼 수 있을까?"

강유리의 웃음이 잦아들었다. 그 애는 고개를 돌려 나를 빤히 바라보았다. 곧 가볍게 끄덕인다. 밀밭같이 빽빽한 머리카락이 흔들거린다. 그 애를 보면서 문득 스치는 생각이 있었다.

사람은 놀랍도록 불완전하고 언제나 실수한다. 지독하게 이기적이고, 교활하고, 잔인하다. 자기가 그런 사람인 줄도 모른다. 그 연약함 때문에 서로를 끊임없이 상처 주고, 무너뜨린다. 그 속에서 옳고 그름은 모호해진다. 사람은 너무나 쉽게 사람을 상처 입힌다. 그러나 그 끔찍한 인간성 속에는 기이한 따뜻함도 있다. 어디로부터 시작된 것인지 알 수 없는 따뜻함 말이다.

결국 갈가리 찢긴 것을 다시 이어 붙이는 것도 어쩌면 사람이다.

그러니까 인생은… 그런 사람과 함께 추는 파드되 같은 것일지도 모르겠다.

바깥으로 나오니, 어느새 해가 저물고 있었다.

"원장 선생님한테 연락 왔었네."

강유리의 말에, 나도 핸드폰을 확인했다. 메시지가 와 있었다.

- 연습 안 하고 어딜 싸돌아 다니냐, 이 애물단지들아.

나도 강유리도 씩 웃고 말았다. 이미 한차례 몸을 움직인 뒤였으나 우리는 순순히 학원으로 향했다. 몸은 여기저기 뻐근해도 기분은 이상하게 맑았다.